가요歌謠를 보면 인생人生을 안다

가요歌謠를 보면 인생人生을 안다

개미

프롤로그

가요(歌謠)는 널리 대중이 즐겨 부르는 노래다. 가요는 시대에 따라 다양한 모습으로 변화해 왔다. 일제강점기부터 유행가가 유행했고, 1960년대에는 록 음악이 인기를 끌었다. 1980년대에는 발라드가 대중들의 사랑을 받았으며, 2000년대에는 아이돌 그룹이 등장하면서 K-POP이 전 세계적으로 인기를 끌었다. 가요는 우리의 감정을 표현하는 수단이기도 하다. 사랑, 이별, 슬픔, 기쁨 등 다양한 감정을 노래로 표현한다.

가수들은 자기 경험을 바탕으로 노래를 부르기도 하고, 때로는 상상력을 발휘하여 새로운 이야기를 만들어내기도 한다. 트로트 전성시대를 다시 연 매체는 TV조선이라고 보는 시각이다. TV조선은 '미스트롯', '미스터트롯' 등의 트로트 오디션 프로그램을 방영하며 큰 인기를 끌었다. 해당 프로그램들은 트로트의 대중화에 큰 역할을 했으며 많은 트로트 가수를 배출했다.

물론 이전에도 트로트는 대중들에게 사랑받는 음악 장르였다. 1960년대에는 이미자, 남진, 나훈아 등의 톱 가수들이 활약하며 트로트의 전성기를 이끌었으며, 2000년대에는 장윤정, 박현빈 등의 가수들이 등장해 트로트의 대중화에 기여했다. 대중가요가 우리의 삶에 더욱 가까이 다가오는 까닭은 먼저 대중성이다. 대중가요는 대중들이 쉽게 이해하고 즐길 수 있는 음악이다. 가사가 쉽고 멜로디가 익숙하기 때문에 누구나 쉽게 따라 부를 수 있다.

대중가요를 통해 우리는 자신의 감정을 위로하고 해소할 수 있다. 또한 대중가요는 다른 사람들과 소통하고 공감할 수 있는 수단이다. 같은 노래를 들으며 서로의 감정을 공유하고, 이를 통해 서로를 이해하고 화합할 수 있다. 대중가요는 우리의 문화에도 큰 영향을 미친다. 시대의 흐름과 사회적 이슈를 반영하며, 이를 통해 우리의 문화를 형성하고 발전시킨다.

스트레스를 해소하는 데도 도움이 된다. 노래를 부르며 춤을 추거나, 음악을 들으며 휴식을 취하면 스트레스를 해소할 수 있다. 이러한 이유로 이른바 유행가는 우리의 삶에 더욱 가까이 다가오는 것이다. 나는 가요와 연관된 책을 내고자 오래전부터 준비를 해왔다. 이 책에는 그동안 대중에게 폭넓게 사랑받은 78곡의 친근한 우리 가요가 등장한다.

78곡을 게재한 까닭은 독자 여러분들께서 모두 칠전팔기(七顚八起)의 도전정신 견지와 노력, 젊음과 열정으로 매진하시라는 응원의 메시지를 담고자 그리 한 것이다. 우리 민족은 예부터 음주가무를 좋아했다. 이러한 문화는 여러 가지 요인에 의해 형성되었는데, 농경문화를 기반으로 한 우리 민족은 힘든 농사와 노동 후 휴식을 취하면서 음주와 가무를 즐겼다. 술을 마시면서 피로를 풀고, 춤까지 추면서 즐거움을 추구했던 것이다.

이러한 집단 문화는 공동체 의식을 강화하고, 구성원들 간의 소통과 유대감을 증진하는 데도 크게 기여했다. 여기에 노래까지 합창하게 되면 결속의 강화는 부수적 덤이었다. 가수 송대관은 그의 히트곡 〈유행가〉에서 "유행가 유행가 신나는 노래 나도 한번 불러 본다 / 쿵쿵따리 쿵쿵따 유행가 노래 가사는 우리가 사는 세상 이야기 / 오늘 하루 힘들어도 내일이 있으니 행복하구나"라고 했다.

동의한다. 오늘이 힘들지 않은 사람은 생각보다 적지 않다. 인생은 내 맘처럼 순풍만범(順風滿帆)으로 순항해 주지 않기 때문이다. 가요는 사랑과 이별 눈물 따위의 이러한 우리네 가파른 인생을 포착하여 다독여주면서 궁극적으로는 해우(解憂)의 장소로 견인한다. 그래서 모처럼 노래방에 가서 목청껏 노래를 부르고 나면 울적했던 마음마저 봄날 고드름 녹듯 해빙되면서 심지어는 힐링까지 느끼게 되는 것이다. 나 역시 삶이 퍽퍽하거나 재미가 없을 때는 가요를 들으며 마음을 다잡는다.

이 책에는 우리나라의 내로라하는 가수들의 히트곡이 망라되었다. 지면의 한계상 독자가 좋아하는 가수가 누락되었을 수도 있었음을 인정한다. 그런 아쉬움은 차후 동명의 시즌2 작품으로 다시 인사드릴 여지가 있을 것이기에 변명(?)의 인사로 갈음코자 한다.

오늘도 우리의 삶은 녹록지 않다. 그렇지만 오늘 역시 내가 좋아하는 가요를 흥얼거리면서 내일은 분명 행복할 것이라는 긍정적 마음가짐으로 돌파해 보는 건 어떨까. 그러다 보면 자신도 모르게 리버스에 이징(Reverse Aging), 나이가 들면서 생체 구조와 기능이 쇠퇴하는 노화 과정이 진행되는 건 어쩔 수 없지만, 이를 지연하고 막는 게 아니라 아예 이전과 같은 상태로 되돌리는 것이 될지도 모를 일 아닐까?

이 책이 독자 여러분께 든든한 위안의 동반자가 되길 바라며, 약칭 '가보 인생'이기도 한 이 책이 많은 사랑을 받아 그 결과물로써 『가요를 보면 인생을 안다』 시즌2에서 다시 뵙길 기대한다. 덩달아 독자님들께서 모두 가보(家寶) 그 이상으로 더욱 귀하고 보배로워 지시길 축원한다.

2024년 타오름달 대청호 명상공원에서

홍경석

차례

Section 1
사랑

Section 2

친구

Section 3

청춘

Section 4
눈물

Section 5
이별

Section 6

인생

Section 7

도전

Section 8
행복

Section 1

사랑

별빛 같은 나의 사랑아

노래 _ 임영웅

당신이 얼마나 내게 소중한 사람인지 세월이 흐르고 보니 이제 알 것 같아요 당신이 얼마나 내게 필요한 사람인지 세월이 지나고 보니 이제 알 것 같아요 밤하늘에 빛나는 별빛 같은 나의 사랑아 당신은 나의 영원한 사랑 사랑해요 사랑해요 날 믿고 따라 순 사람 고마워요 행복합니다 왜 이리 눈물이 나요 밤하늘에 빛나는 별빛 같은 나의 사랑아 당신은 나의 영원한 사랑 사랑해요 사랑해요 날 믿고 따라준 사람 고마워요 행복합니다 왜 이리 눈물이 나요 왜 이리 눈물이 나요.

임영웅이 2021년에 발표하자마자 단숨에 히트곡으로 부상한 〈별빛 같은 나의 사랑아〉이다. 나에게 있어 별빛 같은 나의 사랑은 단연 아내다. 얼마 전 아내의 65회 생일을 맞았다. 아내가 살아온 65년 세월 중 40년 이상을 나와 살았으니 정말 대단한 인연이 아닐 수 없다. 남편이 변변치 못해 늘 그렇게 가난과 벗하며 살아온 아내다. 그래서 아내 보기가 항상 미안하고 부끄럽다.

아내와 관련된 사자성어를 살펴보았다. 먼저 인명재처(人命在妻)는 '사람의 운명은 아내에게 있다'는 뜻이다. 맞다. 아내가 나에게 실망하여 고무신을 거꾸로 신었더라면 나는 필시 크게 낙담하여 폭주 혹은 극단적 선택으로 생을 마감했을 것이 틀림없다. 그래서 '아내 밑에 있을 때 모든 것이 편안하다'는 처하태평(妻下泰平)이 옳다. 다음으로 고진처래(苦盡妻來)는 '힘든 일을 끝내니 부인이 검사하러 온다'는 의미다. 가끔 나도 설거지를 하지만 얼렁뚱땅한다며 아내 맘에 안 찬단다. 그러므로 이런 경우에 부합하는 것이 아닐까 싶다.

마누라 말을 잘 들으면 자다가도 떡이 생긴다고 했다. 또한 지성감처(至誠感妻, 정성을 다하면 아내도 감동한다)라고 평소 아내의 말을 거역하지 않는 게 신상이 편하다. 병행하여 '무슨 일이든 중요한 의사 결정은 결국 아내의 결정에 따르게 된다'는 뜻을 지닌 사필귀처(事必歸妻)의 수순을 좇는다면 이 또한 부부 불화의 근원부터 없애는 방법이지 싶다. 날씨가 맑은 날 밤하늘에서는 별빛을 볼 수 있다. 하지만 별이 나오는 꿈은 꾼 적이 거의 없다. 그래서 로또복권을 그렇게 샀어도 단 한 번도 1등에 당첨이 안된 것인지 모르겠지만. 어쨌든 별빛이 전하는 메시지는 밝다. 희망과 기대, 영감과 창조성, 진실과 지혜, 성장과 발전을 동반하기 때문이다. 지친 마음의 치유와 새로운 시작, 도전과 힘겨움 극복, 영적 깨달음(종교에서의)도 유의미하다.

안정과 평화, 새로운 지식과 깨달음, 존경과 인정, 낭만과 사랑의 연상 역시 희망적이다. 2022년 12월에 효자 아이들 덕분에 부산 해운대로 1박 2일 여행을 갔다. 그 이후론 여행도 구름에 갇힌 별빛처럼 존재감마저 희미하다. 어디가 되었든 아내의 손을 잡고 여행을 떠나고 싶다. 내 사랑하는 아내, 당신은 임영웅이 말마따나 내게 정말 소중하고 필요한 사람이니까. 날 믿고 따라 준 당신, 정말 고마워요. 행복합니다! 그런데 왜 이리 눈물이 날까요?

한편 명실상부 톱 가수의 반열에 오른 임영웅은 - "가수 임영웅이 6월에도 선행을 이어간다. 한국소아암재단(이사장 이성희)은 임영웅이 선한 스타 5월 가왕전 상금 200만 원을 소아암, 백혈병, 희귀 난치질환으로 고통받고 있는 환아들의 치료비 지원을 위해 기부했다고 3일 밝혔다. 임영웅은 선한 스타 누적 기부 금액 8,040만 원을 달성 중이다. 선한 스타는 기부플랫폼 서비스로 가왕전에 참여하는 가수 영상 및 노래를 보고 응원 등의 순위로 상금을 기부하는 방식으로 운영된다. 임영웅의 이름으로 기부된 가왕전 상금은 소아암, 백혈병, 희귀 난치질환으로 고통받고 있는 환아들의 치료비로 사용된다. 한국소아암재단 홍승윤 이사는 "계속되는 선행으로 아이들에게 희망을 줘 감사하다"며 "임영웅의 앞으로의 활동을 응원한다"고 했다." - 는 2024년 6월 3일 자 스포츠 경향의 보도처럼 선행과 베풂에 있어서도 톱 가수다운 면모를 보여 더욱 인기가 치솟고 있는 것으로 보인다. 당연한 얘기겠지만 왕관을 쓰려는 자는 그 무게를 견뎌야 한다. 그게 바로 왕관의 진정한 가치이자 사랑의 본령이다.

나눔은 더 많은 행복을 만들어준다 — 김수환

정말 좋았네
노래 _ 주현미

사랑 그 사랑이 정말 좋았네 세월 그 세월이 가는 줄도 모르고 불타던 두 가슴에 그 정을 새기면서 사랑을 주고 사랑을 받고 그 밤이 좋았네 사랑 그 사랑이 정말 좋았네 사랑 그 사랑이 정말 좋았네.

2003년에 발표한 주현미의 〈정말 좋았네〉는 지금도 흥얼거리며 곧잘 부른다.

'앉은 자리를 바꾸지 않으면 새로운 풍경을 볼 수 없다'는 어떤 교훈을 인지한 건 지천명(知天命)이 되어서다. 그러니 멍청하기가 실로 솔봉이(나이가 어리고 촌스러운 티를 벗지 못한 사람) 빰을 치고도 남을 노릇이다. 어쨌든 나이 오십이 되어서라도 철이 든 까닭에 주경야독의 사이버대학에 입학했다. 누구보다 열심히 공부한 덕분에 3년 뒤 졸업식 날엔 학업 우수상까지 받았다. 그렇게 만학(晩學)이라도 마치고 나니 비로소 '앉은 자리를 바꿀 수' 있었음은 물론이다. 2025학년도 대학수학능력시험(수능)이 11월 14일(목)에 치러진다. 해마다 수능일이 되면 취재를 나간다. 이는 내가 시민기자로 활동하고 있는 매체에 기고를 하기 위함에서의 디딤돌이다. 수능을 보는 선배들을 응원코자 꼭두새벽부터 해당 학교의 정문에서 요란스레 꽹과리까지 쳐가며 목이 쉬는 후배들을 보는 모습은 의리(義理), 그 자체의 아름다움이다. 지난날 아들은 동대전고에서, 딸은 둔산여고에서 수능을 치렀다. 예나 지금이나 자녀가 성공하는 건 이 세상 모든 부모의 간절한 바람이자 인지상정이다. 그래서 혹자는 이를 '맹모삼천지교(孟母三遷之敎)'에까지 비교한다. 맹자(孟子)는 세 살 때 아버지를 잃고 편모슬하에서 성장했다. 그럼에도 현명한 어머니 덕분에 후일 불멸의 사상가로까지 발돋움할 수 있었다.

중국에 맹자가 있다면 우리나라엔 단연 '한석봉(韓石峯)'이 이에 대응한다. 그런데 그 역시 어머니의 남다른 교육열과 지성(知性)이 조선시대 불멸의 서예가로 각인케 한 원동력이 되었다. 불을 끄곤 "나는 떡을 썰 테니 너는 글을 쓰거라"라고 했던 석봉 모친의 일갈(一喝)은 모두가 아는 상식일 터다. 따라서 여기서 간과하면 안 되는 대목은 바로 실천(實踐)이 아닐까 싶다. 맹자나 한호(韓濩 = 한석봉의 본명) 모두 그 성공의 이면엔 어머니의 교육적 적극 실천이 징검다리가 된 때문이다.

수능 성적에 그야말로 목숨을 걸고 있는 지금이 수험생으로선 어쩌면 최대의 고비이자 시련일 수도 있다. 그러나 지나고 보면 무언가에 집착할 수 있었던 이 시절이 '정말 좋았던 시절'로 자리매김할 수 있다. 위에서 언급한 것처럼 앉은 자리를 바꾸지 않으면 새로운 풍경을 볼 수 없다. 이 말은 변화와 혁신을 강조하는 표현 중 하나다. 또한 어떤 상황에서도 안주하지 않고 계속해서 도전하고 발전해야 한다는 것을 비유적으로 나타내고 있다. 새로운 환경이나 경험을 얻기 위해서는 기존의 익숙한 방식이나 장소에서 벗어나야 하며, 이를 통해 자신의 시야를 넓히고 더 나은 성장을 이룰 수 있다는 메시지를 담고 있다. 하지만 이러한 변화나 모험에는 언제나 위험과 불확실성이 따르기 때문에 용기와 인내심이 필요하다. 아울러, 변화를 시도하면서도 자신의 가치관과 원칙을 지켜나가는 것도 중요하다. 결론적으로, 이 말은 우리 삶에서 변화와 혁신이 얼마나 중요한지를 강조하고 있으며, 이를 이루기 위해서는 꾸준한 노력과 용기, 그리고 자기 확신이 필요하다는 것을 알려주고 있는 것이다. 올해 수능에서도 수험생들 모두 그동안 갈고닦은 실력을 맘껏 발휘하길 응원한다. 온갖 지성과 사랑으로 뒷바라지에 고생이 많으셨을 수험생들의 부모님들 역시 "모두 수고 많이 하셨습니다!"

제자가 계속 제자로만 남는다면 스승에 대한 고약한 보답이다

— 프레드리히 니체

사랑은 눈물이라 말하지
노래 _ 태진아

사랑이 뭐냐고 뭐냐고 물을 땐 사랑은 눈물이라 말하지 사랑할 때는 눈물이 나도 사랑할 땐 참아야 하지 남자 여자가 사랑할 때는 하루는 울고 하루는 웃지 사랑 사랑 사랑이 뭐냐고 물을 땐 사랑은 눈물이라 말하지.

2012년에 발표한 태진아의 〈사랑은 눈물이라 말하지〉라는 가요다. 이 노래를 소구(訴求)한 까닭은 이 가요의 내용처럼 '남녀의 사랑'엔 아들과 어머니 역시 포함되기 때문이다. 난로보다 뜨겁다는 게 바로 모정(母情)이다. 사랑은 눈물보다 진하다. 특히 아들을 아끼는 어머니의 본능은 태양의 온도를 능가한다.

오늘도 우리는 나를 위해, 또한 가족과 먹고살기 위해 열심히 일한다. 일을 하는 장르는 다양하다. 그리고 고단하며 힘들고 때론 지치기 일쑤다. 하지만 심지어 피를 파는 경우까진 없으리라. 여기에 피까지 팔아서 가족을 부양한 남자가 있다. 물론 허구가 주를 이루는 소설 속의 주인공이긴 하지만. 『허삼관 매혈기』는 피를 파는 한 남자의 고단한 삶을 특유의 풍자와 해학으로 그려낸 중국 작가 위화의 장편소설이다. 그는 피를 한 방울이라도 더 팔고자 피를 팔러 가는 날엔 아침을 먹지 않고 몸속의 피를 늘리기 위해 배가 아플 때까지 물만 실컷 마신다. 피를 팔고 난 다음에는 반드시 보혈과 혈액순환에 도움이 되는 볶은 돼지 간 한 접시와 데운 황주 두 냥을 마신다. 다음에 또 피를 팔기 위함에서다. 이 책을 보면서 가슴이 뭉클했음은 물론이다.

박주선 국민의당 의원(현 대한석유협회장)을 실물로 처음 본 건 지난 2017년 4월 4일이다. 신문과 방송 등의 언론으로만 접하다가 그날 박 의원을 근처에서 볼 수 있었던 건 '제19대 대통령 선거 후보자 대전 충청권 선출대회'에서였다. 취재하고자 찾은 그날 대전 충무체육관에서는 기호 1번에 안철수, 2번은 박주선, 3번엔 손학규 후보가 무대에 올라 사자후를 뿜었다. 그런데도 불구하고 사실 그들의 연설을 귀에 쏙쏙 담으면서까지 경청하기보다는 대충 듣고 보면서 사진에만 열심히 담았을 따름이었다. 그러다가 얼마 뒤 박주선 의원과 연관된 가슴 시린 과거사를 알게 되었다. 그건 바로 위에서 언급한 '매혈'에 관한 내용이었기에 도저히 간과할 수 없었다.

2017년 6월 24일 자 중앙일보에는 인터뷰 형태로 박주선 국회부의장(당시 직함)을 취재한 글이 게재되었다. 여기서 박 의원은 이렇게 토로했다. "아버지는 내가 어릴 때 장사한다고 집을 나가 20년 동안 행방불명이 돼 버렸다. 이 바람에 어머니가 두 아들을 키우느라 안 해 본 장사가 없었다. 나의 중학교 입학금은 어머니가 피를 팔아 마련했다. 동생은 고교 진학을 포기했다……." 박 의원 어머니의 고생은 그것이 종착역이 아니었다. 시골을 다니며 계란과 콩, 팥, 쌀 등을 사서 광주에서 파는 열차 행상을 했으며 그가 서울대 법대에 입학하자 어머니도 같이 상경해 청소원과 식모살이까지 했다고 하니 말이다. 이 부분을 접하는 순간 '허삼관 매혈기'가 떠오르면서 눈가에 이슬을 맺히는 걸 제어할 수 없었다. '역시나 그처럼 훌륭한 어머니가 계셨기에 아들 또한 동량으로 성장할 수 있었던 것이었구나!'

박주선 의원이 이를 악물며 공부하여 초등학교부터 고등학교까지 수석을 놓치지 않았는가 하면 사법시험 역시 수석으로 합격한 이면엔 그처럼 존경받아 마땅한 어머니가 계셨기에 가능했던 것이다. 1949년생인 박주선 대한석유협회장은 서울대 법대를 졸업하고 서울지검 검사를 시작으로 대검찰청 중앙수사부 1·2·3과장과 서울지검 특수 1·2부장, 대검찰청 수사기획관 등 요직을 거쳤다. 권력형 대형 범죄를 파헤치는 '특수 수사통'으로 불렸다. 김대중 정부 시절 청와대 법무비서관을 지내다 2000년 정계로 자리를 옮겼다. 제16·18·19·20대 4선 국회의원과 제20대 국회 부의장을 지냈고, 서울대와 검찰 후배인 윤석열 대통령을 도와 제20대 대통령직인수위원회 대통령 취임 준비 위원장을 역임했다. 정말 대단하신 분이 아닐 수 없다고 본다. 아울러 '시련은 극복하라고 있는 것이다'라는 교훈을 얻었다. 극진한 사랑은 역시 태진아의 노래처럼 진솔한 눈물이 수반되어야 진정성을 내재하는 것이다.

내가 성공을 했다면 오직 천사와 같은 어머니의 덕이다 — A. 링컨

바람이 불어오는 곳
노래 _ 김광석

바람이 불어오는 곳 그곳으로 가네 그대의 머릿결 같은 나무 아래로 덜컹이는 기차에 기대어 너에게 편지를 쓴다 꿈에 보았던 길 그 길에 서 있네 설레임과 두려움으로 불안한 행복이지만 우리가 느끼며 바라볼 하늘과 사람들… 힘겨운 날들도 있지만 새로운 꿈들을 위해 바람이 불어오는 곳 … 그곳으로 가네 햇살이 눈부신 곳 … 그곳으로 가네 바람에 내 몸 맡기고 … 그곳으로 가네 출렁이는 파도에 흔들려도 수평선을 바라보며 햇살이 웃고 있는 곳 그곳으로 가네.

영원한 가객(歌客) 김광석의 2006년 발표작 〈바람이 불어오는 곳〉이다. 그 노래가 입가에서 저절로 흘러나오는 수통골에 가는 시내버스는 대전역 동광장에서 출발하는 102번과 동춘당 발 103번, 지하철 탄방역 1번 출구의 104번이 있다. 주말에 102번 시내버스를 타면 국립대전현충원 안까지 들어간다. 수통골에 승용차로 가는 방법은, 고속도로 유성IC를 나와 계룡산(공주) 방향으로 가다가 신협연수원 쪽으로 좌회전한 뒤 국립한밭대학교를 지나면 곧바로 만날 수 있다.

예부터 가을은 곧 등화가친(燈火可親)과 동격이었다. 그러나 역설적으로 가을은 도리어 책과 더 멀어지는 계절이라는 설도 없지 않다. 이는 과거와 달리 '독서의 계절'이라는 말이 무색할 정도로 가을이 되면 오히려 책이 잘 팔리지 않는다고 한다. 이는 여가 활용의 방법이 바뀐 데다, 스마트 폰 등의 IT 테인먼트 생활화의 고착화가 그 간극을 더해서다. 설상가상(?) 가을이 되면 전국적으로 각종의 축제와 이벤트가 봇물 터지듯 동시다발하는 것도 한몫을 하는 때문이지 싶다. 어쨌거나 일상의 스트레스에 헝클어진 심신을 명경지수(明鏡止水)에 씻고 활기찬 내일을 도모하는 데 있어 등산(登山)만 한 게 또 없다. 충남의 명산인 계룡산(鷄龍山)은 차령산맥의 연봉(連峯)으로 충청남도 공주시와 계룡시, 논산시와 대전광역시 유성구에 걸쳐 있는 산이다. 이처럼 드넓고 울울창창한 계룡산의 말사(末寺) 격(格)에 수통골이 위치한다. '수통골'이란 골짜기가 길고 크며 물이 통하는 골짜기라 해서 붙여진 이름이다. 언제 가도 포근히 맞아주는 고향 본가(本家)의 어머니답게 후덕(厚德)한 풍광(風光)은 연중무휴 등산과 나들이객까지를 기꺼이 포용한다.

흔히 '수통골 유원지'로도 불리는 이곳은 대전시 유성구가 투자를 꾸준히 실천했다. 따라서 각종의 레포츠 시설까지 완비해 명실상부 시민의 휴식 공간으로 거듭났다. 현재도 지속적으로 환경의 업그레이드를 추진한 덕분에 접근성의 확장은 물론 질척거리는 장마철에도 거리낌이 없어 더 좋아졌다. 어떤 산악회에 가입한 지인에게 들으니 그 산악회 회원의 반은 '사이비 등산객'이라고 했다. 즉 예정된 산에 도착했어도 막상 등산은 아예 포기하고 관광버스의 주변 내지 근처의 식당에서 술이나 마시는 이들이 반이라는 것이었다. 그렇다면 이는 곧 '물(水) 반(半) 고기(魚) 반(半)'에 견줄 수 있을 만치 등산보다는 정작 술이 목적인 주당들이 옥시글옥시글한 형국이니 '산(山) 반 주(酒) 반'이 아닐까 싶다. 실제로 나의 경우도 후자에 속한다. 언젠가 고향인 충남 천안에서 죽마고우들과 광덕산으로 등산을 갔다. 그러나 전날의 과음으로 말미암아 속이 부대껴 당최 산에 오를 수 없었다. 하여 "니들이나 열심히 등산하고 와, 나는 대신에 저 광덕사(사찰)에 들어가 너희들이 안전하게 하산하라고 열심히 부처님께 불공이나 드릴게"라며 손사래를 친 적이 있다.

수통골은 널찍하게 자리 잡은 각종의 편의 시설 외에도 이름난 시인(詩人)들의 내로라하는 작품까지 준비되어 한껏 여유로운 휴식처로서도 유명세를 더하는 명불허전의 유원지다. 대저 '금강산도 식후경'이라고 했다. 수통골은 이런저런 각종의 먹을거리 역시 입소문이 파다하다. 평소 유머러스하며 술도 나보다 원샷으로 더 잘 드시는 쾌남(快男) 이규태 형님께서 수통골 초입에서 오리고기 전문 식당을 경영한다. 늘 나와 만났으면 하는 문자를 보내오는데 내가 좀처럼 짬을 낼 수 없어 그저 송구할 따름이다. 단풍이 찾아들면 더욱 절경인 수통골은 골짜기를 적시는 작은 저수지 형태의 보(洑)가 또한 압권이다. 이 극심한 폭염의 여름 뒤엔 분명 가을이 찾아온다. 그 가을이 불어오는 곳, 오늘 같은 일요일에 운심월성(雲心月性)의 사랑 마음가짐으로 산자수명(山紫水明)한 수통골에 책 한 권 들고 가서 그 책의 저자 혹은 계룡산에서 불어오는 시원한 바람과 소통(疏通)까지 하는 건 어떨까.

책은 가장 조용하고 변함없는 벗이다. 책은 가장 쉽게 다가갈 수 있고 가장 현명한 상담자이자, 가장 인내심 있는 교사이다 — 찰스 W. 엘리엇

사랑의 밧줄
노래 _ 김용임

사랑의 밧줄로 꽁꽁 묶어라 내 사랑이 떠날 수 없게 당신 없는 세상은 단 하루도 나 혼자서 살 수가 없네 바보같이 떠난다니 바보같이 떠난다니 나는 나는 어떡하라고 밧줄로 꽁꽁 밧줄로 꽁꽁 단단히 묶어라 내 사랑이 떠날 수 없게.

김용임이 2003년에 발표한 히트곡 〈사랑의 밧줄〉이다. 맞는 말이다. 아무리 원수니, 악수니 해도 긴긴 세월을 함께 산 정이 있는데 어찌 나보다 먼저 세상을 떠나는 배우자를 보는 것 이상의 비참과 슬픔이 세상에 또 있을까! 내가 사랑하는 사람을 '사랑의 밧줄'로 꽁꽁 포박하는 것, 그건 바로 평소의 건강검진 철저와 더불어 건강을 지켜가기 위한 생활화가 아닐까 싶다. 얼마 전의 건강검진 결과는 우려했던 것보다 훨씬 양호한 점수를 받았다. 새삼 건강의 중요성을 돌아봤음은 물론이다. 사람이 살면서 병원에 안 가는 것처럼 좋은 건 또 없다. 그만큼 건강하다는 방증이기 때문이다. 그러나 그럴 일은 별로 없다. 세상에 아프고 싶은 사람이 어디 있으랴마는 아무튼 병원에 가면 아픈 사람은 죄 모인 듯 보인다. 그런 현상을 보면 사람은 누구나 건강의 중요성을 새삼 곱씹기 마련이다. 얼마 전 건강검진을 받았다. 그 결과를

금세 알 수 없는 것은 병원에서 다시 오라는 날짜까지 기다려야 하기 때문이다. 이 경우, 건강검진을 받은 당사자, 예컨대 '환자'의 입장에서는 그 결과에 대한 답변을 알기 전까지는 당연히 전전긍긍의 수세적 위치에 몰릴 수밖에 없다. 비약하자면 이는 마치 법원에서 일종의 범법자 입장으로 소환되어 법관의 판결을 받는 듯한 불길함까지가 요구된다. 몇 해 전 건강검진을 받았던 때로 기억의 타임머신이 이동했다. 검진 결과를 알려준다는 일시에 맞춰 모 병원을 찾았다. 간호사가 말했다. "검진 결과, 간에 물혹이 있으시고요…" 꿀꺽! (내가 긴장하여 마른 침 넘어가는 소리)

"그리고요?" 긴장감은 더욱 고기압 현상을 일으켰다. "혈압이 다소 높으니 관리에도 신경 좀 쓰셔야겠어요." "또 있나요?" 조금은 장광설(長廣舌) 비슷한 간호사의 부언이 이어졌다. 그러면서 자신의 병원에 다시 와서 더욱 정확한 검진과 아울러 그에 따른 후속 조치의 치료를 받으라는 게 그날 건강검진 결과 통보의 핵심이었다. 다른 건 차치하더라도 간에 물혹이 있다는 부분이 자꾸만 신경을 건드렸다. 간(肝)을 일컬어 '침묵의 장기'라고 한다. 간은 우리 몸에서 에너지 관리센터 역할을 도맡아 하고 있다. 간은 장(腸)에서 흡수된 영양소를 저장하거나 다른 필요한 물질로 가공해 온몸의 세포로 분배한다. 또한 간은 독소를 분해하는 장기다. 몸에 들어온 각종 약물이나 술, 기타 독성물질을 분해하고 대사해 배설될 수 있는 형태로 만든다. 술과 약물에 들어있는 독소를 해독하는 역할을 하는 것도 간의 몫이라고 한다. 이러한 의학적 견해는 물론 검색을 통하여 알 수 있었다. 아울러 '떡 본 김에 제사 지낸댔다'고 내처 내가 당면한 간의 물혹, 즉 '간낭종'에 대한 것도 살펴보았다. 검색에 따르면 간낭종이란, 간의 실질 내에 얇은 막으로 이루어진 공간이 생겨 그 속에 액체가 들어 있는 형태라고 했다. 하지만 심각한 증상은 아니고, 혈액이나 염증 산물이 아닌 정상 체액의 일종이라고 하여 안심이 되었다. 또한 대부분 증상이 없기 때문에 건강검진이나 다른 질환에 대한 검사 중 발견되는 경우가 많다고도 했다. 이의 발견에 놀라서 호들갑을 떨 필요도 없다고 했다. 합병증을 동반하지 않으면 평생 아무런 문제를 일으키지 않고 악성 종양의 발생 가능성도 거의 없기에 특별한 치료를 요하지 않는다는 게 골자였다. 그제야 비로소 안도의 한숨을 내쉴 수 있었다. 평소 건강에 대한 관념은 사실 별로 지니고 있지 않다. 때문에 평소 과음도 다반사다. 그렇지만 그때의 경우처럼 건강검진 후에 떨떠름한 통보를 받는 경우엔 불안감이 당연히 자리 삽을 수밖에 없다. 특히 나처럼 없는 서민의 경우엔 건강이라도 지켜야 그나마 비로소 안심하고 살아갈 수 있으니까. 또한 그래야만 나 하나 믿고 사는 아내에게도 폐를 끼치지 않을 수 있기 때문이다.

언젠가 어떤 신문에서 모 논설위원이 미국에서 기자 생활을 할 적의 병원비 내역에 관한 글이 실려 눈길을 끌었다. 우리나라와 달리 국민건강보험의 사각지대인 미국은 병원에서 날아오는 청구서가 상상을 초월한다는 게 기사의 골자였다. 그 때문에 집안에 암 환자라도 하나 있으면 온 가족이 벼랑 끝에 내몰리게 되는 건 시간문제라는 것이었다. 이런 현실은 미국 의료 시스템은 우리나라처럼 국가 건강보험 제도가 없기 때문에 대부분의 국민들은 민간 보험회사에 가입해야 하며 이에 따라 높은 비용이 발생한다는 문제가 웅크리고 있기 때문이 아닐까 싶었다. 이에 반해 우리나라의 '자랑스러운' 건강보험은 어떠한가! 수면 내시경이 아닌 한 일반 내시경은 무료라는 사실 하나만으로도 충분히 감사한 일이 아닐 수 없다. 우리나라는 높은 의학 기술 수준과 체계적인 의료 시스템 구축으로 전 세계로부터 인정받고 있으며 국민 건강 증진에도 큰 역할을 하고 있다. 앞으로도 지속적인 혁신과 노력을 통해 더욱더 발전해 나가길 기대한다. 의료 강국! 대한민국 만세다.

> 자신의 건강을 살펴보라. 만약 건강하다면, 신을 찬양하고 건강의 가치를 양심 다음으로 높게 치라. 건강은 필멸의 존재인 우리 인간에게 주어진 제2의 축복이자, 돈으로 살 수 없는 복이니 — 아이작 월튼

기다리는 여심
노래 _ 계은숙

내 마음 외로울 땐 눈을 감아요 자꾸만 떠오르는 그대 생각에 가슴에 느껴지는 사랑의 숨결 멀리서 아득하게 전해오네요 사랑이 끝났을 때에 남겨진 이야기는 시들은 꽃잎처럼 흐르는 세월이 아쉬워하겠지 내 마음 외로울 땐 하늘을 봐요 흐르는 구름 위에 마음 띄우며 내 곁에 와 달라고 기원하면서 오늘도 기다리는 여인입니다.

지난 2005년에 발표한 가수 계은숙의 히트곡 〈기다리는 여심〉이다. 전공의 집단행동이 이어지면서 많은 환자와 가족들이 고통을 겪고 있다. 나도 그 피해자 중 한 사람이다. 당초 아내는 2월 27일 모 종합병원에서 수술을 받기로 했다. 하지만 의료대란으로 인해 그만 무기한 연기(이 글을 쓰는 2024년 6월 3일까지) 되면서 전전긍긍하고 있다. 이런 가운데 서울대 · 분당서울대 · 서울시보라매병원 병원장들이 지난 2월 28일 소속 전공의들에게 "환자 곁으로 돌아와 달라"는 호소문을 보냈다고 한다.

'의료 파행'으로 중증 · 난치 환자들이 고통받는 가운데 "전공의 여러분은 환자 곁에 있을 때 빛을 발한다"고 공개적으로 말한 대형 병원

수장은 서울대가 처음이라고 했다. 앞서 서울대 의대 학장도 졸업식에서 "의사가 숭고한 직업으로 인정받으려면 경제적 수준이 높은 것이 아니라, 사회적 책무를 수행해야 한다"고 말했다. 옳은 소리다. 반면 전국 의대 40곳 학장들 모임은 "학생 보호를 위해 최선을 다할 뿐"이라고 했다. 다른 대형 병원장들도 지난 2월 28일 전까지 "소속 전공의 및 의대생들과 지속적으로 소통하고 있다"고만 했다. "환자들이 여러분을 기다리고 있다"고 호소한 병원장은 지난 2월 28일 서울대가 처음이었다고 한다. 말로는 무엇을 못할까? 문제는 진심이다. 또한 행동이 수반되어야 한다. 그런데 아직까지 상당수의 다른 대형 병원장들과 의대 학장들은 '의사의 첫째 의무'를 말하지 않고 있다. 전공의와 의대생을 위하는 것인가, 그들 눈치를 보는 것인가.

이러한 현실을 3월 1일 자 조선일보에서 정해민 기자가 따끔하게 일갈했다. - "〔기자수첩〕 모두가 침묵할 때, 처음 용기 낸 서울대 - 서울대 · 분당서울대 · 서울시보라매병원 병원장들이 지난 28일 소속 전공의들에게 "환자 곁으로 돌아와 달라"는 호소문을 보냈다. '의료 파행'으로 중증 · 난치 환자들이 고통받는 가운데 "전공의 여러분은 환자 곁에 있을 때 빛을 발한다"고 공개적으로 말한 대형 병원 수장은 서울대가 처음이다. 앞서 서울대 의대 학장도 졸업식에서 "의사가 숭고한 직업으로 인정받으려면 경제적 수준이 높은 것이 아니라, 사회적 책무를 수행해야 한다"고 말했다. (중략) 전공의는 의대를 졸업하면서 '히포크라테스 선서'를 한다. "환자의 건강과 생명을 첫째로 생각한다"고 맹세한다. 이런 맹세를 가르친 스승이 의대 학장이고 처음으로 실천하는 곳이 대형 병원이다. 그런데 아직까지 상당수의 다른 대형 병원장들과 의대 학장들은 '의사의 첫째 의무'를 말하지 않고 있다.

전공의와 의대생을 위하는 것인가, 그들 눈치를 보는 것인가.

공동체 유지를 위해 의료만큼 중요한 분야도 없다. 국민이 의사를 존경하는 것도 이 때문이다. 그래서 의사 직역의 이익보다 공동체의 이익, 환자의 이익을 먼저 생각해 주기를 기대한다. 의료 파행 장기화로 환자가 제때 치료받지 못해 생명이 위협받는다는 소식이 들리기 시작했다. 의료계의 존경을 받는 사람이라면 '환자가 중요하다'는 목소리를 내야 할 때다. 모두 침묵하는데 서울대가 가장 먼저 용기를 낸 것이다. 환자가 먼저다." - 당연한 얘기겠지만 환자는 애가 타도록 의사를 기다린다. 환자에게 있어 의사는 풍랑을 만난 난파 직전의 어부를 구출해 주는 든든한 선장이기 때문이다. 그런데 지금 전국 대형 병원의 현장은 어떠한가? 조직과 돈보다 환자와 사랑이 우선 아닐까. 위 가요 〈기다리는 여심〉에서의 방점은 '내 곁에 와 달라고 기원하면서 오늘도 기다리는 여인입니다'이다. 이를 일부 변형하여 중증 환자의 입장에서 거듭 간청한다. "(저는) 의사가 내 곁에 와 달라고 간절히 기원하면서 오늘도 기다리는 중증의 환자입니다."

환자는 종종 의사의 진지한 태도에 감명을 받아 회복이 되기도 한다

— 히포크라테스 선서

59년 왕십리

노래 _ 김흥국

왕십리 밤거리에 구슬프게 비가 내리면 눈물을 삼키려 술을 마신다. 옛 사랑을 마신다 정 주던 사람은 모두 떠나고 서울 하늘 아래 나 홀로 아 깊어가는 가을밤만이 왕십리를 달래주네 밤 깊은 왕십리에 기적 소리 멀어져 가고 깊어만 가는 밤이 서러워 울려고 내가 왔드냐 정 주던 사람은 모두 떠나고 서울 하늘 아래 나 홀로 아 깊어가는 가을밤만이 왕십리를 달래주네 아 깊어가는 가을밤만이 왕십리를 달래주네.

1991년 6월 김흥국이 발표한 가요다. 김흥국은 자신의 트레이드마크가 된 '호랑나비'의 코믹한 이미지가 아닌 중년 남성의 진지한 감성으로 이 노래를 불렀다. 1959년은 김흥국이 태어난 해이며 그의 고향은 서울이다.

따라서 비록 고향은 다를지언정 그와 나는 동갑의 베이비부머 세대이다. 1959년생은 올해 나이가 딱 65세다. 고로 칠순이 멀지 않았다. 그런데 세금 안 붙는다고 나이만 먹었지 가끔은 '허투루 인생'인 나 자신을 돌아보면 헛살았다는 자괴감도 없지 않다. 그제는 점심에 모처럼 순대국밥을 사 먹었다. 그러자 내가 어렸던 시절 찾았던 '순대의 메카' 천안 병천장이 기억의 화면에서 상영의 필름을 가동하기 시작했다. 국민(초등)학생 시절의 어느 해 겨울방학이었다. 옆집의 전기다리미 월부 장사 아저씨가 용돈을 준다는 꾐에 빠져 함께 병천장에 갔다. 털털거리는 시골버스에서 내려 병천장에 들어서니 사람들로 인산인해를 이루고 있었다. 그러나 저녁이 다 되도록 다리미를 단 한 대조차 팔지 못한 아저씨로 인해 종일 쫄쫄 굶어야 했다. 등에 짊어진 다섯 대의 다리미는 더욱 육중한 무게로 피로를 가중시켰다. 뱃가죽이 등에 가서 붙은 듯 그렇게 너무나 배가 고프다 보니 심지어 김이 모락모락 나는 근처 난전의 순대를 훔쳐서 달아나고픈 충동까지 일렁거렸다. 당시의 그 절박함은, 마치 영화 〈은마는 오지 않는다〉의 주인공인 20대 후반의 과부 언례(이혜숙 분)처럼 어린 자식들 때문에 차마 죽지 못하고 뭐든 다하는 그런 수준의 고통 극치였다.

얼추 밤이 되어서야 고작 한 대의 다리미를 판 아저씨가 사주신 순대국밥을 겨우 얻어먹을 수 있었다. 병천장의 다른 이름은 '아우내 장터'라고 한다. 자그마치 300년 역사를 간직한 이 시장은 두 줄기의 하천이 한 목으로 모여 어우러진다는 뜻의 병천면(竝川面)에 위치한다. 또한 유관순 열사의 "대한독립"을 외쳤던 성지(聖地)로도 유명하다. 예부터 천안은 국토의 중심도시로 사통팔달의 육로가 연결된 곳이었다. 그중에서도 아우내는 지형적 이점 때문에 향시(鄕市)가 발달했다고 전해진다. 다른 장터도 마찬가지겠지만 병천장 역시 이곳을 찾으면 먹을거리를 지나칠 수 없다. 병천은 전국에서 손꼽히는 순대 골목이 즐비하기로도 유명하다. 병천 순대는 당면과 야채를 다져 넣은 일반 순대와 달리, 소와 돼지 내장에 채소와 선지를 넣어 만든다고 한다. 이 순대에 돼지고기와 내장까지 더해 만든 국밥 또한 별미임은 물론이다.

주머니가 썰렁한 서민들도 이 순대국밥에 소주 내지 막걸리 한 병을 추가하면 그 어떤 강추위조차 십 리 밖으로 달아난다.

〈59년 왕십리〉에서 김흥국은 왕십리 밤거리에 구슬프게 비가 내리면 눈물을 삼키려 술을 마신다고 했다. 또한 옛사랑까지를 마시건만 정작 정을 주던 사람도 모두 떠나고 서울 하늘 아래 나 홀로 있어 외롭기 그지없음을 독백하고 있다. 그 때문에 지금도 이 노래를 듣자면 동병상련의 마음이 되어 나는 다음과 같이 이 노래를 개사(改詞)하곤 한다. - "천안역 밤거리에 구슬프게 비가 내리면 ~ 눈물을 삼키려 술을 마신다 옛사랑을 마신다 ~ 정 주던 사람은 모두 떠나고 천안 하늘 아래 나 홀로 ~ 아 아, 깊어 가는 가을밤만이 봉명동(필자의 본적지)을 달래주네 ~" - 계절은 영락없는 여름이건만 나는 처량하게 흉흉한 가을밤 타령이나 하고 앉아 있는 꼬락서니가 영락없는 베이비부머 '꼰대'에 다름없다는 생각이다. 그래서 세월엔 장사가 없다고 했는가 보다. 어쨌든 고향은 누구에게나 사랑이다.

세월은 누구도 역류할 수 없는 인생의 어떤 교훈이다 ― 홍경석

하얀 목련
노래 _ 양희은

하얀 목련이 필 때면 다시 생각나는 사람 봄비 내린 거리마다 슬픈 그대 뒷모습 하얀 눈이 내리던 어느 날 우리 따스한 기억들 언제까지 내 사랑이어라 내 사랑이어라 거리엔 다정한 연인들 혼자서 걷는 외로운 나 아름다운 사랑 얘기를 잊을 수 있을까 그대 떠난 봄처럼 다시 목련은 피어나고 아픈 가슴 빈자리엔 하얀 목련이 진다.

1983년에 발표한 양희은의 〈하얀 목련〉이다. 목련의 꽃말은 '고귀함', '우애', '자연에 대한 사랑' 등 다양한 의미를 가지고 있다고 한다. 꽃말과는 상관없이 나는 비를 유독 사랑한다. 그래서 이 노래에 등장하는 '봄비 내린 거리'를 또한 그리워한다. 가뭄의 대척점에 비가 우뚝하다. 비가 주는 이득에는 물 공급, 대기질 개선, 식물 성장 촉진 등이 있다. 비는 경제적인 측면 및 생활 · 농업 · 환경적인 측면, 물 자원 확보 등에 있어서도 여러 가지 긍정적인 영향을 준다. 1979년에서 2008년까지 30년 동안 자료를 분석해 본 결과, 연평균 총강수량 1,343mm를 돈으로 환산한 가치가 약 9,079억 원에 달하는 것으로 조사되었다고 한다. 비는 환경적인 측면에서도 긍정적인 효과를 가져온다. 예를 들어, 나무는 비를 흡수하고 증발시키는 과정을 통해 지표

면의 수분을 유지한다. 지하수를 보호하며, 도심 자투리땅을 이용해 나무를 심거나 식물을 키우는 것만으로도 열섬 현상과 더불어 대기오염까지 줄일 수 있다.

전원주택 앞마당에 나무를 키우고 빌딩 옥상에 작은 정원을 마련하는 것으로도 대기 중의 이산화탄소 농도를 줄이고 공기를 정화하는 데 도움이 된다. 이 모든 게 비의 힘이다. 비는 또한 물과 동격이다.

물고기들은 물속에서 생활하면서 호흡하고 먹이를 섭취한다. 따라서 물이 없다면 생존할 수 없다. 식물들 또한 물을 흡수하여 성장하고 영양분을 공급받는다. 물은 식물의 온도 조절에도 중요한 역할을 하기 때문에 물이 부족하면 식물은 말라 죽는다. 대부분의 동물들 역시 물을 마시고 소화기관 내에서 수분을 유지한다. 또한, 물은 동물의 체온 조절에도 중요한 역할을 하기 때문에 물이 부족하면 사망에 이르게 된다. 인간도 마찬가지로 물을 마시고 소화기관 내에서 수분을 유지해야 한다. 물은 인체의 대사 과정에서도 중요한 역할을 하기 때문이다. 만약 우리 몸에 물이 부족하다면 심각한 건강 문제가 발생할 수 있다. 이처럼 물은 지구상의 모든 생명체에게 매우 중요한 자원 중 하나다. 그래서 우리는 물을 보호하고 지속 가능한 방식으로 사용함으로써 미래 세대에게도 충분한 물을 물려줄 수 있도록 노력해야 한다. 누군가는 목련의 낙화는 처참하다고 했다.

"하나둘 천천히 피었다가 먼저 핀 차례로 꽃잎을 떨어뜨린다. 화려할수록 생은 짧아서 요절한 미인처럼 애달프다. 땅에 떨어진 꽃잎이 갈색으로, 검은색으로 변해간다. 사랑의 끝이 좋지 못하다. 흠모하던 사람의 뒷모습을 보는 것처럼 쓰라리다."라며 혹평했다. 그러거나 말거나 목련이 만개할 때면 그 어떤 여왕보다 위풍당당하다. 이제는 어림도 없지만 아내도 과거엔 활짝 핀 목련 이상으로 고왔다. 백년해로(百年偕老)는 부부의 인연을 맺어 평생을 같이 즐겁게 지낸다는 말이다. 물론 현실적으로는 불가능하다. 풍진(風塵, 세상에서 일어나는 어지러운 일이나 시련)이 점철되는 우리네 인생이 어찌 평생 즐겁기만 할까. 그렇지만 그 뜨거웠던 열애 시절을 떠올리며 우리의 따스했던 기억들을 퍼즐 맞추듯 하는 과정을 실천하는 건 어떨까? 그렇게 한다면 분명 마음속에 다시 목련은 화려하게 사랑으로 다시 피어나지 않을까 싶다.

사랑을 하는 사람과 사랑을 받는 사람은 항상 따로 있어 — 윌리엄 서머셋 모옴

남자는 배 여자는 항구

노래 _ 심수봉

언제나 찾아오는 부두의 이별이 아쉬워 두 손을 꼭 잡았나 눈앞에 바다를 핑계로 헤어지나 남자는 배 여자는 항구 보내주는 사람은 말이 없는데 떠나가는 남자가 무슨 말을 해 뱃고동 소리도 울리지 마세요 하루하루 바다만 바라보다 눈물지으며 힘없이 돌아오네 남자는 남자는 다 모두가 그렇게 다 아 아 이별의 눈물 보이고 돌아서면 잊어버리는 남자는 다 그래.

1984년에 발표한 심수봉의 〈남자는 배 여자는 항구〉다. 지금과 달리 1980년대까지만 해도 결혼 이후 대부분의 남자는 밖에서 일을 하고, 여성은 집에서 가사를 돌보는 외벌이가 보편적이었다. 따라서 당시 여성의 가장 중요한 결혼생활의 덕목은 집을 안락하고 평안한 공간으로 만들고, 일하고 저녁에 돌아오는 남자를 기다리는 것이었다. 이러한 관점에서 한 자리에서 남자를 기다리는 여성을 항구, 밖에 나가서 일하고 돌아오는 남성을 배라고 비유하여 표현하지 않았을까? 라는 추측이 성립된다. 또한 그즈음 수동적인 여성들의 삶을 비유적으로 묘사했던 것이 이 노래를 히트곡으로 부상시킨 원동력이었다는 생각이다. 세월은 바뀌어 이제 그런 시대는 다시 오지 않을 것이다. 물론

요즘은 남자 혼자 벌어서는 살기가 힘들다. 더욱이 대기업이나 안정된 직장이 아닌 경우엔 맞벌이가 어쩌면 필수다. 남자가 돈을 벌고 여자가 가사와 육아를 담당하던 과거의 성 역할 분담 방식 대신, 남녀가 서로 협력하여 일하며 가정을 돌보는 형태로 변화하고 있는 것이다. 따라서 앞으론 '남자는 배 여자는 항구' 대신에 '남자는 항구 여자는 배'로 바뀌는 시절이 오지 않을까 싶다. 돈도 못 벌면서 허구한 날 두문불출(杜門不出) '삼식이'로 밥이나 축내는 무능한 남편이라면 복장이 터진 아내는 결국 언제든 떠날 수 있다는 무시무시한 뉘앙스까지 풍기는 그런 시절로.

한남대학교 경영대학원 CEO 과정 545 동기 모임 춘계 워크숍이 4월 21일에 있었다. 아침 일찍부터 채비를 마친 동기생 11명이 대전세무서 주차장에 대기 중인 버스에 올라 충남 서산시 해미면 남문2로 143 〈해미읍성〉을 향해 출발했다. 545 동기 모임의 총원은 27명인데 다들 공사가 망하는(이는 '공사다망'을 유머러스하게 풀이한 나의 의도적 용어임) 바람에 불과 40%의 출석률을 보여 아쉬웠지만 모처럼 만나는 면면들이 반갑긴 여전했다. 달리는 버스 안에서 사회자 김승수 교수님은 특유의 재치와 덕담으로 '빙고 게임'을 펼쳐 푸짐한 경품과 선물, 현금까지 무차별 살포하는 바람에 시간 가는 줄 모르게 해미에 도착했다. 해미읍성 앞에 도착하자마자 전국적으로 소문난 중국음식점 〈영성각〉에 들어가 짬뽕으로 배부터 채웠다. 이어 들어선 해미읍성은 전국에서 몰려온 관광객들로 인산인해를 이루고 있었다. 기념 촬영에 이어 활도 쏘고 떨어지는 춘화(春花)에 아쉬움까지 실어 보냈다. 다음 목적지는 충남 태안군 소원면 천리포1길 187 〈천리포수목원〉. 이곳 역시 여름에게 패잔병이 되어 잔뜩 위축되어 있는 봄을 안타깝게 잡으려는 상춘객들로 북새통을 이뤘다. 사진 찍기에 최적지인 곳이 너무 많아서 발걸음을 옮기는 곳마다 그곳이 곧 촬영 명당이었다. 다음 목적지는 캠핑장으로 소문이 자자한 충남 태안군 남면 신장리 〈몽산포 해수욕장〉. 채 여름이 도래하지 않은 까닭에 피서객은 드물었지만, 바다의 격정과 아울러 기장 갈매기, 아니 '태안 갈매기'들과의 소통을 도모하고자 온 이들이 적지 않았다.

저녁 식사 예약을 한 충남 태안군 안면읍 방포항길38 〈승진횟집〉을 향해 달리던 중, 아뿔싸! 동기 중 한 분이 몽산포 해수욕장 화장실에 지갑과 차 열쇠 등 중요한 것을 몽땅 두고 승차한 것이 뒤늦게 인지되었다. 하는 수 없어 버스를 돌려 몽산포 해수욕장 관리사무소로 달려갔다. 그런데 역시 한국인들은 정직했다. 청소를 하던 중 습득했다며 가져다 보관 중인 지갑과 차 열쇠 등을 받으며 진심으로 감사를 드렸다. 여행은 추억과 에피소드, 사랑과 기억의 복합이다. "자칫 모든 걸 잃을 뻔했던 몽산포 해수욕장을 앞으론 꿈에서조차 잊지 못할 것"이라는 동기의 조크에 우리는 모두 박장대소와 박수갈채를 아끼지 않았다. 드디어 도착한 방포항 횟집 앞의 바다는 썰물이어서 부두(埠頭)로 바뀌었으며 배들이 다들 모래와 펄(밀물 때는 물에 잠기고 썰물 때는 물 밖으로 드러나는 모래 점토질의 평탄한 땅)에 포위돼 있었다. 이윽고 식탁에 오른 푸짐한 생선회와 각종 먹거리는 온종일 피곤한 여정에 휘둘린 우리 동기들에게 새삼 에너지를 충전해 주는 한남대학교 경영대학원 CEO 과정 춘계 워크숍의 백미이자 하이라이트였다. 술과 바다의 밤바람에 더블(double)로 취하여 방포항 부두로 나와 심수봉의 〈남자는 배 여자는 항구〉 노래를 다시 들었다. 내일 새벽 항구의 배들은 다시금 고기를 잡으러 서해로 출항할 것이다. 모두 만선의 기쁨을 누리길 축원했다.

만선(滿船)은 모든 어부의 로망이다. 사실 어부와 만선의 함수 관계는 불가분(不可分)이다. 상식이지만 어부는 물고기를 잡아 생계를 유지하므로 많은 물고기를 잡는 것이 목적이다. 따라서 만선은 어부에게 좋은 결과라고 할 수 있으며 이는 함수 관계로도 나타낼 수 있다. 그런데 이러한 함수 관계는 다양한 요인에 의해 변화할 수 있다. 예를 들어, 날씨나 바다 환경 등의 자연적인 요소나 어획량 규제, 자원 고갈 등의 사회 경제적인 요소 등이 영향을 미칠 수 있기 때문이다. 따라서 어부와 만선 사이의 함수 관계는 단순한 선형(線形) 관계가 아니라 복잡한 비선형(非線形) 관계로 이해해야 하며, 상황에 따라 다양한 변수들까지를 고려해야 한다. 어쨌든 삭막한 콘크리트 도시권에 거주하는 대부분의 도시인은 푸르고 격징적인 바다를 바라보는 것만으로도 충분히 힐링이 되고도 남는다.

호호망망(浩浩茫茫) 바다나 호수(湖水) 따위가 끝없이 넓고 멀어서 아득함

감격시대

노래 _ 남인수

거리는 부른다 환희의 빛나는 숨 쉬는 거리다 미풍은 속삭인다 불타는 눈동자 불러라 불러라 불러라 불러라 거리의 사랑아 휘파람 불며 가자 내일에 청춘아 바다는 부른다 정열에 넘치는 청춘의 바다여 깃발은 펄렁 펄렁 파랑새 좋구나 저어라 저어라 저어라 저어라 바다의 사랑아 희망봉 멀지 않다 행운의 뱃길아 잔디는 부른다 봄 향기 감도는 희망의 대지여 새파란 지평 천리 백마야 달려라 갈거나 갈거나 갈거나 갈거나 잔디의 사랑아 저 언덕 넘어가자 꽃 피는 마을로.

1939년 오케레코드에서 발매한 유성기 음반으로 남인수의 〈감격시대〉다. 감격시대는 당대에 유행했던 애조를 띤 유행가와 달리, 행진곡풍의 흥겨운 선율이 이채롭다는 호평을 받았다. 이 노래에서 묘사한 거리는 '기분 좋은 미풍이 부는 환희의 거리'이고, 바다도 '정열이 넘치는 청춘의 바다'이다. 하지만 노래에서 지향하는 '희망의 대지'와 '행운의 뱃길'은 누구나 쉽고 편하게 갈 수 있는 곳이 아니다. 3절에 나와 있듯 '꽃 피는 마을'에 도달하려면 '언덕'이라는 장애물을 넘어야 한다. 게다가 1절의 "불러라"와 2절의 "저어라"에서 알 수 있듯이, 명령형 가사는 이 노래를 듣는 이에게 구체적인 행동을 촉구한다. 결

국 이 곡은 언덕만 넘어가면 꽃 피는 마을이 우리를 기다리고 있으니, 힘들어도 함께 넘어가자고 청자에게 제안하는 것이다. 따라서 〈감격시대〉에 나타나는 미래지향적인 가사는 막연한 낙관이 아니라, 노력과 고난을 이겨낸 후에 얻은 낙관주의라고 할 수 있다.

'매슬로의 욕구 5단계 설'이 있다. 이는 인간의 욕구는 타고난 것이며 욕구를 강도와 중요성에 따라 5단계로 분류한 아브라함 매슬로(Abraham H. Maslow)의 이론이다. 하위단계에서 상위단계로 계층적으로 배열되어 하위단계의 욕구가 충족되어야 그다음 단계의 욕구가 발생한다. 욕구는 행동을 일으키는 동기요인이며, 인간의 욕구는 낮은 단계에서부터 그 충족도에 따라 높은 단계로 성상해간다. 이것이 욕구 5단계 설이다. 1단계 욕구는 생리적 욕구로 먹고, 자는 등 최하위 단계의 욕구이다. 2단계 욕구는 안전에 대한 욕구로 추위 · 질병 · 위험 등으로부터 자신을 보호하는 욕구이다. 3단계 욕구는 애정과 소속에 대한 욕구로 어떤 단체에 소속되어 애정을 주고받는 욕구이다. 4단계 욕구는 자기 존중의 욕구로 소속 단체의 구성원으로 명예나 권력을 누리려는 욕구이다. 5단계 욕구는 자아실현의 욕구로 자신의 재능과 잠재력을 발휘해 자기가 이룰 수 있는 모든 것을 성취하려는 최고 수준의 욕구이다. 욕구가 사람의 잠재력과 재능을 깨운다는 것은 상식이다. 또한 목표가 속도를 이긴다. 또한 우연이 모여 필연을 이루며 작은 선택이 훗날 인생의 터닝포인트가 된다.

동화의 아버지로 불리는 안데르센은 '인어공주', '벌거벗은 임금님', '미운 아기 오리' 등 아이들의 가슴속에 따뜻한 동화를 남겼다. 가난한 가정에서 태어난 안데르센은 아버지의 이야기 속에서 상상의 날개를 폈다. 어려운 환경에서 자라면서도 그는 꿈을 키워주는 아버지의 이야기로 인해 희망을 갖게 되었다. 아버지는 매일 밤 안데르센에게 동화를 들려주었고, 그 이야기들은 안데르센의 상상력을 자극했다. 어릴 적 안데르센은 아버지의 이야기에 빠져들며 마법의 세계로 떠날 수 있었다. 그는 동화 속 주인공들과 함께 모험을 떠나며, 힘들고 어려운 상황에서도 꿈을 이루는 이야기들을 듣게 되었다. 이러한 이야기들은 안데르센의 상상력을 자극하고, 그의 작품에 큰 영감을 주었다. 그는 꿈을 키워주는 아버지의 이야기로 인해 작가로서의 길을 선택하게 되었다. 그의 작품은 많은 사람들에게 희망과 꿈을 전달하며, 세계 각지에서 사랑받고 있다. 안데르센의 이야기는 가난한 출신이라고 해도 꿈을 이룰 수 있다는 희망을 전해준다. 이 책을 발간하게 되면 나는 다시금 작년처럼 출판기념회를 가질 것이다. 나에게 있어 출판기념회는 그야말로 '감격시대'다. 내가 책을 한 권도 내지 않았다면 오늘날의 나는 존재하지 않았을 것이다. 나무를 볼 것인가, 아니면 숲을 볼 것인가? 그것은 전적으로 독자의 마음에 달렸다. 나는 지금도 사람을 만나면 책을 내라고 전도한다. 책을 내면 인생이 바뀐다. 내가 바로 그 산 증인이다.

미래는 꿈의 아름다움을 믿는 사람들의 것이다 — 엘리너 루즈벨트

Section 2
친구

보약 같은 친구
노래 _ 진시몬

아침에 눈을 뜨면 제일 먼저 생각나는 자네는 좋은 친구야 피 한 방울 섞이지 않은 우리 두 사람 전생에 인연일 거야 자식보다 자네가 좋고 돈보다 자네가 좋아 자네와 난 보약 같은 친구야 아아아 사는 날까지 같이 가세 보약 같은 친구야.

2015년에 발표되면서 친구의 가치를 더욱 크게 끌어올린 가수 진시몬의 히트송 〈보약 같은 친구〉다. 보약(補藥)은 몸의 전체적 기능을 조절하고 저항 능력을 키워 주며 기력을 보충해 주는 약이다. 따라서 보약을 적절히 먹으면 겨울에도 감기에 잘 걸리지 않는다. 딸이 고교생일 적엔 철마다 보약을 챙겨서 먹였다. 단골로 가던 한의원의 원장님께선 딸이 고 3 수험생이 되자 추가로 총명탕을 먹이는 게 좋다고 하셨다. 총명탕은 기억력 향상과 학습 능력 증진에도 효과가 있다고 하기에 주저 없이 승낙했다. 그 덕분이었을까? 딸은 자신이 원했던 대학을 너끈하게 갔다. 그래서 하는 말인데 우리네 인생사에 있어서도 출구가 안 보이는 어두운 터널인 양 잘 안 풀리는 난제(難題)의 문제가 총명탕 한 그릇으로 뚝딱 해결된다면 오죽이나 좋을까!

지금은 고인이 되셨지만 해마다 설과 추석, 조상님 제사 때는 아산에 사시는 숙부님을 찾아뵈었다. 어느 해 설날에도 찾아가 준비한 선물을 드린 후 점심 식사를 하면서 술도 따라드렸다. 영국의 극작가 셰익스피어는 안토니우스를 만나러 가는 클레오파트라의 모습을 "그녀가 내뿜는 향수 냄새로 바람마저도 상사병에 걸릴 지경이었다"고 했다. 나 또한 그런 심정이 되어 기왕지사 아산에 온 김에 '보약 같은 친구'에 다름 아닌 두환 형을 만나고 싶었다. "형, 안 바쁘시면 술 한잔 할까요?" "어디냐?" "○○○○ 앞입니다." 두환 형은 미사일보다 빨리 오셨다. 두환 형은 얼추 50년이 다 된 지난 시절, 아산의 모 호텔에서 근무할 당시 인연을 맺은 분이다. 당시 사귀었던 사람들 대부분이 소원해지고 연락처마저 안개에 쌓였지만, 두환 형만큼은 지금도 만날 카톡까지 주고받을 정도로 여전히 친밀하다. 하여간 자그마치 50년 우정이니 정말 대단하고 위대한 역사가 아닐 수 없다.

두환 형과 나는 이동한 천안아산역에서 KTX를 기다리는 시간까지를 '아끼고자' 3차의 술잔까지 내처 기울였다. 그 자리에서 마치 모처럼 장날을 맞아 마실 나온 아낙들인 양 흉금을 터놓고 미주알고주알 수다까지 마구 떨었음은 물론이다. "동생의 건강을 생각해서 형이 조언하는데 술 좀 줄여라!" "술이라도 마셔야 이 위선적이고 풍진 세상을 그나마 살 수 있죠." 저만치서 부산행 KTX가 성큼성큼 들어서고 있었다. "절대로 졸지 말고 대전역에서 잘 내려!"를 독촉하신 두환 형이 새삼 감사했다. 지난봄, 숙부님이 사무치게 그리웠다. 그래서 두환 형과 통화한 뒤 아산시외버스터미널에서 만났다. 두환 형이 대절한 택시를 타고 아산시공설봉안당을 찾아 숙부님과 숙부님보다 먼저 별이 되신 숙모님께도 인사를 올렸다. 돌아오면서 "동생, 올해는 책 안 내니?"를 물으시길래 "작가의 저서 출간은 어떤 의무라고 생각합니다. 올여름쯤에 색다른 책을 내려고요."라고 대답했다. 그랬더니 선뜻 지갑을 열어 흔쾌히 두둑한 현금까지 주시며 응원해 주신 두환 형이 새삼 더욱 고맙고 든든했다. 친구라고 해서 다 친구가 아니다. 외려 친구를 빙자하여 이익만을 추구하거나 피해를 입히는 경우도 다발하는 게 우리가 사는 세상의 요지경 꼴불견이다. 그러나 진정한 친구는 그 어떤 보물과 돈보다 소중한 법이다. 퍼내도 퍼내도 마르지 않는 샘물처럼 우정의 깊이가 여전한 두환 형은 나에게 있어 진정 '보약 같은 친구'이다. 두환 형~ 고맙습니다!

모든 언행을 칭찬하는 자보다 결점을 친절하게 말해주는 친구를 가까이하라

— 소크라테스

영일만 친구

노래 _ 최백호

바닷가에서 오두막집을 짓고 사는 어릴 적 내 친구 푸른 파도 마시며 넓은 바다의 아침을 맞는다 누가 뭐래도 나의 친구는 바다가 고향이란다 갈매기 나래 위에 시를 적어 띄우는 젊은 날 뛰는 가슴 안고 수평선까지 달려 나가는 돛을 높이 올리자 거친 바다를 달려라 영일만 친구야.

1979년에 발표하자마자 최백호의 히트곡으로 떠오른 〈영일만 친구〉다. 영일만(迎日灣)은 경상북도 포항시 북구 흥해읍 달만곶과 남구 호미곶면 호미곶과의 사이에 있는 만이다. 그런데 최백호의 그 친구는 대체 무슨 곡절이 있길래 외로운 바닷가에서 오두막집을 짓고 사는 것일까? 무더운 여름엔 몰라도 겨울엔 찾는 이도 없어 적막강산(寂寞江山)인 곳이 바닷가다. 그렇긴 하더라도 늘 팍팍한 콘크리트 문화권에서 사는 우리네 도시인들은 언제 가도 바다가 정겹기만 한 것도 사실이다. 오래전 대구에서 지인과 공동사업을 할 당시, 영일만을 찾았다. 거기서 지인과 콧노래로 '영일만 친구'를 합창했음은 물론이다.

지난 주말 아들이 집에 왔다. 경기도에 사는 아들은 자타공인의 효자다. 하루가 멀다고 전화 내지 카톡이나 문자로 제 엄마는 잘 계시는

지, 또한 이 아빠 역시 건강한지를 꼭 챙긴다. 아들은 횟집으로 우리 부부를 모셔선 생선회를 주문했다. 착석한 뒤 멍게와 함께 난생처음 먹어보는, 이른바 '포항물회'도 시켰다. 머리털 나고 처음 먹은 그 맛이 참 삼삼했다. '포항물회'는 해양도시인 포항에서 과메기와 쌍벽을 이루는 최고의 먹거리로 알려져 있다. 포항물회는 그 유래를 알고 먹으면 더 맛있다. 포항 앞바다에서 고기를 잡던 어부들이 음식을 먹을 사이도 없이 바빠서 큰 그릇에 막 잡아 펄떡거리는 생선과 야채를 썰어 넣고 고추장을 듬뿍 풀었다고 한다. 거기에 시원한 물을 부어 한 사발씩 후루룩 마시고 다시 힘을 얻어 고기를 어획하였다고 하는 데서 유래된 음식이 '물회'라고 한다. 이 음식이 처음에는 지역 어부들 사이에서만 유행하였단다. 그러다가 소문은 숨길 수 없는 까닭에 그 맛이 시원하고 감칠맛까지 있어 널리 알려지게 되었다나. 이어선 지방 특유의 음식으로 정착하게 되었으며 음식의 명칭도 자연스럽게 '포항물회'로 불리게 되었다는 것이다.

나와 마찬가지로 처음 먹어본 아내도 포항물회에 금세 반했다. "또 와야겠네!" 아들이 따라 주는 소주에 흠뻑 취하노라니 문득 포항과 어떤 동의어(同義語)이자 궁합까지 잘 맞는 최백호의 히트곡 〈영일만 친구〉가 다시 흥얼거려졌다. 조만간 다시금 피서와 휴가 시즌이 닥칠 것이다. 그러나 가난한 나는 여전히 '동남아'다. 동네에 남아있는 아저씨, 즉 휴가와 피서가 어려운 사람이란 뜻이다. 이런 어떤 아재 개그를 지인에게 했더니 냅다 돌아온 개그가 더 압권이었다. "그럼 난 하와이네? '하'-품은 나오는데 / '와'-이리 덥노? / '이'-지겨운 여름아, 어서 가그래이." 날씨가 덥고 습하면 누구나 시르죽은(시르죽다 = 기운을 차리지 못하다. 기를 펴지 못하다.) 현실에 고민하기 마련이다. 영일만이든 대천해수욕장이든 냉큼 거기로 뛰어가고만 싶다. 거기로 나 데리고 가실 분 어디 없소? 까짓거 술은 내가 살 테니까.

결혼은 어떤 나침반도 일찍이 항로를 발견한 적이 없는 거친 바다이다 — 하이네

잘못된 만남
노래 _ 김건모

난 너를 믿었던 만큼 난 내 친구도 믿었기에 난 아무런 부담 없이 널 내 친구에게 소개시켜줬고 그런 만남이 있은 후로부터 우리는 자주 함께 만나며 즐거운 시간을 보내며 함께 어울렸던 것뿐인데 그런 만남이 어디부터 잘못됐는지 난 알 수 없는 예감에 조금씩 빠져들고 있을 때쯤 넌 나보다 내 친구에게 관심을 더 보이며 날 조금씩 멀리하던 그 어느 날 너와 내가 심하게 다툰 그날 이후로 너와 내 친구는 연락도 없고 날 피하는 것 같아 그제서야 난 느낀 거야 모든 것이 잘못돼 있는 걸 너와 내 친구는 어느새 다정한 연인이 돼있었지 있을 수 없는 일이라며 난 울었어 내 사랑과 우정을 모두 버려야 했기에 또 다른 내 친구는 내 어깰 두드리며 잊어버리라 했지만 잊지 못할 것 같아.

1995년에 발표되면서 일약 히트곡 반열에 오른 김건모의 〈잘못된 만남〉이다. '잘못된 만남'은 일반적으로 부정적인 결과를 초래하는 관계나 상황을 의미한다. '잘못된 만남의 폐해'는 다양하다. 구체적인 예로는 배신, 사기, 폭력 등이 있으며 이는 필연적으로 결별 따위의 부정적인 결과를 초래하는 관계나 상황을 초래한다. 오죽했으면 정채봉 시인은 "인생에서 가장 잘못된 만남은 생선과 같은 만남"이라고 했을

까.

만날수록 비린내만 묻어오기 때문이다. 또한 가장 조심해야 할 만남은 꽃송이 같은 만남인데, 피었을 때는 환호하다가 시들면 금세 버리기 때문이다.

제22회 국회의원을 뽑았던 지난 4.10 총선을 앞두고 야당에서 공천받지 못한 인사들이 탈당 또는 새로이 만들어진 정당으로 말을 갈아타는 사례가 속출했다. 이 같은 분란은 여당이라고 예외가 아니었다. 공천 결과에 불복하여 삭발하고 심지어 분신까지 하는 사달을 보면서 '과연 국회의원이 뭐길래?!' 라는 자조와 한탄이 절로 나왔다. 김건모의 〈잘못된 만남〉은 철석같이 믿었던 친구였기에 스스럼없이 자신의 여자 친구를 소개했으나 결국엔 사랑과 우정을 모두 버려야 하는 자신의 처지를 자책하는 내용이 담겨 있다.

그러면서 뒤늦게 땅을 치며 통곡하는 장면이 절로 그려진다. 배반(背反)과 배신(背信)은 오십보백보다. 하지만 그러한 결과를 초래한 원인을 고찰하는 지혜가 반드시 필요하다는 생각이다. 과정이 없는 결과는 없기 때문이다. 어떤 일이든 그 일을 이루기 위해서는 반드시 거쳐야 하는 과정이 있으며, 이 과정 없이 좋은 결과를 얻을 수는 없다. 과정은 우리가 목표를 달성하는 데 있어서 매우 중요한 역할을 한다. 예를 들어, 공부를 해서 시험에 합격하고자 한다면 먼저 계획을 세우고, 책을 읽고 강의를 듣는 등의 노력을 해야 한다. 이러한 과정 없이 단순히 결과만을 바라보고 있다면 원하는 결과를 얻기 어려운 게 세상사의 이치다.

아무튼 장삼이사의 일반적 삶이든 정치인의 당적 변경도 본질은 애초 단추가 '잘못된 만남'이므로 이를 경계하며 피하고 볼 일이라는 것 아닐까.

그가 없는 긴 생을 사느니 그와 함께 하는 짧은 생을 택하겠어요. 그가 없으면, 사랑도 없으니까요 — 비비안 리

금산 아가씨

노래 _ 김하정

별과도 속삭이네 눈웃음 피네 부풀은 열아홉 살 순정 아가씨 향긋한 인삼 내음 바람에 실어 어느 고을 도령에게 시집가려나 총각들의 애만 태우는 금산 아가씨.

1971년에 발표하면서 가수 김하정이 히트시킨 가요 〈금산 아가씨〉다. 대한민국 중부권 가을 축제의 대명사이자 백미인 〈제41회 2023 금산 세계 인삼 축제〉가 2023년 10월 6일부터 10월 15일까지 시작되었다. 이 축제는 금산세계인삼엑스포 광장 및 금산 시내 일원에서 펼쳐졌다. 개막 첫날부터 인산인해를 이룬 〈2023 금산 세계 인삼 축제〉는 무려 1500여 년의 역사를 자랑하는 고려인삼의 종주지인 충남 금산에서 열리는 가장 핵심적인 전국 축제이다. 해마다 최고의 인기를 자랑하는 체험의 진수인 '인삼 캐기 체험'과 '건강체험관', 인삼 가공품을 저렴하게 구입할 수 있는 '국제 인삼 교역전'을 만나볼 수 있었다. 평소 접하기 어려운 '인삼 전통 문화 체험', '인삼에 로봇과 인공지능(AI) 기술을 접목한 가족 참여' 미래 콘텐츠인 '인삼 파워! 미래 로봇관'도 재미를 더하면서 특히 어린이들의 폭발적 참여와 호응을 얻었다.

이 밖에도 ‘엄마 건강 UP 행복 UP’, ‘인삼 마트 체험’, 전국서 온 손님들로 인산인해를 이룬 ‘백종원의 금산인삼 푸드코너’는 줄을 서야 했으며, ‘금산인삼 깻잎 푸드코너’도 왁자지껄 관광객들로 문전성시(門前成市)를 이뤘다. ‘금산인삼 직거래 장터’, ‘금산인삼 푸드테크’, ‘금산명품 삼계탕 판매코너’, ‘금산인삼 공예 전국 작가 초대전’, ‘인삼 저잣거리’, ‘거리의 라디오 엄마들의 수다’, ‘인삼주 병 만들기’, ‘금산인삼 약령시장 축제마케팅’, ‘인삼소비 마케팅’ 등 볼거리와 즐길 거리가 흡사 화수분처럼 많아서 관람객들은 정말이지 심심할 틈조차 없었다. “엄마, 행복하세요!”를 캐치프레이즈로 내건 〈2023 금산 세계 인삼 축제〉의 또 다른 흥밋거리는 매일 바뀌는 ‘금산군 읍면민의 날’ 기념 공연이었다.

그동안 갈고 닦은 비장의 무기를 총동원하여 무대와 객석이 하나 되는 하모니를 연출한 이 잔치는 폭소와 박수갈채가 이루어지는 2023 금산 세계 인삼 축제의 숨겨진 압권이자 화룡점정이었다. 또한 ‘금산인삼 K-POP 콘서트’와 ‘파워풀 EDM 페스티벌’, ‘K-INSAM 트롯쇼’, ‘전국 주부 가요제’, ‘금산 문화예술 한마당’, ‘뮤지컬 갈라 콘서트’, ‘CMB 프라임 콘서트’, ‘어린이 합창단 금산 사랑 나라 사랑 축제’ 역시 인기몰이의 주역이었다. 이어 ‘물페기 농요’, ‘금산농악’, ‘청소년 문화 난장’, ‘전국 금산인삼 동요 경연 대회’, ‘전국 치어리딩 경연대회’, ‘금산 한마음 가요 콘서트’, ‘2023 충청남도 문화원 생활문화축제’도 아낌없는 박수갈채의 진원지로 보였다. ‘전국 인삼 요리 경연대회’, ‘군악 연주회’, ‘한류를 만나다 - 태권도 공연’, ‘전국 건강 댄스 경연대회’ 등의 잇따른 알토란 공연 또한 〈2023 금산 세계 인삼 축제〉를 성공적으로 개최하기 위한 실무자들의 치밀하고 섬세한 아이디어의 집합 및 조율이 얼마나 지극정성이었는지까지를 새삼 돌이켜 보게 하는, 아낌없는 박수갈채의 근원으로 보여 넉넉하고 흐뭇했다.

그야말로 요즘 유행어로 '득템', 즉 온라인 게임에서 '아이템을 얻다'의 의미로 쓰인 데서 비롯하였으며, 생활 속에서 좋은 물건을 줍거나 얻었을 때도 사용하는 용어인 이 의미 부여가 가장 확실한 전국 축제가 바로 해마다 전국 각지에서 구름 인파를 불러오고 있는 〈금산 세계 인삼 축제〉이다. '금산인삼축제'는 문화체육관광부가 선정하는 전국 최우수 축제로 무려 10회나 선정되었으며, 명예 문화관광 축제 지정 등 명실공히 한국을 대표하는 산업형 축제로 숱한 명성을 쌓아오고 있으며, 급기야 세계적인 축제로까지 발돋움하고 있다. 취재를 마치고 금산군에서 무료로 운행하는 셔틀버스에 오르자, 버스 안의 관광객들 입이 다시금 저잣거리의 손님들처럼 왁자지껄 흐뭇한 '구경 담(談)'으로 모두 입이 부산했다. "나는 서산서 왔는디 댁은 어서 왔슈?" "지는예 부산서 왔어라예. 저쪽 선생님은요?" "저는 캐나다에서 입국한 교포입니다. 구경을 잘 마쳤으니 광주를 경유하여 고향인 강진(전남)으로 가려고요." 전국 축제에서 가장 많은 민원이 발생하는 부분이 실제보다 터무니없이 비싼 요금을 받는 '바가지요금'이다. 이럴 경우, 축제장을 찾은 관광객과 손님은 당연히 기분이 나빠지면서 설레던 마음마저 덩달아 차가운 냉기가 도는 기분으로 바뀌게 마련이다. 모 인기 유튜버가 전남 ○○군의 어떤 축제 현장을 찾았다가 어묵 한 그릇 가격이 1만 원에 달했다는 사연이 전해져 논란이 됐던 것이 일례(一例)이다. 지역 축제에서 이처럼 '음식값 바가지'를 씌우는 사례가 속출할 경우 그 관광객에게는 다시는 오지 않는 이유를 제공하게 된다. 이런 관점과 맥락에서 〈2023 금산 세계 인삼 축제〉는 음식값과 기타 인삼,

인삼가공류 식품의 가격까지 정말 저렴하여 관광객들에게 '엄지 척'을 아끼지 않게 했다. 실제 내가 당시 동행한 아내와 점심을 먹은 유명 식당의 소주 값은 고작 3천 원밖에 받지 않았다는 게 이러한 주장의 '팩트'이다. 음식값 바가지 논란은 지역 축제 때마다 반복되는 일이지만, 이를 사전에 단속하거나 방지하는 건 사실 쉽지 않다. 가격을 얼마로 할지 정하는 건 판매자의 권한이며, 어느 수준일 때 제재할지의 기준도 명확하지 않아서라고 한다. 하지만 축제를 주관하는 지자체의 책임자와 관계자, 관할 행정당국에서 관심을 갖는다면 얼마든지 이를 제어할 수 있다고 보는 게 나의 시각이다. 상식이겠지만 어디에서든 뻔한 음식과 주류 등의 가격에 바가지요금을 부과해 받는 경우, 애꿎게 금전적 손해를 당하는 손님은 당연히 업수가 자신의 인격을 무시하거나 심지어 터무니없는 저가(低價)로 판단한다는 불쾌감에 휩싸이게 된다. 이러한 맥락에서 〈2023 금산 세계 인삼 축제〉는 정말이지 100점 만점에 110점까지 주고 싶은, 오감까지 만족한 명불허전의 '진짜 축제'였다. 올해도 '향긋한 인삼 내음'이 바람에 실어져 풍길 〈2024 금산 세계 인삼 축제〉가 벌써부터 절친한 친구처럼 기다려지는 이유다.

건강이 배움보다 더 가치있다 — 토마스 제퍼슨

아파트
노래 _ 윤수일

별빛이 흐르는 다리를 건너 바람 부는 갈대숲을 지나 언제나 나를 언제나 나를 기다리던 너의 아파트 그리운 마음에 전화를 하면 아름다운 너의 목소리 언제나 내게 언제나 내게 속삭이던 너의 목소리 흘러가는 강물처럼 흘러가는 구름처럼 머물지 못해 떠나가 버린 너를 못 잊어 어 오늘도 바보처럼 미련 때문에 다시 또 찾아왔지만 아무도 없는 아무도 없는 아무도 없는 쓸쓸한 너의 아파트.

윤수일이 1998년에 발표한 히트곡 〈아파트〉다. 오늘도 눈을 뜬 시간은 새벽 4시. 첫 발차의 시내버스로 출근을 하는 것도 아닌 나는 현재 '백수'다. '백수'는 의미도 다양하다. 백수(白壽)는 사람의 나이 아흔아홉 살을 의미한다. 백(百)에서 일(一)을 빼면 99가 되고 '白' 자가 되는 데서 유래한다. 다음의 백수(百獸)는 온갖 짐승이며, 백수(白水)는 깨끗하고 맑은 물이다. 쌀을 씻고 난 뿌연 물과 깨끗하고 맑은 마음을 비유적으로 이르는 말이기도 하다. 또 다른 백수(白叟)는 나이가 들어 늙은 사람이고, 백수(白首)는 허옇게 센 머리를 나타낸다. 여기에 나는 '직업이 없는 사람'을 나타내는 진짜(?) 백수까지 얹었다. 설상가상 또 다른 백수(白手, 손에 아무것도 갖지 않음)의 가난뱅이 작가 겸 기자다. 작

년까지는 공공근로라도 근근이 하였는데 올 들어선 그 일자리마저 사라지고 없다. 겨우 하는 거라곤 이처럼 글을 쓰거나 취재하는 것인데 고료와 취재비가 연동이 되지 않는 까닭에 늘 경제적 어려움을 겪고 있다. 어쨌든 어제에 이어 오늘도 새벽바람부터 일어난 이유는 단 하나, 배가 고파서였다. 냉장고를 열어 달걀과 게맛살을 꺼내 섞은 뒤 프라이팬에 부치기 시작했다. 그 소리 때문이었을까, 아내도 깨서 주방으로 나왔다(아내와 나는 각방을 쓴다).

"시방(지금) 뭐 하는 겨?" "응, 엊저녁에 밥을 덜 먹었는지 배가 고파서…" 이내 아내의 힐난이 돌아왔다. "하여간 당신은 못 말려! 우리가 아파트서 살았다면 벌써 쫓겨나고도 남았을 껴. 당신이 새벽부터 쿵쾅거리며 돌아다녀서 잠을 제대로 못 잔다며 아래층 사는 사람이 쫓아올 건 불을 보듯 뻔하니께 말여." "……!" 아내의 말은 틀리지 않았다. 지금 살고 있는 집은 지은 지가 오래된 3층의 빌라이다. 지금은 타계하셨지만, 몇 년 전까지 바로 위층엔 할머니가 사셨다. 한데 그 할머니의 '부지런'은 나보다 한 수 위였다. 재래시장의 난전(亂廛)에 나가 팔 요량으로 심지어 새벽 2시부터 마늘을 절구에 찧는 소리는 너무 많이 들어서 만성이 되었다. 그럼에도 불구하고 "할머니 땜에 시끄러워 도저히 못 살겄슈!"라며 찾아가 어필한 적은 없다. 늘그막에 혼자 사시는 것도 억울하거늘 층간소음이란 이유만으로 항의까지 한다는 건 너무한다 싶어서였다.

다음은 2024년 6월 3일 자 한국경제에 실린 〔"층간소음 신고했다가 칼부림 공포" … 결국 짐 싸는 입주민들 〔현장+〕〕라는 제호의 뉴스다. - "층간소음 때문에 해코지당할까 너무 불안합니다. 최대한 빨리 이사 가려 합니다."(서울 이촌동 A 아파트 입주민 K 씨) 지난달 30일 오후 6시께 서울 이촌동 A 아파트 앞. 용산경찰서 소속 경찰관들이 아파트 주위를 맴돌며 주변을 유심히 살폈다. 층간소음 갈등으로 인해 한 입주민이 경비원에게 칼을 들이미는 등 난동을 부렸기 때문이다. 입주민 B 씨는 "밤낮 할 것 없이 들려오는 고함 소리와 집 안에서 보행기를 끄는 소리에 참다 참다 이웃들이 층간소음 신고를 했는데, 돌아오는 것은 흉기 위협이었다"고 했다. 아파트 층간 소음으로 인해 고통을 호소하는 시민들이 늘고 있다. 층간소음 때문에 발생한 이웃 간 갈등이 칼부림 등 강력범죄로 이어지는 사례도 많아 대책이 필요하다는 지적이 나온다. 3일 한국환경공단 층간소음이웃사이센터에 따르면 지난해 층간소음 상담 건수는 3만 6,435건에 달했다. 4년 전인 2019년 2만 6,257건보다 38.7% 증가한 수치다. 이웃 간 층간소음 갈등으로 인해 발생하는 강력범죄도 늘고 있다. 경제정의실천시민연합에 따르면 층간소음으로 시작된 살인 · 폭력 등 5대 강력범죄는 2016년 11건에서 2021년 110건으로 5년 새 10배 증가했다. (중략) 이웃 간 갈등이 칼부림으로 이어지는 사례도 종종 벌어진다. 지난 3월 경기 용인시 어떤 아파트에선 50대 주민이 층간 소음으로 갈등을 빚던 윗집 주민을 흉기로 찔러 부상을 입힌 사건이 벌어졌다. 1월에는 경남 사천시 한 빌라 계단에서 층간소음에 항의하던 주민이 위층 주민을 찔러 살해하는 사건도 벌어졌다. (후략)" -

LH(한국토지주택공사)가 저소득층의 주택문제 해결을 위해 임대 아파트 사업에 나선 게 지난 1971년이라고 한다. 어느새 53년이란 세월이 흘렀구나 싶은 와중에 나도 30여 년 전에는 잠시 그 임대 아파트에서 살았던 때가 생각난다. 당시에도 아내는 아파트의 특성상 '조심조심 코리아'가 아니라 '조심조심 발걸음'으로 살아야 한다고 신신당부했다. 전국 미분양 아파트가 3년 만에 5배로 증가했으며, 7만 가구를 넘었다는 뉴스를 봤다. 이유야 여러 가지가 있겠지만 최근 분양가가 치솟고, 고금리에 따른 수요 감소로 지방 주택 시장이 침체하면서 생긴 필연적 현상이 아닐까 싶다. 집 근처에 하늘 높은 줄 모르고 마구 올라가는 초고층 아파트가 보인다. 저 고가의 아파트에 입주하는 사람의 직업은 과연 뭘까. 나는 과연 죽기 전에 저런 아파트에서 살아볼 수 있을까? 아무튼 윤수일의 가요처럼 아무도 없는 쓸쓸한 아파트처럼 보기 흉한 것도 없다. 건설업에 종사하는 친구와 후배가 일거리가 없다며 푸념이다. 건설업이 활황이어야 공사장에서 노동 따위로 먹고사는 사람도 든든하다.

태평천국(太平天國) 근심이나 걱정이 없는 편안한 이상국

전우가 남긴 한마디
노래 _ 허성희

생사를 같이 했던 전우야 정말 그립구나 그리워 총알이 빗발치는 전쟁터 정말 용감했던 전우다 조국을 위해 목숨을 바친 정의에 사나이가 마지막 남긴 그 한마디가 가슴을 찌릅니다 이 몸은 죽어서도 조국을 정말 지키겠노라고 전우가 못다 했던 그 소망 내가 이루고야 말겠소 전우가 뿌려놓은 밑거름 지금 싹이 트고 있다네 우리도 같이 전우를 따라 그 뜻을 이룩하리 마지막 남긴 그 한마디가 아직도 쟁쟁한데 이 몸은 흙이 돼도 조국을 정말 사랑하겠노라고.

1977년에 가수 허성희가 발표하여 히트했던 가요 〈전우가 남긴 한마디〉다. 정말 애국심이 뚝뚝 묻어나는 감동의 극치다. 전우(戰友)는 전장(戰場)에서 승리를 위해 생활과 전투를 함께 하는 동료를 뜻한다. 한 치 앞을 가늠하기 힘든 전쟁터에서는 전우들과의 협력과 신뢰가 매우 중요하다. 전투 상황에서 함께 작전을 수행하면서 서로를 보호하고 지원해 주며, 위험한 상황에서도 서로를 믿고 의지할 수 있기 때문이다. 또한, 전우들은 서로의 감정을 공유하고 위로해 줌으로써 정신적인 지지를 제공하기도 한다. 이러한 이유로 전우는 전쟁에서의 승리뿐만 아니라 개인의 성장에도 큰 영향을 미치는 소중한 존재라고 할 수

있다.

6월은 국가보훈처에서 지정한 호국보훈의 달이다. 이 기간에는 국가를 위해 희생한 분들의 희생과 공헌을 기리고, 그들의 가족들에게 감사의 마음을 전하는 다양한 행사와 프로그램이 진행된다. 대한민국의 오늘을 있게 해 주신 순국선열과 호국영령의 숭고한 희생정신을 기리고, 국민의 호국 보훈 의식 및 애국정신을 더욱 함양해야 하는 달인 것이다. 대전광역시 유성구 유성대로935번길16 보훈공단 대전보훈요양원에서는 6월 12일 13시부터 16시까지 〈6월 호국보훈의 달 기념 히어로와 함께하는 화려한 외출(忠) - 잊지 않고 잇다〉 행사를 가졌다. 한국보훈복지의료공단이 주최하고 대전보훈요양원(원장 변미아)과 (사)호국보훈기념사업회(회장 권홍주)가 주관하였으며 (사)전국모범운전자연합회 대전시지부 중부지회(회장 서보원)와 대전시지부 동부지회(회장 김광업) 회원들이 자원봉사로 참여하여 대전보훈요양원에 계시는 어르신들을 위무(慰撫)하였다. 제1부 행사에서는 국민의례와 내빈소개, 개회사와 축사, 답사가 이어졌고 그동안 대전보훈요양원에 도움을 주신 분들의 소개가 큰 박수를 받았다. 제2부는 대한민국 국방의 메카인 충청남도 계룡시 신도안면 부남리에 위치한 '계룡대(鷄龍臺) 투어'를 진행하였는데 전국모범운전자연합회 대전시지부 중부지회와 동부지회 회원들이 모범택시 52대를 동원하여 장관을 이뤘다.

이 부분에서 취재를 하던 나는 정말 깜짝 놀람과 동시에 큰 감동의 울림을 느끼지 않을 수 없었다. 상식이지만 택시 영업에서는 시간이 매우 중요하다. 손님을 기다리는 대기 시간이나 이동 시간 등이 수익에 직접적인 영향을 미치기 때문이다. 이러한 부분을 모두 버리고 솔선하여 자원봉사에 나섰다는 것만으로도 이분들은 정말 존경받아 마땅한 분들로 보였다. 평소 출입이 엄격히 통제되고 있는 계룡대였지만 대전보훈요양원이 국가보훈부 소속임에 기꺼이 개문을 허락해 주고 투어 동안 국악대 지원까지 이어져 흐뭇한 마음으로 계룡대 일대를 택시에 동승한 어르신들과 함께 구경할 수 있었다. 제3부는 국립대전 현충원 참배로 이어졌다. 폭염이 더욱 기승을 부리는 바람에 동행한 어르신들께서 모두 다 참여하진 못하셨지만, 동행한 국군간호사관학교와 충남대학교 ROTC 생도들의 부축을 받으신 어르신들의 참여로 현충원 분위기는 평소보다 더 짙은 충성심까지 만발하는 분위기였다.

행사를 마친 뒤 다시 대전보훈요양원까지 어르신들을 정중히 모셔다드리자 대전보훈요양원 변미아 원장님께서는 거듭 감사의 말씀을 전하셨다. 호국보훈기념사업회 권홍주 회장님 역시 "앞으로도 이와 유사한 프로그램의 봉사를 계속할 생각"이라고 밝혔다. 전국모범운전자연합회 대전시지부 중부지회 서보원 회장님과 동부지회 김광업 회장님 또한 "오늘 하루 생업까지 포기하면서 봉사를 해 주신 회원님들께 진심으로 존경을 표합니다."라고 하셨다. 세계적 거부 빌 게이츠는 "성공을 거둔 기업가는 부를 사회에 환원하고, 또 세계의 불평등을 개선할 수 있는 길을 찾아야 한다. 이것이 우리의 사회적 책임이다. 나는 죽기 전까지 재산의 95%를 사회에 기부하겠다."고 했다. 6월 12일 대전보훈요양원에서 열린 〈6월 호국보훈의 달 기념 히어로와 함께하는 화려한 외출(忠)〉 행사는 정말이지 국가 유공자 어르신들의 충성심과 국가에 대한 희생정신까지 '잊지 않고 잇다'의 실천을 최고 산마루까지 잇는 최고의 예우였다. 한편 대전보훈요양원은 국가보훈부 국가보훈정책에 따라 설립되었으며, 국가유공자와 그 유가족 및 지역주민에게 전문적인 요양 서비스를 제공하고 있는 장기 요양기관이다. 다년간 기획재정부에서 주관한 준정부기관 고객만족도 조사에서 최우수기관으로 평가받았다. 또한, 국민건강보험공단에서 시행하는 노인 장기요양 기관 평가에서도 최우수 기관으로 평가를 받은 국내 최고의 시설을 자랑한다. 오랜 기간의 운영 노하우를 바탕으로 200실의 체계적인 전문요양시설과 행복한 웃음이 함께하는 활기찬 주간보호센터를 운영하고 있다. 아울러 노인성 질환에 대한 전문적인 이해를 바탕으로 맞춤형 요양 서비스 제공과 재활을 통해 삶의 질을 높여 어르신들이 행복한 노후를 보내실 수 있도록 노력하고 있으며 일상생활이 불편하신 어르신들의 손과 발이 되어드려 정성껏 모실 수 있도록 전 직원이 더욱 세심한 배려까지 경주하고 있다. 대전보훈요양원에서의 행사 도중에 대전보훈요양원에서 생활하시는 어르신 한 분의 감사문 낭독이 있었다. 자신의 나라에 대한 헌신을 국가가 잊지 않고 보답해 주어 고맙다는 내용이었다. 모두가 감동하면서 새삼 전우의 의미와 가치를 되새김질했다. 전우는 친구와 동격이다.

역사를 잊은 민족에게 미래는 없다 — 신채호

넌 그렇게 살지 마

노래 _ 박미경

아무 생각 없이 믿고 싶었지만 난 너의 속마음을 알아 항상 내가 아닌 다른 누군가와 나를 비교하는 것을 그렇게 눈치를 보며 사랑하진 마 더 늦기 전에 나를 잡아둬 (그렇지 않으면 너는) 후회하게 될 거야 넌 그렇게 살지 마 너만큼 나도 바보는 아냐 니가 날 떠나기 전에 내가 먼저 널 떠날지 몰라.

박미경이 1995년에 불러 히트곡이 된 가요 〈넌 그렇게 살지 마〉다.

〔'부산 돌려차기' 가해자 동료 수감자 "보복하려 탈옥 계획 세워"〕 이는 2024년 5월 27일에 올라온 내용이다. - "(부산=연합뉴스) 손형주 기자 = 구치소 수감 중 탈옥 후 피해자를 찾아가 보복하겠다고 협박한 혐의로 재판에 넘겨진 '부산 돌려차기 사건'의 가해자의 동료 수용자가 "돌려차기 가해자인 이 모 씨가 구체적인 탈옥 방법까지 이야기하며 피해자를 찾아가 죽이겠다고 협박했다"고 주장했다. (중략) 동료 수용자는 또 이 씨의 수첩에 돌려차기 피해자뿐만 아니라 1심을 선고한 판사, 검사, 전 여자 친구 등 보복 대상이 적혀 있었고 이를 찢어서 폐기했다"고 주장했다. A 씨와 함께 증인으로 출석한 B 씨도 같은 취지로 진술했다. (후략)" -

'부산 돌려차기 사건'은 2022년 5월 22일 오전 5시경, 30대 남성 이 모(1992년생) 씨가 20대 여성의 후두부(뒷머리)를 돌려차기로 가격하고 기절할 때까지 여러 차례 걷어찬 뒤 끌고 간 폭행 및 강간 살인미수 사건이다. 피해자인 20대 여성은 전날 버스킹을 보고 새벽이었던 2022년 5월 22일 오전 5시경, 오피스텔로 돌아왔다. 이때 엘리베이터가 오기를 기다리고 있던 피해자 여성의 등 뒤에서 평소에 알지 못하던 30대 남성이 다가와 뒷머리를 돌려차기로 가격하였다. 피해자는 바닥에 쓰러졌으며 가해자는 쓰러진 피해자를 몇 차례 짓밟는 등 무차별적으로 폭행한 뒤, 여성을 둘러메고 CCTV가 없는 복도 쪽으로 향하여 8분간 CCTV에서 보이지 않게 되었다. 이후 오피스텔 1층에서 쓰러져 있던 여성을 다른 주민이 발견하여 신고하였다. 가해자의 여자친구는 이때 도망친 가해자를 자신의 집에 숨겨 주고, 수색 중이던 경찰에게 거짓말을 하여 수사에 혼선을 주었다. 생각만 해도 끔찍한 사건이었다.

나도 젊었을 때 운동을 배웠지만 '부산 돌려차기' 사건의 가해자처럼 불특정 다수, 특히 나약한 여성을 대상으로 한 무차별 폭행은 상상할 수조차 없었다. 이러한 폭행은 어떤 경우에도 용납될 수 없는 심각한 범죄 행위다. 무차별 폭행은 상대방의 인권을 침해하고 심각한 신체적, 정신적 피해를 입히는 범죄 행위다. 이러한 범죄는 대개 이유 없이 발생하므로 예방이 어려우며, 범죄자의 강력한 처벌과 재발 방지 대책이 필요하다. 또한, 사회적으로 이러한 범죄에 대한 인식을 높이고, 피해자를 보호하고 지원하는 체계를 강화해야 한다. 무차별 폭행은 타인에게 큰 상처를 줄 뿐만 아니라, 법적으로도 매우 엄격하게 다루어지는 범죄이므로, 이러한 행동을 하지 않도록 항상 주의해야 한다. 그래서 거듭 강조한다. “부산 돌려차기 가해자야 ~ 앞길이 구만리 같은 젊은 사람이거늘 너도 앞으로는 그렇게 살지 마! 그렇게 살다가는 네 친구와 지인들도 모두 다 네 곁을 떠날지 모르니까.”

성찰하지 않는 삶은 살 가치가 없다 — 소크라테스

충청도 아줌마

노래 _ 오기택

와도 그만 가도 그만 방랑의 길은 먼데 충청도 아줌마가 한사코 길을 막네 주안상 하나 놓고 마주 앉은 사람아 술이나 따르면서 따르면서 네 설움 내 설움을 엮어나 보자 서울이고 부산이고 갈 곳은 있지마는 구수한 사투리가 너무도 정답구나 눈물만 흘리면서 밤을 새운 사람아 과거를 털어놓고 털어놓고 새로운 아침 길을 걸어가 보자.

1966년에 발표된 오기택의 〈충청도 아줌마〉라는 히트곡이다. 충청도는 대한민국의 지방 행정 구역 중 하나로, 대전광역시, 세종특별자치시, 충청북도, 충청남도를 포함한다. 충청도 사투리는 표준어와 발음과 억양이 다소 다르며, 느리게 말하는 특징이 있다. 예를 들어, "안녕하세요"를 "안녕하슈"라고 하거나, "고마워요"를 "고마워유"라고 말한다. 또한, 충청도에서는 줄임말을 많이 사용하는데, "내일 만나요"를 "낼 봐유"라고 하기도 한다. 충청도 사투리의 특징은 어미를 길고 느릿하게 빼거나, '뭐여', '겨, 아녀', '그류'처럼 모음이 걸쭉하고 구수하게 변하는 데서 찾을 수 있다. 특유의 어조 때문에 답답함을 느낄 수 있지만 못 알아듣는 일은 거의 없다. 다만 처음 듣는 사람은 웃는 경우가 많다. 대전에는 전국적으로 유명한 빵집 '성심당'과 함께

대전의 명물이랄 수 있는 두부두루치기를 잘하는 식당이 부지기수다. 그래서 전국에서 대전을 찾는 분이 많은데 특히 주말이면 줄을 길게 서서 자신의 차례를 기다리는 진풍경까지 벌어진다.

오기택이 부른 〈충청도 아줌마〉에서 우선 눈에 띄는 게 '와도 그만 가도 그만'이다. 큰 관심이 없다는 표현으로 보이는데 아무튼 이 부분에서 나도 귀동냥으로 주워 들어 습득한 우스개를 소개한다. 서울 사람이 차를 몰고 충남 공주에 갔는데 앞서가던 충남 번호판을 단 차가 너무 느릿느릿 가길래 신경질적으로 경적을 울렸다. 그랬더니 사거리 신호에 걸린 그 차에서 덩치 우람한 남자가 문을 열고 나오더니, 서울 차로 다가와서는 손짓으로 운전석 창문을 내리라고 했다. 서울 사람은 공연히 경적 울렸다가 흠씬 두들겨 맞는 것은 아닌지 걱정을 하며 조심스럽게 창문을 열었다. 여기서 반전이 일어난다. 그 충청도 덩치가 아주 느긋하게 하는 말, "그러케 바쁘문 어저께 오지 그랬시유." 하더란다. 유머책에 나오는 딴 이야기 하나 더. 충청도에 사는 한 아주머니에게 입금을 해줄 일이 있어 전화로 계좌번호를 물었다. 그런데 아줌마가 불러주는 계좌번호가 이상하게 길었다. "29649632967296…" 숫자가 너무 길다고 했더니 아줌마 왈. "뭔 소리유? 아직 네 개밖에 안 불렀는디유… 다시 부를 께유… 2구유. 4구유, 3이구유, 7이구유…"

보너스로 하나 더 추가. 또 다른 충청도 소재 이야기다. 한 전라도 사람이 정읍에서 장사를 하다 몽땅 날리자, 자살하려는 마음을 먹고 죽기 전에 장항(충남 서천군)의 누님이나 한번 만나보려고 대전에 가서 버스를 탔다. 한 여름이었는데, 이 버스가 만고강산 유람하듯 여기서도 손님 태우고 저기서도 손님 내려주고 하면서 마냥 가더란다. 그러다가 멈춰 서서는 당최 출발할 기미를 보이지 않았다. 갑자기 운전기사가 시동을 켜둔 채 버스에서 내려 무슨 일인가 싶어 내다보았더니, 개울로 내려가 세수를 하고 올라오더란다. 그래도 어느 손님 하나 불평하지 않았다. 다시 출발해 가다가 마주 오는 버스와 마주치자 두 기사는 창문을 열고 고개를 맞대고 "어휴 덥구먼" "왜 이리 찐댜" 하면서 긴하지도 않은 얘기를 마냥 늘어놓는데, 그 버스 두 대에 가로막혀 뒤로 죽 늘어선 차들 역시 어느 하나 경적을 누르지 않고 느긋하게 기다리는 것 아닌가. 그는 무릎을 치며 충청도에 와서 장사하면 되겠다는 생각에, 자살할 생각을 접고 충청남도 홍성에 자리를 잡았다. 그리고 800원이면 충분히 이문 남을 것을 900원으로 매겨놓고, 흥정이 들어오면 100원을 깎아줄 요량으로 판을 벌였다. "이기 얼마유?" 하면 "900원유" 라고 했다. 그런데 충청도 사람들은 아무 흥정도 군소리도 않고 느릿느릿 "그려유…" 하며 돈을 꺼내 주고 사 갔다. 그는 이렇게 장사가 쉬운 곳이 어디 있겠냐며 대박 꿈에 신이 났는데 한 달이 지나자, 손님 발길이 뚝 끊겼다. 결국 쫄딱 망했다. 그 사이에 그 가게는 비싼 집이라는 소문이 다 나버린 것이다. 충청도 사람들은 일단 참고 당해주기는 하지만, 두 번 당하지는 않는다는 것을 빗댄 이야기다.

이러한 기질을 지닌 충청도 사람들 때문에 선거철마다 여론조사 기관들은 골머리를 앓는다는 후문도 있다고 전해진다. 어쨌든 '객지에서는 고향 까마귀도 반갑다' 는 말이 있다. '고향 까마귀' 는 반가운 고향 사람을 일컬을 때 쓰는 말이다. 교통이 불편했던 오랜 옛 시절, 고향 가기가 무척 어려웠던 때 타지에서 고향 사람을 만나면 고향 까마귀 보듯 친구 이상으로 반가웠다는 뜻이다. 또한 팔은 안으로 굽는 법이다. 나는 내 고향 충청도를 극진히 사랑한다. 그동안 이 세상을 살아오면서 신세를 진 충청도 아줌마들이 참 많았다. 때론 술친구도 돼 주셨던 그분들은 지금 어디서 무얼 하며 살고 계실까? 주안상 하나 놓고 마주 앉아 그동안 겪었던 아줌마 설움, 내 설움을 엮어본다면 그 길이는 아마 천 리 길도 훌쩍 넘으리라.

집(고향)은 여러분이 태어난 곳이 아니라, 모든 것이 어두워질 때 빛을 찾는 곳이다
— 피어스 브라운

남의 속도 모르면서
노래 _ 하춘화

왜 나를 잡나요 (왜) 왜 나를 잡나요 (왜) 남의 속도 모르면서 싫다고 하더니 (싫어) 밉다고 하더니 (미워) 나를 나를 왜 자꾸 잡나요 외로운 내 마음을 알기나 하듯이 아픈 가슴 파고들 때면 밉다가 고운 사람 곱다가 미운 사람 내 마음을 흔드는 사람 왜 나를 잡나요 (왜) 왜 나를 잡나요 (왜) 남의 속도 모르면서.

2003년에 발표한 하춘화의 〈남의 속도 모르면서〉이다. 남의 속도 모르면서 자신이 전문가인 양 허세를 부리는 사람이 꼭 있다. 이런 세태를 박국희 기자가 2024년 6월 1일 자 조선일보 〔'데스크에서' 與 동요시킨 李 대표〕라는 제목으로 이유 있게 잘 꼬집었다.

-"(전략) 총선 때 '이조(이재명 · 조국) 심판론'을 두고 지금껏 논란이 되는 한동훈 전 비대위원장의 경우처럼 정치인이 어떤 시대정신을 포착하느냐는 문제는 사실상 정치의 전부라고 해도 과언이 아니다. 일반 시민은 평생 검찰청 한번 갈 일도 없는데, 문재인 정권은 검찰 개혁만 부르짖다 집값만 2배로 올려놓고 5년 만에 정권을 내줬다. (후략)"-

맞다는 생각이 들었다. 나 역시 입때껏 검사 얼굴 한번 볼 일이 없었으니까.

오래전 경비원으로 일할 적의 실화이다. “미안하지만, 담배 하나만 얻을 수 있을까요?” 젊은 친구 하나가 그렇게 다가왔다. “아, 댁이 새로 입사해서 일한다는 사람이구려?” “네, 맞습니다.” 흔쾌히 담배를 하나 꺼내 주었다. 한데 그게 ‘빌미’가 되었다. 툭하면 찾아와선 다시금 담배 ‘구걸’을 하는 그 젊은이의 정체가 궁금했다. 직장 상사에게 물으니 리모델링한 3층의 중요한 시설물 경비로 새로 뽑은 인력이라고 했다. 같은 직장이라곤 하되 업무가 전혀 다른 장르인 까닭에 딱히 마주칠 일은 없는 상태였다. 그렇긴 하더라도 그렇지 한눈에 보기에도 내 아들보다 어려 보이는 사람이 잊을 만하면 찾아와 담배를 달라니 정말이지 기가 막히기 시작했다. 나는 의지가 약한 터여서 여태 담배를 못 끊고 있다. 따라서 광고 등지에서 금연을 하라고 ‘협박’을 하고, 마트에서 담배를 한 갑에 4천 원 이상이나 주고 사자면 늘 그렇게 이유 모를 죄책감까지 들곤 한다. 제기랄, 이놈의 담배는 애당초 만나는 게 아니었는데…! 그러면서 철없던 지난 시절 담배를 배웠던 때가 어떤 흑역사(黑歷史)의 껄끄러움으로 다가오기 일쑤다. 여기서 말하는 ‘흑역사’는 없었던 일로 해버리고 싶은 과거의 일을 가리킨다. 하여간 당시 야근을 하던 어느 날 밤의 일이다. 문제의 그 친구가 또 다가왔다. 마치 절해고도인 양 별도로 관리 운영하는 시스템인지라 3층 경비원들은 여간해선 야간 근무자가 상주하는 1층 안내데스크엔 오지 않았다. 일종의 관례였다. 그러나 그 젊은이는 다시금 내 주변을 배회하면서 무언가를 부탁하려는 기색이 역력했다. ‘척 보면 삼천리’랬다고 나는 그가 또다시 담배 부탁을 할 것으로 예측했다. 아니나 다를까, “미안하지만, 담배 좀 하나만…” 순간 무언가 쐐기를 박아야겠다고 결심했다. “오늘은 내가 ○○○ 씨한테 쓴소리를 한마디하렵니다. 올해 나이가 어찌 됩니까?” “서른하나입니다.” 참았던 질타를 퍼부었다.

"내 아들이 서른다섯이오. 그래서 하는 말인데 ○○○ 씨는 아버지뻘 되는 사람한테도 평소 그처럼 담배를 꿔달라고 합니까? 입사한지도 한 달이 넘었고, 또한 급여를 받은 지가 얼마나 됐다고!"

그는 죄송하다며 고개를 숙였다. "아무리 막무가내 노가다판이라고 해도 이런 경우는 없는 겁니다. 담배 태울 경제적 능력이 없다면 나 같았으면 자존심 상해서 벌써 끊었소! 아무튼 나로선 이게 당신한테 주는 마지막 담배요. 다시는 이런 부탁하지 마쇼!" 나도 어려서부터 찢어지게 가난했다. 그래서 또래들이 중학교에 다닐 무렵부터 처서판(예전에, 막벌이 노동을 하는 험한 일판을 이르던 말)에까지 나가서 돈을 벌어야 했다. 더 지나선 소위 '노가다'를 했다. 비록 몸은 고되고 힘들었지만 함께 일하는 어르신들 앞에서 담배를 태울 수 있는 특권(?)만큼은 '합법적으로' 주어졌다. 워낙 일이 고돼서였다. 그렇긴 했더라도 언감생심 그 어떤 어르신들께도 감히 담배를 꿔달라곤 할 수 없었다. 그건 예의와 상식에도 크게 어긋날 뿐 아니라, 금세 "싸가지 없는 놈"으로 찍히는 자충수의 부메랑이 되는 때문이었다. 담배는 마치 불륜의 마녀(魔女)와도 같아서 처음부터 아예 안면조차 트지 않는 게 상책이다. 다만, 이미 그의 포로가 되었다손 치더라도 어르신에게 담배를 꿔달라고까지 하는 건 상당한 결례다.

이것저것 가리지 아니하고 닥치는 대로 하는 노동을 일컬어 쉬 '노가다'라고 한다. 이는 또한 행동과 성질이 거칠고 불량한 사람을 속되게 이르는 말이기도 하다. 일본어 '도카타(dokata = 土方)'에서 유래된 이 말은 일본말의 잔재이므로 사용하지 않는 것이 바람직하다. 그렇긴 하지만 지금도 무언가 부정적 표현을 하자면 이 용어가 자주 인용되는 게 현실이다. 예컨대 "이건 알바가 아니라 차라리 노가다야!"라는 따위의 푸념이 그 방증이다. 기왕지사 배운 게 담배라면 하는 수 없다. 금연을 하면 좋겠지만 말처럼 쉬운 일이 아니므로 그걸 "하라 마라"의 범주에선 빼겠다. 다만 새삼 강조코자 하는 건, 부친 격 되는 어르신에게 담배를 꿔달라고까지 하진 말자는 거다. 아무리 예절이 상실된 세상이라지만 아버지에게 담배를 달라는 자식은 여태 못 봤다. 남의 속도 모르면서 친구도 아닌 사람이 가뜩이나 비싼 담배를 거저 달라고 나를 자꾸 잡는 사람은 지금도 정말 싫다. 담배 살 능력 없으면 이번 기회에 아예 금연해! 그럼, 건강에도 좋잖아?

담배 끊는 게 얼마나 쉬운데요. 저는 백번도 넘게 끊었어요 — 마크 트웨인

Section 3
청춘

청춘 응원가
노래 _ 유현상

한번 왔다 가는 인생 겁날 게 있나 나는 아직 청춘이다 / 한번 왔다 가는 인생 기죽지 마라 브라보다 나의 청춘아 / 묻지 마라 인생이란 정답이 없단다 알려거든 묻지 말고 세월에 맡겨라 / 가는 길이 힘들다고 울지 마 내일은 달라질 거야 / 청춘아 소주 한잔 털어 넣고 웃어봐 힘을 내봐 / 한번 왔다 가는 인생 겁날 게 있나 나는 아직 청춘이다.

가수 유현상이 2018년 발표하면서 히트곡이 된 〈청춘 응원가〉다. 청춘(靑春)은 새싹이 파랗게 돋아나는 봄철이라는 뜻으로, 십 대 후반에서 이십 대에 걸치는 인생의 젊은 나이 또는 그런 시절을 이르는 말이다. 그야말로 화양연화(花樣年華)라 할 수 있다. 나도 그런 때가 존재했다. 십 대 후반에 지금의 아내를 만나 열애에 빠졌다. 군 전역 후 작수성례(酌水成禮)로 부부가 되었다. 첫 아이로 아들을 낳았고, 이듬해 직장에선 약관 20대 중반에 전국 최연소 소장으로 승진했다. 당시 나는 거칠 게 없는, 그야말로 불도저(bulldozer)였다. 청춘은 그만큼 힘이 셌다. 둘째로 세상에 나온 딸은 내 삶의 의미를 더욱 충족해 주었다. 더 자라서 출신고에서 유일무이 명문대에 합격하는 기염을 토할 때는 세상을 다 가진 듯했다. 아무튼 그렇게 흐른 세월은 나를 그예 '6학년

6반'으로 이동시켰다. 세월여류(歲月如流, 세월이 흐르는 물과 같다는 뜻으로, 세월이 매우 빨리 흘러감을 이르는 말)를 새삼 느끼지 않을 도리가 없다. 본디 사람은 우둔하다. 그래서 지금 자신이 누리고 있는 부와 행복이 만고불변(萬古不變, 오랜 세월을 두고 길이 변하지 않음)할 줄로 착각한다. 하지만 그렇지 않다. 세불아여(歲不我與, 세월은 덧없이 지나가 나를 기다리지 않음)는 세상의 공식이기 때문이다.

이런 관점에서 멍청하기 그지없었던 진시황이 떠오른다. 덩달아 그 진시황을 속여먹은 희대의 사기꾼이자 풍운아였을 서복(徐福)이 오버랩 된다. 서복은 기원전 219년, 진시황에게 중용되었다. 이후 진시황의 명령을 받아 엄청난 노자(路資, 먼 길을 떠나 오가는 데 드는 비용)와 어린 남녀 수천 명을 데리고 동쪽(우리나라 제주도로 추측)으로 가서 불로초를 구하려 했지만, 예상대로 돌아오지 않았다. 세상에 영생불사가 어디 있단 말인가! 진시황은 자신만큼은 영원히 청춘으로 살기를 염원했지만 어리석은 짓이었고 결국엔 서복에게 희대의 사기까지 당한 뒤 죽었다. 그것도 지방 순행 중 어가(御駕, 임금이 타던 수레)에서 급사했다. 더 기가 막힌 건 그의 죽음을 숨기고자 지록위마(指鹿爲馬)로 유명한 간신이었던 조고(趙高)가 자행한 사후 대처였다. 조고는 썩은 생선 따위 등으로 진시황의 시체가 썩어서 지독한 냄새가 나는 것을 막으면서까지 자신의 부귀영화를 지키려 했다는 점이다. 세상에 영원한 것은 없다. 청춘도 마찬가지다. '지록위마'는 '사슴을 가리켜 말이라고 한다'는 뜻으로, 사실(事實)이 아닌 것을 사실로 만들어 강압(强壓)으로 인정(認定)하게 됨을 뜻한다.

자신만큼은 영원히 청춘이라고 큰소리치는 경우에도 지록위마가 부합한다고 본다. 그렇지만 이런 허풍은 때로 필요하다고 생각한다. "나는 아직 청춘이다"라고 믿게 되면 가요 〈청춘 응원가〉처럼 한번 왔다 가는 인생이 겁날 게 없기 때문이다. 나는 오늘도 그 청춘 마인드를 지니고 취재를 하러 간다. "청춘아, 소주 한잔 털어 넣고 웃어봐 힘을 내봐. 한번 왔다 가는 인생 겁날 게 있나 나는 아직 청춘이다."

젊음은 희망을 빨리 갖기 때문에 그만큼 쉽게 현혹된다 — 아리스토텔레스

묻지 마세요
노래 _ 김성환

묻지 마세요 물어보지 마세요 내 나이 묻지 마세요 흘러간 내 청춘 잘한 것도 없는데 요놈의 숫자가 따라오네요 여기까지 왔는데 앞만 보고 왔는데 지나간 세월에 서러운 눈물 서산 넘어가는 청춘 너 가는 줄 몰랐구나 세월아 가지를 말어라.

탤런트이자 가수로도 인기가 대단한 김성환의 2014년 발표 히트곡 〈묻지 마세요〉다. 노래의 가사에서도 발견할 수 있듯 세월에는 장사가 없는 법이다. 강물처럼 흘러간 내 청춘도 어쩔 도리가 없다. 나 역시 반 이상 빠진 머리털에 부실한 치아는 때로 음식의 맛까지 식별할 수 없게 훼방을 놓는다. 누구나 젊음과 건강을 고수하거나 유지하려고 노력하지만, 나이라는 숫자는 언제나 나를 따라 움직이는 그림자와 마찬가지다. 그러므로 지나간 세월에 서러운 눈물을 뿌려봤자 다 부질없는 짓이다. 세월이 흐를수록 그 세월을 인정하며 더 진솔하고 의미 있는 삶을 영위하고자 노력하는 게 더 상책이다.

〔"자식 돈에 어디 숟가락"…박세리 논란에 소환된 손웅정〕 6월 20일 자 국민일보 뉴스를 호출한다. – "한국 골프의 전설 박세리가 부친

의 채무 문제로 수년간 갈등을 빚어 왔다고 털어놓은 가운데 20일 온라인에서는 축구 국가대표 주장 손흥민의 부친 손웅정 씨 발언이 재조명되고 있다. 손 씨는 지난 4월 CBS 라디오 '김현정의 뉴스쇼' 출연 당시 '손흥민이 용돈을 안 주느냐'는 진행자의 질문을 받고 "자식 돈은 자식 돈이고 내 돈은 내 돈이다. 자식 성공은 자식 성공이고 내 성공만이 내 성공"이라며 "어디 숟가락을 얹나"라고 말했다. 그는 자식을 소유물로 생각하는 부모를 '자식의 앞바라지를 하는 부모'라고 칭하면서 "저는 개인적으로 '작은 부모'는 자식의 앞바라지를 하는 부모라고 생각한다. 아이 재능과 개성보다는 본인이 부모로서 자식을 소유물로 생각하고 자기 판단에 돈이 되는 것으로 아이를 유도한다"고 꼬집었다. 이어 "앞바라지 하는 부모들이 자식 잘됐을 때 숟가락 얹으려고 하다 보니 문제가 생기는 것"이라며 "나는 요즘도 아들에게 '너 축구 처음 시작할 때 난 너하고 축구만 봤다. 지금도 네가 얼마를 벌고 네 통장에 얼마가 있는지 모르겠지만 난 지금도 너하고 축구밖에 안 보인다'는 얘기를 한다"고 덧붙였다. (중략) 앞서 박세리가 이사장을 맡고 있는 박세리 희망재단은 지난해 9월 박세리 부친 박준철 씨를 사문서위조 혐의로 고소했다. 경찰은 이 사건을 기소 의견으로 검찰에 송치했다. 박 씨는 새만금 해양레저 관광 복합단지 사업에 참여하려는 과정에서 박세리 희망재단 도장을 위조한 혐의를 받는다. (후략)" –

참 안타까운 뉴스가 아닐 수 없었다. 가족 간에 금전 관계로 갈등을 빚은 사례는 비단 박세리뿐만이 아니다. 방송인 박수홍과 가수 장윤정 또한 재산을 둘러싼 분쟁 끝에 가족과 연을 끊은 상태라고 알려져 있다. 나는 결혼한 직장인 아들과 딸이 있지만 입때껏 "너는 급여가 얼마냐?"라든가 "내가 어려우니 용돈 좀 다오."라는 말은 단 한 번도 하지 않았다. 아내도 마찬가지다. 그만큼 아이들을 존중하는 동시에 부자간에도 어떤 데드라인(deadline)을 넘어선 안 된다는 평소의 소신을 견지하려는 때문이다. 사람에게는 아무리 친구라 할지라도 누구나 넘어선 안 될 선이 존재한다. 이러한 선은 문화, 종교, 도덕적 가치 등에 따라 다양하게 나타날 수 있는데, 대부분의 경우 이는 국가적 혹은 개인적인 경계로 설정된다. 예컨대 미국에서는 총기 소지가 합법이지만 우리나라에서는 어림도 없다. 전미총기협회는 개인의 총기 소유 합법화를 주장하는 미국의 민간 단체이며, 약칭은 NRA이다. 1871년 11월 17일에 설립되었으며, 총기 소유 합법화를 위한 로비 활동을 하고 있다. 550만 명의 회원을 보유하고 있으며, 총기 제조 기업으로부터 막대한 후원금을 받고 있어 미국 정치인들에게 가장 많은 후원을 하는 최대의 로비 단체 중 하나로 알려져 있다. 이러한 막강한 로비력으로 인해 미국은 총기 규제 법안이 번번이 실패한다고 알려져 있다. 앞으로도 나는 아이들에게 급여가 얼마냐는 등의 질문은 여전히 '묻지 마세요, 물어보지 마세요'로 일관할 작정이다.

모든 어린이가 부모 눈에 비친 대로만 커 준다면 세상에는 천재들만 있을 것이다
— 요한 볼프강 폰 괴테

섬마을 선생님

노래 _ 이미자

해당화 피고 지는 섬마을에 철새 따라 찾아온 총각 선생님 열아홉 살 섬색시가 순정을 바쳐 사랑한 그 이름은 총각 선생님 서울엘랑 가지를 마오 가지를 마오.

1967년에 발표된 이미자의 〈섬마을 선생님〉이다. 이 노래에서도 나오지만 섬 색시는 그녀가 사랑했던 총각 선생님이 상경하는 순간, 자신을 망각할 것이란 걸 본능적으로 알고 있다. 그럼에도 우린 변절한 그 선생에게 비난을 퍼부을 자격이 없다. 왜냐면 사람은 본디 고통스럽고 불편하기까지 했던 지난날은 의도적으로, 아니 어쩜 본능적으로까지 아예 방기코자 하는 성향이 농후한 때문이다. 이러한 주장에 '호모 사케르'라는 개념이 숨어 있다. 조르주 아감벤이라는 학자의 책에도 나온 이 의미는 '벌거벗은 생명'이란 뜻을 내포하고 있다. 즉 주권권력이 사람을 죽여도 하지만 정작 죄가 안 되는 모순이란 뜻이다. 2차 대전 당시 독일에 의해 자행된 아우슈비츠의 유대인 처형이 그 전형이라 하겠다.

'선생 김봉두'는 2003년에 개봉된 영화다. 서울에서 잘 나가는 초등학교 선생인 김봉두(차승원 분)는 아이들보다 한술 더 떠 지각을 밥 먹듯이 한다. 그런가 하면 교장 선생님에게도 매일매일 혼나는, 이른바 '문제 선생'이다. 교재 연구보다는 술을 더 좋아하고, 학부모들로부터도 돈봉투를 최대한 확보하는 데 혈안이 돼 있다. 그러던 어느 날 꼬리가 길면 잡히는 법이라더니 선생 김봉두는 봉투 사건으로 인해 오지의 시골 분교로 발령된다. 휴대전화도 터지지 않고 담배도 구할 수 없는 오지의 마을로 쫓겨난 김봉두는 좌절의 늪에 빠진다. 전교생이 5명뿐인 강원도 오지 마을 분교에 부임한 김봉두는 오매불망 서울로 돌아갈 날만을 학수고대한다. 결국 시골 아이들과 마을 사람들의 순수함과 따뜻함에 자신의 행동을 반성하게 된 김봉두는 그동안의 불량 선생에서 참교육을 실천하는 선생으로 거듭난다.

이 영화를 보면 섬마을에서 학생을 가르치는 걸 숭고한 사명감으로까지 받아들이는 선생님, 더욱이 결혼조차 안 한 미혼의 여선생이 애틋한 존경심으로 떠오른다. 후배의 아들이 교대 졸업반이다. 그 후배와 이따금 술을 나누는데 어서 '선생님'으로 임용됐으면 하는 게 그 후배의 간절한 바람이다. 우리나라에선 선생님이 여전히 존경과 선망의 직업이다. 그러나 현실에서도 과연 그럴까? 언젠가 어떤 신문에선 "칠흑 같은 관사 퇴근길… 무서워서 늘 전화기 붙들고 다녀"라는 기사를 냈다. 내용인즉 전남 어떤 섬의 벽지 초등학교가 그러한 불안감의 중심이었다. 교사 관사로 가려면 10분 이상 수풀 길을 지나야 하는데 가로등이 없어 퇴근할 때 손전등은 필수라고 했다. 또한 막상 도착한 교사 관사는 '더럽고, 무섭고, 외로운' 마치 형벌의 관사 생활과도 같다는 내용이었다. 처음 발령을 받아 관사에 와서 방문을 여니 방 안이 온통 새까만 곰팡이로 뒤덮여 있었기에 제일 먼저 한 일이 벽지를 사서 도배부터 했다는 교사의 '증언'에서 지금도 이런 학교가 있나 싶었다. 가족과의 '생이별'조차 서글픈 터에 난방시설마저 쇠락되어 겨울이면 관사가 냉동창고 수준이 된다는 부분에 이르면 더욱 커다란 한숨이 쓰나미로 닥쳤다. 설상가상 과거완 달리 도서 벽지 근무에 따른 승진 가점마저 계속 낮아지고 있어 교사들의 지방 기피 현상은 더욱 심화하는 추세라고 했다.

벽지(僻地), 특히나 항구에서 배를 타야만 닿을 수 있는 섬마을이라고 한다면 변덕이 죽 끓듯 하는 바다의 특성상 안개와 풍랑으로 인해 툭하면 뱃길이 막히기도 다반사다. 아이들이 더욱 줄고 있다. 학생 수도 마찬가지다. 그렇다고 해서 교육을 포기할 순 없는 노릇이다. '선생 김봉두'처럼 교사가 벽지학교라고 해서, 섬마을이라고 해서 그곳에 아예 가려고조차 하지 않는 교육은 더 이상 교육이 아니다. '호모 사케르'의 모순이 교육 현장에까지 침투해선 안 된다. 교육은 백년대계(百年大計)라고 했다. 이 말에는 국가가 국민 교육에 책무감을 가지고 장기적 관점에서 올바른 교육의 방향을 설정하고 추진해야 한다는 뜻이 오롯이 담겨 있다.

전국적으로 폐교하는 학교가 가일층 증가하고 있다. 경북 김천시 증산면 소재 증산초등학교는 발상의 전환으로 폐교 위기를 봉합한 슬기로운 해법으로 뉴스에도 올랐다. 증산초등학교는 어린이 초등생보다 노인 초등생이 많은 학교라고 한다. 전교생 22명 중 15명이 만 65세 이상이다. 할머니가 14명, 할아버지가 1명이다. 이들의 평균연령은 79세, 65세가 막내다. '노인이 다니는 초등학교.' 어색한 말이지만 인구 유출 문제가 심각한 경북에서는 울진 온정초에 이어 두 번째라고 했다. 동네 노인들이 초등학교에 다니는 일은 올해 학교가 폐교 위기에 놓이면서 생겼다. 1980년대 600여 명이나 되던 증산초 학생은 올해 7명까지 줄었다. 농사짓던 젊은이가 죄다 도시로 떠났기 때문이다. 경북에서는 학생이 15명 이하로 줄면 분교나 폐교 대상이 된다. 1928년 문을 연 96년 전통 초등학교가 문 닫을 위기에 놓인 것이다. 증산초가 문을 닫으면 그나마 있던 학생들은 고개를 넘어 10㎞ 이상 떨어진 다른 초등학교를 다녀야 한다. 스쿨버스로 30분 이상 걸린다. 이에 마을 이장들과 교사들이 학교 살리기에 나섰다. 김창국 증산면 이장협의회장은 "학교마저 사라지면 안 그래도 쪼그라든 마을이 사라질 수 있다는 위기감이 들었다"고 했다. 결국 '노인 학생이라도 받자'는 아이디어가 나왔다. 마침 경북도교육청은 2022년 노인도 교장이 허가하면 초등학교를 다닐 수 있게 하는 규정을 신설했다. 가히 신의 한 수라고 보였다. 앞으로 증산초등학교에 등교하실 할머니 할아버지들께서는 청춘까지 되찾는 기쁨도 누리실 듯 싶어서 흐뭇했다.

저출산 여파로 인해 초등학교 입학생 수가 지속적으로 감소하면서, 학교 폐교가 늘어나는 현상이 도미노 현상으로 이어지고 있다. 학교 폐교는 해당 지역의 교육, 문화, 공동체 형성에 큰 영향을 미치며, 지역사회의 발전에도 영향을 미친다. 이를 방지하기 위해 교육 당국은 다양한 대책을 마련하고 있다. 소규모 학교를 유지하기 위한 정책이나, 인공지능 기술을 활용한 맞춤형 교육 등이 그 대표적인 예시다. 하지만, 학생 수 감소로 인해 학교 운영이 어려운 경우에는 폐교나 통합이 불가피한 경우도 있다. 이런 경우에는 지역 주민들과 충분한 협의를 거쳐 신중하게 결정되어야 하며, 폐교 이후의 활용 방안도 적극적으로 모색해야 한다. 한편, 학교 폐교의 도미노 현상을 막기 위해서는 출산율을 높이는 것이 가장 근본적인 대책이지만, 현재로서는 매우 어려운 문제다. 따라서 정부와 교육 당국은 학교 폐교의 도미노 현상을 막기 위해 최선을 다하는 동시에, 변화하는 교육환경에 맞는 새로운 교육모델을 개발하고 적용하는 노력이 필요하다. 김천의 증산초등학교 폐교 위기 극복 묘안을 접목했으면 좋겠다는 생각이다.

교육은 우리 자신의 무지를 점차 발견해 가는 과정이다 — 윌 듀란트

남자는 말합니다
노래 _ 장민호

여행 갑시다 나의 여자여 하나뿐인 나의 여자여 상처투성이 병이 들어 버린 당신 여행 가서 낫게 하리다 나란 사람 하나만 믿고 같이 살아온 바보같이 착한 사람아 남자는 말합니다 고맙고요 감사해요 오직 나만 아는 사람아 안아봅시다 나의 여자여 하나뿐인 나의 여자여 고운 얼굴에 쓰여진 슬픈 이야기 오늘 밤에 지워봅시다 나란 사람 하나만 믿고 같이 살아온 바보같이 착한 사람아 남자는 말합니다 고맙고요 감사해요 오직 나만 아는 사람아 나란 사람 하나만 믿고 같이 살아온 바보 같이 착한 사람아 남자는 말합니다 고맙고요 감사해요 오직 나만 아는 사람아 오직 나만 아는 사람아.

2013년에 발표한 가수 장민호의 '남자는 말합니다'이다.

손흥민 선수는 그 어떤 수식어로도 부족한 축구 스타다. 그의 골인 한 방에 전 세계 축구 팬들이 열광한다. 하물며 우리 한국인들이라면 말할 것도 없다. 손흥민 선수의 오늘날 성공을 만들어 준 '조련사' 손웅정 씨가 쓴 [모든 것은 기본에서 시작한다]를 서점에서 구입하여 읽었다. '모든 것은 기본에서 시작한다'는 건 사실 누구나 아는 상식이다. 초심을 잃어서는 안 된다는 것을 강조하는 것이다. 하지만 대부분의 사람은 이를 쉬이 망각한다. 아니면 알면서도 실천하지 않거나. 대표적인 케이스가 정치인이다. 선거 때는 머리가 땅에 닳도록 표를 구걸하다가도 정작 당선이 되고 나면 내가 언제 그랬냐는 듯 돌변한다는 것이다. 이 책은 남다른 축구 인생을 살아온 손웅정 씨가 어려서부터 경험한 그야말로 파란만장한 삶과 두 아들(손흥민 선수에겐 형이 있다)을 성공적으로 키운 노하우가 듬뿍 담겼다. 이 책에서 더욱 눈여겨본 대목은 의외로 많았다. "프로선수로 뛰던 손웅정이 막노동판에서 일한다고 수군대는 소리도 들려왔다.(P.46)" - 이 부분에서 문득 가요 '과거를 묻지 마세요'가 오버랩 되었다. 다음으로는 이 책의 저자 고향이 충남 서산이라는 점이 같은 충남의 천안이 고향인 나의 애향심을 자극했다. 이어 '운동선수에 대한 구타의 구습 없어져야(P.71)' 역시 "아직도 그런 나쁜 습관이 있었어?"라는 의구심을 촉발시켰다.

아울러 나 역시 청소년기 시절, 맞기 싫어 복싱을 배웠던 기억이 새로웠다. 그 내용은 후술(後述)하겠다. 다음으로 독일 속담 '아침 시간이 황금을 가져다준다'(P.99) 역시 매일 새벽이면 일어나 글을 쓰는 습관이 20년째인 나의 마음과 맞았다. '독서는 기억의 궁전을 세우는 것(P.139)'이라는 주장 또한 구구절절 옳았다. 이 책에서 손웅정 저자가 강조하는 "세상은 감사하는 자의 것이다. 마음을 비운 사람보다 무서운 사람은 없다.(P.167)"는 주장도 설득력이 크게 느껴졌다. 이 책의 더욱 감동 하이라이트는 P.220에 담긴 '손흥민 아버지의 지극정성… 독일 여인숙 3년 전전' 장면이다.

이 부분에서도 세상에 그 어떤 것도 공짜는 없다는 평범한 진리를 만나게 된다. 사람은 누구나 자기 자녀가 성공하길 바란다. 그런데 정작 큰 문제는 '큰 부모는 작게 될 자식도 크게 키울 수 있고, 작은 부모는 크게 될 자식도 작게 키운다.(P.260)'는 것이다. 이 또한 손흥민 아버지의 남다른 자식교육관이다. 「가르침과 배움이 서로 진보시켜 준다」는 뜻으로, 사람에게 가르쳐 주거나 스승에게 배우거나 모두 자신의 학업을 증진함을 뜻하는 교학상장(教學相長)까지 배울 수 있어 유익한 책이었다.

축구나 복싱은 다 같은 스포츠 장르다. 나는 고난의 소년가장 시절, 맞기 싫어서 복싱을 배웠다. 덕분에 지금도 건강을 유지하고 있는 것이라고 생각한다. 여운형(呂運亨)은 한국의 독립운동가 · 정치가였다. 초당의숙(草堂義塾)을 세우고, 신한청년당(新韓青年黨)을 발기하였다. 고려공산당(高麗共産黨)에 가입하여 한국의 사정을 세계에 알리는 역할을 하였다. 2005년 건국훈장 대통령장에 이어 2008년 건국훈장 대한민국장이 추서되었다. 본관은 함양(咸陽), 호는 몽양(夢陽)이다. 1886년 5월 25일 경기도 양평군(楊平郡) 양서면(楊西面) 신원리(新院里) 묘곡(妙谷)이라는 곳에서 출생하였다.

1906년 부친이 사망하자 집안의 노비를 모두 불러 모아 노비문서를 모두 불태워 그들을 해방시켰다. 1907년부터 서울 종로에 있었던 승동교회(勝洞教會)에서 선교사 보조원 생활을 했었고 같은 해 양평 고향집에 기독교 광동학교(光東學校)를 세워 향리의 청년들을 계몽하는 데 앞장섰다. 1910년 선교보다 교육의 중요성을 절감하여 강릉에 초당의숙(草堂義塾)을 세워 평등사상과 신학문을 가르치는데 전념하였다. 하지만 총독부에 의해 학교는 1년 만에 폐쇄되고 말았다. 국권이 피탈되고 학교가 폐쇄되자 승동교회로 돌아와 평양신학교를 다녔다. 또한 그는 스포츠에도 관심을 가졌는데 대한민국 최초의 야구팀인 YMCA

야구부(황성기독교청년회 베이스 볼 팀)의 주장으로 활약한 것으로 추측되며 1912년 11월 2일 와세다대학의 초청을 받아 일본까지 원정경기를 다녀오기도 하였다.

대한체육회가 발행하는 월간지 〈스포츠원〉 2024년 5월호에 '권투해서 일본인 맘껏 패라, 조선 체육의 아버지 몽양 여운형'이 실려 관심을 모았다. 운동을 배우면 좋은 이유는 다양하다. 운동을 하면 몸의 근육이 강화되고 체력이 향상된다. 또한 대사량이 증가하여 체중 조절에도 도움이 된다. 건강한 신체를 유지하면 일상생활에서의 피로감도 줄어들고, 질병 예방에도 효과적이다. 자신감이 상승하며 스트레스 해소에도 그만이다. 뇌 기능이 개선되고 수면 품질 향상, 면역력 강화, 심혈관 질환 예방, 골다공증 예방, 치매 예방, 우울증 예방에도 효과적이다. 장민호의 노래처럼 하나뿐인 나의 아내와 여행을 가는 것처럼 좋은 건 또 없다. 하지만 가뜩이나 고물가 시대에 여행은 서민으로서는 솔직히 사치다. 아무튼 40년 이상 내 곁을 지켜주고 있는 아내는 진정 내가 청춘 때 사랑했던, 참 고맙고 감사한 사람이다. 여보, 고마워요! 사랑합니다!!

여행은 모든 세대를 통틀어 가장 잘 알려진 예방약이자 치료제이며 동시에 회복제이다 — 대니얼 드레이크

태클을 걸지 마

노래 _ 진성

어떻게 살았냐고 묻지를 마라 이리저리 살았을 거라 착각도 마라 그래 한때 삶의 무게 견디지 못해 긴긴 세월 방황 속에 청춘을 묻었다 어허허 어허허 속절없는 세월 탓해서 무얼 해 되돌릴 수 없는 인생인 것을 지금부터 뛰어 앞만 보고 뛰어 내 인생의 태클을 걸지 마.

'안동역에서'의 주인공 진성을 명실상부의 스타로 만들어 준 2005년 발표작 〈태클을 걸지 마〉다. 태클(tackle)은 축구에서, 상대편이 가지고 있는 공을 기습적으로 빼앗거나 그런 기술을 뜻한다. 또한 럭비와 미식축구 등에서 공을 가진 공격수를 저지하기 위하여 수비수가 공격수의 아랫도리를 잡아 쓰러뜨리거나 공을 뺏음까지를 의미한다. 하지만 이를 배려와 존중의 정상적 사회 생활인의 관점에서 보자면 여간 비겁한 추태가 아니다. 사람은 누구라도 지난(至難)한 과정과 혹독한 시절을 경험하며 잡초처럼 살아왔다고 해도 과언이 아니다. 따라서 지난날은 어떻게 살았냐고 묻지 말라는 말은 온당한 것이다. 또한 한때 고단한 삶의 무게를 견디지 못해 일정 기간 방황을 했다손 쳐도 이 역시 시빗거리로 삼아선 안 된다. 중요한 건 지금이며 현재다. 풍요의 내일을 향해 앞만 보고 열심히 뛰는 사람들, 특히나 고단한 노동자와 알

바(생)들의 임금마저 떼먹는 후안무치는 그 사람 인생의 앞을 막는 '태클'로 간주될 뿐이다.

다음은 2024년 6월 3일 자 국민일보 기사이다. - 〔조선소 호황의 그늘… 중대재해 사망 4배 늘고 임금체불 여전〕 조선업계에 훈풍이 불고 있지만, 현장에서는 중대재해 사고가 끊이지 않고 있다. 호실적에 따른 작업량 증가가 역설적으로 사고 발생 위험을 키우고 있는 것이다. 노동 현장에서의 보다 체계적인 시스템 정비가 필요하다는 지적이 나온다. 2일 업계에 따르면 올해 조선소에서 폭발 · 깔림 · 끼임 · 추락 등 중대재해 사고로 사망한 노동자는 지난달까지 13명으로 파악됐다. 지난해 같은 기간 전국 조선소에시 3명이 사고로 사망한 것과 비교해 4배 이상 증가했다. 국내 조선업은 호황기를 맞아 실적도 완연한 회복세다. 국내 조선 '빅3'(HD한국조선해양 · 삼성중공업 · 한화오션)는 올해 1분기 각각 1,602억 원, 779억 원, 529억 원의 영업이익을 달성했다. 3사가 동반 흑자를 낸 것은 지난 2011년 이후 13년 만이다. 대선조선 등 중견 조선업체도 하나둘 흑자로 돌아서고 있다. (중략) 임금체불도 잇따르고 있다. 전국 금속노조 거제통영고성 조선 하청지회는 지난달 17일 "한화오션 하청인 탑재 업체 여러 곳에서 2월과 4월에 이어 또다시 임금체불이 발생했다"며 "최고경영진은 수십억 원의 성과급을 챙기는데 생산을 담당하는 하청 노동자는 임금체불을 겪고 있다"고 지적했다. 전문가들은 기업과 노동자가 상생할 때 진정한 '호황'이 될 수 있다고 강조한다. (후략) -

아들이 대학에 합격한 뒤 알바를 시작했다. 아들은 힘든 택배를 야간에 했다. 그러나 정작 임금을 받을 당시엔 이런저런 이유를 대가면서 이틀 치나 빼먹고 지급하였다. 이에 분개하는 아들을 보며 기성세대로서 얼마나 부끄러웠는지 모른다! 아들의 만류로 쫓아가서 따질 분풀이를 겨우 참았으나 한동안 그 생각만 하면 자다가도 벌떡 일어나곤 했다. 예전 직장의 건물 1층엔 커피숍이 있었는데 종업원은 알바 학생들이었다. 알바는 시간 단위의 시급을 받는 입장이다. 여기에 공부까지 하자면 여간 힘들고 고달픈 게 아니다. 더욱이 소위 '진상손님들'에 의한 스트레스까지 받자면 알바라는 것도 결코 쉬운 일이 아니란 셈법이 쉬 도출되었다. 따라서 비단 역지사지(易地思之)의 관점이 아닐지라도 내 아들과 딸이란 생각만 한다손 쳐도 어찌 감히 시급까지를 빼먹을 수 있단 말인가? 알바를 하던 시절 고생을 많이 한 까닭인지 하여간 누구에게나 사면춘풍(四面春風)의 인품까지 품평이 우수한 아들이다. 알바생이 고생을 하면서 일하지만 그들도 집에 돌아가면 그 집안의 소중한 아들이자 딸이다. 진적위산(塵積爲山)이란 티끌이 쌓여 산이 된다는 뜻을 지닌 '작은 것도 쌓이면 큰 것이 됨'의 비유이다. 예전에는 알바생들의 시급마저 떼먹는 비정한 기업이 있었다. 이런 기업은 정말이지 기업도 아니다. 이러한 기업은 국민적 지탄과 불매운동이란 또 다른 진적위산(塵積爲山)의 자초까지를 부르는 실마리가 될 수 있다. 이런 기업은 우리 소비자들이 불매운동이라는 '태클'을 걸어야 한다. 소비자는 왕성한 청춘이니까.

품질이란 우연히 만들어지는 것이 아니라, 언제나 지적 노력의 결과이다

— 존 러스킨

독도는 우리 땅
노래 _ 정광태

울릉도 동남쪽 뱃길 따라 200리 외로운 섬 하나 새들의 고향 그 누가 아무리 자기네 땅이라고 우겨도 독도는 우리 땅(우리 땅) 경상북도 울릉군 남면도동 1번지 동경 132 북위 37 평균기온 12도 강수량은 1300 독도는 우리 땅(우리 땅) 오징어 꼴뚜기 대구 명태 거북이 연어알 물새알 해녀 대합실 십칠만 평방미터 우물하나 분화구 독도는 우리 땅(우리 땅) 지증왕 13년 섬나라 우산국 세종실록지리지 50쪽에 셋째 줄 하와이는 미국 땅 대마도는 몰라도 독도는 우리 땅(우리 땅) 러일전쟁 직후에 임자 없는 섬이라고 억지로 우기면 정말 곤란해 신라 장군 이사부 지하에서 웃는다 독도는 우리 땅(우리 땅) 울릉도 동남쪽 뱃길 따라 200리 외로운 섬 하나 새들의 고향 그 누가 아무리 자기네 땅이라고 우겨도 독도는 우리 땅(우리 땅) 지증왕 13년 섬나라 우산국 세종실록지리지 50쪽에 셋째 줄 하와이는 미국 땅 대마도는 일본 땅 독도는 우리 땅(우리 땅) 독도는 우리 땅(우리 땅) 독도는 우리 땅(우리 땅).

1982년에 정광태가 부른 독도를 소재로 한 노래 〈독도는 우리 땅〉이다.

정광태는 1998년부터 언론과의 인터뷰를 통해, 이 노래가 1983년

7월부터 11월까지 4개월 동안 일본 교과서 파동과 관련하여 사실상 방송금지 상태였다고 주장했다. 이러한 주장에 대하여 대한민국 외교통상부는 2001년에 〈독도는 우리 땅〉이 금지곡으로 지정된 적은 없다고 입장을 밝혔다. 아무튼 정광태는 1998년 독도로 본적을 옮겼고, 초등학교 순회강연을 하는 등 독도와 관련된 활동을 활발히 펼쳤다. 1996년부터 초등학교 교과서에 5절까지의 가사가 실렸으며, 독도 노래비를 건립하기도 하였다고 한다. 그러나 노래를 부른 정광태는 일본으로의 입국이 금지되어 있다고 하니 여전히 독도 영유권 주장을 망설이지 않고 있는 일본(인)의 막무가내에 이젠 대꾸하기조차 싫다. 우리나라 역사상 가장 위대한 인물 중 하나로 꼽히는 이순신 장군님께서 살아계셨더라면 일본인들의 독도 망언에 대해 따끔한 일침을 가해주셨을 것이라 예상된다. 여섯 살 손자가 〈독도는 우리 땅〉을 토씨 한 자 안 틀리고 줄줄 왼다. 그래서 "우리 손자, 전국노래자랑에 나가도 되겠네!"를 연발했다. 2024년 6월 6일 현충일(顯忠日)을 맞으며 이 글을 쓴다. 현충일은 '충렬을 드러내는 날'이라는 뜻으로 매년 6월 6일 순국선열과 호국영령 즉, 민족과 국가의 수호 및 발전에 기여하고 애국애족한 독립운동가 등 열사들의 희생과 국토방위에 목숨을 바치고 국민을 지키다 희생된 전몰장병, 순직 공무원 등 모든 이들의 충성을 기념하기 위한 법정공휴일이다. 6월이 호국 보훈의 달이라 불리는 이유 중 하나이기도 하며, '6월의 꽃'이라 불린다. 현충일의 의미와 더불어 구국의 영웅이었던 충무공 이순신 장군을 새삼 흠모하게 된다.

우리나라는 지역마다 축제가 많다. '아산 성웅 이순신 축제'는 충남 아산시가 자랑하는 명불허전의 축제다. 이 축제는 성웅 이순신 장군의 애국 애족 정신과 충효 정신을 되살리자는 취지로 이순신 장군의 탄신

일을 전후하여 아산시의 명소에서 매년 열리고 있다. '아산 성웅 이순신 축제'는 구국의 명장인 이순신 장군의 정신을 기리고, 이순신 장군이 일생동안 행해 왔던 삶의 궤적을 다양한 프로그램을 통해 배울 수 있는 축제다. 1961년 최초로 온양 문화제 명칭으로 개최된 이래 해마다 진행되어 오늘에 이르고 있으며, 2004년부터 '아산 성웅 이순신 축제'로 명칭을 변경하여 개최해 오고 있다. 올해 2024년에는 '청년 이순신, 미래를 그리다'라는 주제로 4월 24일부터 4월 28일까지 개최하여 구름 인파를 불러왔다. 몇 해 전 이 행사의 취재를 목적으로 아산시를 찾았다. 당시엔 온양온천역 광장과 아산시 일대에서 성대하게 열렸다. 그래서 구경을 했는데 역시나 명불허전의 축제답게 구름 같은 인파들로 발 디딜 틈이 없었다.

온양온천 역 일대와 온양관광호텔 앞까지 설치된 각종의 행사 부스 역시 "장부가 세상에 나서 나라에 쓰이면 목숨을 다해 충성을 바칠 것이요, 만일 나라에 쓰이지 않으면 물러가 농사짓고 공부하면 되는 것이다."라고 했던 성웅 이순신 장군의 목소리가 쩌렁쩌렁 울리는 듯했다. 주지하듯 이순신(李舜臣) 장군은 우리나라 제일의 장수이자 지도자였다. 임진왜란 당시 연전연승을 거둔 옥포대첩과 한산대첩, 명량해전, 노량해전에서의 무용담은 2014년에 개봉된 방화 〈명량〉에서도 익히 보고 들은 바 있다. '명량'의 관객 수는 무려 1,761만 5,057명으로 우리 영화 사상 역대 1위를 기록했다. 이순신은 그의 할아버지 이백록(李百祿)이 조광조(趙光祖) 등 지치주의(至治主義)를 주장하던 소장파 사림(少壯派士林)들과 뜻을 같이하다가 기묘사화의 참화를 당한다. 따라서 이순신이 이 세상에 태어날 즈음에 가세는 이미 기울어 있었다. 그랬음에도 불구하고 그가 뒤에 명장으로 나라에 큰 공을 남길 수 있었던 것은 유년 시절부터 어머니 변 씨로부터 큰 영향을 받았던 때문이다. 변 씨는 현모로서 아들들을 끔찍이 사랑하면서도 가정교육을 엄격히 실시하였다. 이순신의 시골 본가는 충청남도 아산시 염치면 백암리다. 이순신은 당대에는 죽음으로써 나라를 구하였고, 사후(死後)에는 그 정신으로써 민족의 나아갈 길을 일깨워 주었다. 해전사 연구가이며 이순신을 연구한 발라드(G. A. Ballard) 제독은 이순신에 대하여 다음과 같이 평하였다.

-“이순신 제독은 전략적 상황을 널리 파악하고 해군 전술의 비상한 기술을 가지고 전쟁의 유일한 참정신인 불굴의 공격원칙에 의하여 항상 고무된 통솔 정신을 겸비하고 있었다. 어떠한 전투에서도 그가 참가하기만 하면 승리는 항상 결정된 것과 같았다. 그의 물불을 가리지 않는 맹렬한 공격은 절대로 맹목적인 모험이 아니었다. 그는 싸움이 벌어지면 강타하기를 주저하지 않았으나, 승리를 확보하기 위하여 신중을 기하는 점에 있어서는 넬슨(Nelson)과 공통된 점이 있었다.” - 참으로 대단한 존경과 칭찬이 아닐 수 없다 하겠다. 이순신 장군은 ‘이순신 어록’으로도 유명하다.

권준에게서 형님의 사망 소식을 전해 듣고도 침착하게 “전장에서 죽음이란 항상 등짐같이 짊어지고 다니는 것일 뿐이니 괘념치 말게나. 전장에서 지는 아쉬운 목숨이 어디 한둘이겠는가”라고 했다는 부분에서는 다시금 가슴에 소용돌이를 일으키는 뭉클함의 절정을 느끼지 않을 수 없다. “신(臣)에게는 아직 12척의 배가 있습니다. 그러니 너무 걱정하지 마십시오(今臣戰船 尙有十二)”라는 명언은 지금도 회자되는 성웅 이순신 만의 압권의 명언이다. 또한 “싸움에 있어 죽고자 하면 반드시 살고 살고자 하면 죽는다(必生卽死 死必卽生).”는 명언 역시 누구라도 가슴 깊이 새겨야 할 부동의 청춘 명제(命題)이다. 독도는 여전히 우리 땅으로 만들어주신 이순신 장군께 심심한 존경을 표한다.

■이순신 장군의 명언

· 죽음이 두렵다고 말하지 마라. 나는 적들이 물러가는 전투에서 스스로 죽음을 맞이했다.

· 좋은 직위가 아니라고 불평하지 마라. 나는 14년 동안 변방 수비 장교로 돌았다.

· 집안이 나쁘다 말하지 마라. 나는 몰락한 가문에 태어나 가난 때문에 외가에서 자랐다.

· 머리가 나쁘다 말하지 마라. 나는 첫 시험에 낙방하고 서른둘의 나이에 겨우 과거에 급제했다.

· 윗사람의 지시라 어쩔 수 없다고 말하지 마라. 나는 불의한 직속 상관들과의 불화로 몇 차례나 파면의 불이익을 당했다.

· 몸이 약하다고 고민하지 마라. 나는 평생 동안 위장병과 전염병으로 고통받았다.

· 기회가 주어지지 않는다고 불평하지 마라. 나는 적군의 침입으로 나라가 위태로워진 후 마흔일곱 나이에 제독이 되었다.

· 조직에 지원이 없다고 실망하지 마라. 나는 논밭을 갈아 군자금을 만들었고 스물세 번 싸워서 스물세 번 다 이겼다.

· 윗사람이 알아주지 않는다고 불만 갖지 마라. 나는 끊임없이 임금님의 오해와 의심으로 모든 공을 뺏긴 채 옥살이를 해야 했다.

· 싸움에서 죽고자 하면 반드시 살고 살고자 하면 죽는다.

· 내가 죽고 나면 내 몸은 물에 서리로 변하고 나의 이름은 영원히 뜨겁게 타 오를 것이다.

· 전투에 승리하는 비결은 적을 알고 스스로를 안다는 것이다.

· 자신의 능력을 믿으며 군대를 이끌어라.

· 어려움을 만나면 기회로 삼아라.

· 용맹은 기회를 만들고 기회는 용맹을 만든다.

· 실전은 경험을 통해서 배워야 한다.

· 한 사람이 길목을 지키면 천 명의 적을 떨게할 수 있다.

· 정신없이 행동하지 말고 태산처럼 무겁게 행동하라.

· 나의 죽음을 적에게 알리지 마라.

한방의 부르스
노래 _ 전승희

옛날의 나를 말한다면 나도 한때는 잘 나갔다 그게 너였다 그게 나였다 한때 나를 장담 마라 가진 건 없어도 시시한 건 죽기보다 싫었다 언제나 청춘이다 사나이의 가슴은 오늘도 가슴 속에 한 잔 술로 길을 만든다 오늘 밤은 내가 쏜다 더 멋진 내일을 그리며 사나이의 인생길은 한방의 부루스.

2005년에 발표한 가수 전승희의 〈한방의 부루스〉다. 부루스는 블루스(blues)를 뜻한다. 이는 미국 남부의 흑인들 사이에서 일어난 두 박자 또는 네 박자의 애조를 띤 악곡이며 느린 곡조에 맞추어 추는 춤의 하나로도 알려져 있다. 안정애의 〈대전 부르스〉는 이별의 말도 없이 떠나가는 새벽 열차 대전 발 0시 50분을 노래했다. 반면 〈한방의 부루스〉는 가사의 내용처럼 과거 '잘 나갔던' 자신에게 거는 일종의 도도한 최면술(催眠術)이다. 사람에겐 누구나 황금기가 존재한다. 과거의 내가 그랬다. 내가 과장급 소장으로 승진한 건 아들이 불과 두 살이었던 지난 1984년 2월 1일이다. 당시 최연소 소장이라 하여 회사에서도 단박 화제의 인물로 부상했다.

그렇긴 하지만 과장이 되어 휘하의 직원들을 관리.감독하려니 여간 어려운 게 아니었다. 어쨌든 그즈음엔 나도 〈한방의 부루스〉 가사처럼 '잘 나갔던' 시절이었고 따라서 시시한 건 죽기보다 싫었다. 그래서 툭하면 "오늘 밤은 내가 다 쏜다!"며 돈을 펑펑 쓰기도 다반사였다. 그렇지만 세상에 영원한 건 없다(世無永遠)더니 호시절은 잠시 왔다 금세 떠나는 봄날만큼이나 짧았다. 대신에 그 자리를 꿰차고 앉은 것은 실패와 빈곤의 연속이었다. 그럼에도 불구하고 이런 내용을 굳이 쓰는 연유는 글로 남기지 않은 아픔과 추억은 마찬가지로 흔적도 없이 증발하기 때문이다. 즉 일종의 반성적 거울로 삼자는 얘기다. '조선의 승부사들'이란 책이 있다. 여기엔 열정과 집념으로 운명을 돌파한 사람들이 담겼다. 세상은 그들을 외면했으나 그들은 세상의 중심에 우뚝 섰다. 과거 조선은 엄격한 신분제 사회였기에 자신의 신분적 한계를 극복하고 그 분야에서 인정받는 사람이 되기란 그야말로 하늘의 별 따기였다.

그들은 한때 뜨거운 눈물을 흘렸을지라도 넘어지고 일어서기를 계속하며 자신의 모든 것을 던져 인생 승리를 이루어냈다. 여기선 과학기술자 장영실과 상례 전문가 유희경, 역관 홍순언과 의원 허준도 나온다. 이 외에도 비파 연주가 송경운과 박물학자 황윤석, 천문학자 김영과 목민관 김홍도, 국수(國手) 정운창과 출판 전문가 장혼 등 열 사람이 등장한다. '낙이불류 애이불비(樂而不流 哀而不悲)'라는 말이 있다.

이는 공자가 한 말로써 '즐거워도 휩쓸리지 마라'와 '슬퍼도 비탄에 빠지지 마라'는 뜻이다. 내 비록 현재는 여전히 어렵되 '궁달유시(窮達有時)'를 믿고 있다. 이는 궁핍하고 영달함에는 때가 있다는 뜻이다. 누구에게나 힘이 되는 좋은 글이 있어 소개한다. 영국의 비평가 겸 역사가였던 토머스 칼라일의 〈오늘을 사랑하라〉이다. - "오늘을 사랑하라. 어제는 이미 과거 속에 묻혀있고 미래는 아직 오지 않는 날이라네. 우리가 살고 있는 날은 바로 오늘 우리가 사용할 수 있는 날은 오늘. 우리가 소유할 수 있는 날은 오늘뿐. 오늘을 사랑하라. 오늘에 정성을 쏟아라. 오늘 만나는 사람을 따뜻하게 대하라. 오늘은 영원 속에 오늘. 오늘처럼 중요한 날도 없다. 오늘처럼 소중한 시간도 없다. 오늘을 사랑하라. 어제의 미련을 버려라. 오지도 않는 내일을 걱정하지 말라. 우리의 삶은 오늘의 연속이다. 오늘이 30번 모여 한 달이 되고, 오늘이 365번 모여 일 년이 되고, 오늘이 3만 번 모여 일생이 된다." - 참 멋진 글이다. 토머스 칼라일의 글을 읊조리며 언젠가 다시 맞게 될 '한 방의 부루스'를 기다리고 있다. 그러자면 평소 멋진 내일을 그리며 더욱 열심히 살고 볼 일이다. 멋진 내일은 청춘의 또 다른 표현이다.

걱정은 빚지지 않은 빚을 갚는 것과 같다 — 마크 트웨인

물방울 넥타이
노래 _ 현숙

내 남자는 애창곡 몇 곡은 술술 나오고 속 보이지만 사랑한다고 말해주던 남자 뭘 입어도 폼이 나고 버릴 게 없더라 그런 당신께 콜을 보냈다 물방울 넥타이가 잘 어울리던 남자 사랑을 낙인처럼 내 가슴에 찍어주고 사랑하면 좋더라 사랑해서 행복하다 물방울 넥타이를 맨 그 남자.

2009년에 발표되자 다시금 히트곡이 된 현숙의 〈물방울 넥타이〉다. 현대 넥타이(necktie)와 가장 유사한 형태는 17세기에 등장한 크라바트(Cravat)이다.

루이 14세(1638~1715)가 왕좌에 오르기 전, 30년 전쟁 당시 프랑스 왕실을 보호하기 위해 크로아티아(Croatia) 병사들이 용병으로 프랑스 파리에 도착했을 때, 그들은 무사 귀환의 염원을 담은 연인이나 아내로부터 받은 스카프를 목에 두르고 있었다.

이에 관심을 보인 루이 14세가 저것이 무엇이냐고 묻자, 시종장이 병사에 대해서 물은 것으로 착각해 '크라바트'라고 대답했고 이후로 남자들의 목에 맨 스카프를 크라바트로 부르기 시작했다.

이후, 루이 14세와 귀족들 사이에서 이런 스타일이 유행하게 되었고, 이렇게 목에 천을 매는 스타일은 18세기까지 군대의 복장으로 정착되어 대중들에게도 점차 확산되었다.

이러한 형태의 크라바트는 제1차 세계 대전 때까지 일반적인 남성의 정장이 되었다. 넥타이는 주로 와이셔츠 깃 둘레에 매는 천으로 된 장식물이다. 남성과 여성은 규칙적인 사무용 옷, 정장, 제복의 일부로서 넥타이를 착용한다.

넥타이는 또한 학생, 직원의 옷에 많이 착용된다. 특히 남성복에서 중요한 액세서리 구실을 하므로 지금도 예의를 중시하는 장소에 간다고 하면 반드시 착용하는 게 어떤 원칙이다.

내가 넥타이를 찾기 시작한 것은 젊었던 시절, 호텔리어(hotelier)로 잠시 근무할 때부터였다. 예나 지금이나 호텔리어의 복장 규정은 까다롭다. 명찰은 가슴에 항상 착용해야 하며, 두발은 단정하고 깔끔하도록 유지해야 한다.

여성의 경우 뒷머리의 길이는 목깃에 닿지 않도록 하며, 남성의 경우에는 옆의 머리가 귀를 덮지 않도록 해야 한다. 화장은 밝고 자연스러워야 하며 화려하거나 진한 화장은 피하도록 하는 게 원칙이다.

호텔리어 시절과 달리 특별한 일이 없는 한 지금은 딱히 넥타이를 맬 일이 별로 없다. 그런데 사람은 의상에 따라 행동 방식이 달라질 수 있다. 예를 들어, 정장을 입은 경우에는 예의 바르고 신중한 태도를 취하는 것이 일반적이다.

반면 편안한 옷을 입은 경우에는 자유롭고 캐주얼한 분위기에서 활동하는 것이 더 어울린다. 그러나 이러한 행동 변화는 일시적이며 일관성이 없을 수도 있으므로 정답은 아니다.

어쨌든 복장의 착용 여부에 따라 사람의 행동도 바뀌는 걸 '매의 눈'을 가진 사람은 익히 아는 어떤 상식이다.

2002년에 개봉한 영화 〈라이터를 켜라〉라는 코미디 영화가 기억난다.

평소 어리버리한 주인공 허봉구(김승우)는 예비군 훈련을 갔다가 전 재산 300원을 투자해 라이터를 산다. 그런데 그 소중한 라이터를 서울역 화장실에 두고 나오고, 예비군 훈련장에서 만난 조폭 두목(차승원)이 그 라이터를 주머니에 넣는다.

가뜩이나 돈이 없어 열 받은 허봉구는 서울부터 부산까지 달리는 새마을호에 탑승한 뒤 조폭 두목 부하들에게 죽도록 맞으면서도 자신의 라이터를 내놓으라고 요구한다. 그야말로 불굴의 예비군 정신을 여지없이 보여주었다.

어떤 사람은 그 영화를 빗대며 "멀쩡한 사람도 예비군복을 입혀놓으면 아무데서나 노상방뇨(路上放尿)를 한다"고 비꼰 적이 있었다. 노상방뇨는 경범죄에 속한다. 그래서 10만 원 이하의 벌금, 구류 또는 과료(科料)의 형으로 처벌한다고 한다.

노상방뇨는 대부분 술에 취했거나, 물이나 커피, 차, 우유, 주스 등을 많이 마셨거나, 화장실을 도저히 찾지 못할 때 참지 못하고 저지르게 된다. 넥타이를 매면 점잖아지고 예비군복을 입으면 아무 데서나 볼 일을 본다는 주장은 전혀 근거가 없다.

아무튼 현숙의 〈물방울 넥타이〉 가요 가사처럼 물방울 넥타이까지 잘 어울리며 덤으로 나를 그리워하는 여자까지 있다는 건 분명 멋진 남자임에 틀림없다. 나는 과연 그런 청춘의 호시절로 돌아갈 수 있을까?

흘러간 과거, 더욱이 화려했던 면면에 연연하는 사람은 별 볼 일 없는 사람 축에 든다. 그렇지만 나도 과거 호텔리어 시절엔 정말 잘 나가는, 물방울 넥타이를 맨 멋진 남아였다. 지나간 세월은 돌아오지 않는다. 다만 추억만큼은 시효가 없기에 언제든 호출할 수 있지만.

세불아여(歲不我與) **세월은 덧없이 지나가 나를 기다리지 않음**

환희

노래 _ 정수라

어느 날 그대 내 곁으로 다가와 이 마음 설레이게 했어요 어느 날 사랑은 우리 두 가슴에 머물러 끝없이 속삭이고 있어요 그대 손을 잡고 걸어가고 있는 이 순간 세상 모든 것이 아름답게 보여요 이젠 나의 기쁨이 되어주오 이젠 나의 슬픔이 되어주오 우리 서로 아픔을 같이 하면 다시 태어날 수 있는 걸 이제 그대 기쁨을 말해주오 이제 그대 슬픔을 말해주오 우리 서로 아픔을 같이할 때 행복 할 수 있어요.

1988년에 발표된 정수라의 〈환희〉다. 환희(歡喜)는 '매우 기뻐함' 또는 '큰 기쁨'을 뜻한다. 불교에서는 이를 몸의 즐거움과 마음의 기쁨을 통틀어 이르는 말로써 자기의 뜻에 알맞은 경계를 만났을 때의 기쁨, 죽어 극락왕생하는 것에 대한 기쁨, 불법(佛法)을 듣고 믿음을 얻어 느끼는 기쁨 따위를 이른다. 사람이 이 풍진 세상을 사는 것은 이따금이라도 환희를 느낄 때다. 처음으로 생의 환희를 느낀 건 아내를 만나 열애에 빠졌을 때다. 이후 아들을 봤을 때도 그랬다. 둘째인 딸을 만났을 때도 환희를 덩달아 만났다.

아들과 딸이 소위 명문대와 명문대학원을 졸업했을 적에도 환희의 물결이 몰려왔다. 2015년에 첫 저서를 출간했을 때도 마찬가지였다. 환희는 행복을 느끼게 해준다. 행복이란 인간의 주관적인 체험으로서 개인마다 다를 수 있으며, 환희 또한 그중 하나일 수 있다. 일반적으로 사람들은 자신이 좋아하는 일을 하거나 목표를 달성했을 때, 사랑하는 사람들과 함께 있을 때, 성취감이나 만족감을 느낄 때 등 다양한 상황에서 기쁨과 즐거움을 느끼게 된다. 이러한 감정들은 우리 삶에 긍정적인 영향을 미치며, 스트레스나 불안감을 해소하고 마음의 안정을 유지하는 데 도움을 준다. 그렇지만 때로는 환희가 지나쳐서 오히려 부정적인 결과를 초래할 수도 있으므로 적절한 조절이 필요하다. 또한, 행복은 일시적인 것이 아니라 지속적인 것이어야 하므로 일상생활에서 작은 것에도 감사하고 즐길 줄 아는 자세가 필요함은 물론이다. 이를 위해서는 자신의 가치관과 목표를 세우고, 그것을 이루기 위해 노력하면서도 주변 사람들과의 관계를 소중히 여기고 서로 배려하는 태도가 필요하다. 결국, 진정한 행복은 내면으로부터 오는 것이며, 외부 요인에 의존하지 않고 스스로 만들어 나가는 것이라고 생각한다. 평소 존경하는 친구가 있다. 친구를 존경한다고?

맞다. 새벽마다 밭에 나가 채소 등을 길러 주변의 어려운 이웃에 나눠주는 친구다. 오랜 봉사활동을 하고 있는데 그 공적을 인정받아 '제16회 2021 대전자원봉사자의 날' 기념식에서는 영예의 행정안전부장관상을 수상했다. 페스탈로치는 스위스의 교육자였다. 교육만이 사회 불평등을 해결할 수 있다는 생각으로 일생을 교육에 바쳤다. 가난한 사람들도 교육받을 수 있는 대안학교를 세웠으며 사랑과 믿음, 경험을 통한 교육 방법을 실천하며 신교육의 기초를 쌓았다. 교육은 개인이 사회생활을 효과적으로 영위하고 또 적응할 수 있는 기능을 기르는 과정이다. 동시에 인류 문화의 계승을 위한 역할을 수행함으로써 그 사회적 기능을 다한다는 데 방점을 찍는다. 아무리 강조해도 지나치지 않은 불조심과 같다. 대전시 서구 가수원동 768-3에서 초.중.고.전문〈서진학원〉을 경영하는 정운엽 곰두리 서구 봉사단장은 지난 2000년 11월부터 지역 학생들에게 무료교육을 시작했다. 아울러 '자연과 인간은 하나'라는 공동체 의식 속에서 지역사회 공동체와 인식 개선 등에 크게 노력해 왔다.

대전의 젖줄인 갑천 부근의 불모지 땅을 밭으로 개간하여 청소년 및 초중등생들에게 빌려주어 씨앗 심기부터 수확까지 체험하게 하였다. 일지를 정리하는 과정을 통해 자연의 생명도 소중함을 일깨워주었다. 저소득층과 다문화가정 아동을 대상으로 매년 갑천변 또는 학교 운동장에 집결하여 천체 망원경을 빌려 우주 관측과 자연의 소중함을 알리는 데 있어서도 크게 호응을 얻었다. 2015년부터는 대한적십자 가수원동 회장으로 활동했다. 기성동의 적십자 수련원(약 5만 평) 부지를 국민의 품으로 돌려달라는 운동을 전개하였는가 하면 주말마다 청소년 거리 조성이란 슬로건 아래 불법 광고물 제거와 거리 청소, 노인 공경, 좋은 말 고운 말 쓰기 캠페인을 전개했다. 2017년에는 대전시 서구 장애인 자립생활센터와 MOU를 체결하여 장애인 인권 포럼, 대전시 버스 승하차의 개선 사업과 차량 변경 사업에도 일조했다. 2018년부터는 직접 재배한 배추(1,100kg / 당시 시가 400만 원 상당)로 김장을 담가 110 세대에게 전달하는 등 정운엽 단장의 봉사의 손길엔 쉴 틈이 없었다. 이 밖에도 다문화 가정 외국인과 함께 만든 쿠키 나눔 행사, 이.미용 및 생활 활동 보조 도우미, 무료 급식 비용 마련을 위한 가판대 운영 등 정운엽 단장의 보폭은 갈수록 넓어져만 갔다.

정운엽 단장의 신조와 삶의 모토는 '형편이 어려운 가정에서 태어났다는 이유로 겪게 되는 가난의 대물림을 끊고 싶다'였다. 부산에서 경영하던 무역회사를 접고 대전으로 삶의 터전을 옮긴 정 단장은 최고의 우군인 평생 아내와 함께 가수원동에 학원을 차렸다. 페스탈로치의 확고한 교육관을 지닌 그는 지난 20여 년간 매년 5~6명의 학생을 무료로 가르쳤다. 덕분에 그에게서 진실된 인성관까지 철저하게 교육을 받은 제자들은 육사와 명문대를 가는 등 선과(善果)의 결실이 보석처럼 빛났다. '왼손이 하는 일을 오른손이 모르게 하라'는 어떤 원칙을 고수했던 그의 미담과 선행이 야금야금 알려진 계기는 지역신문의 잇따른 보도에 의해서였다. 사견이지만 왼손이 하는 일을 오른손이 모르게 하면 안 된다. 특히 이타적 자원봉사에 있어선 오른손이 하는 일을 왼손까지 훤히 알고 있어야 한다. 그래야 이게 행복의 전도사이자 즐거운 바이러스가 되어 더 많은 사람이 자원봉사라는 아름다운 플랫폼에 쉬이 진입할 수 있기 때문이다. 숱한 공적과 수상과는 별도로 1365 자원봉사 포탈 봉사실적만 자그마치 6,000시간을 넘긴 정운엽 단장의 가파른 봉사의 행보는 오늘도 거친 불도저의 새파란 청춘 그 이상으로 중단이나 거칠 게 없다. 정운엽 단장은 자신이 페스탈로치 교육관으로 무료로 가르쳐 오늘날 성공 가도에 이른 동량들 또한 자신이 받은 봉사의 감사함을 음수사원(飮水思源)으로 잊지 않길 바란다고 했다. 아울러 이를 역지사지(易地思之) 마인드로 치환하여 봉사와 기부 등으로 적극적으로 실천했으면 좋겠다는 바람을 피력했다. 나는 이처럼 존경하는 친구를 모 문화재단에 유공자 표창자로 상신할 예정이다. 부디 이 친구가 그 영예의 수상자가 되길 축원한다. 그래서 함께 환희를 느낄 수 있다면 오죽이나 좋을까!

희출망외(喜出望外) 기대하지 아니하던 기쁜 일이 뜻밖에 생김 — 사자성어

Section 4
눈물

눈물의 승차권

노래 _ 최진희

떠나야 할 사람인가 이토록 사랑하는데 떠날 시간 기다리는 가슴 아픈 우리 두 사람 눈물에 젖은 승차권을 말없이 건네주면서 이별이라 생각하니 추억이 새로워지네 잊어야 할 사람인가 이토록 사랑하는데 그 사람은 떠나가고 나는 이제 보내야 하네 눈물에 젖은 승차권은 마지막 인사이기에 하고 싶은 이야기를 목이 메여 말을 못하네 눈물에 젖은 승차권은 마지막 인사이기에 하고 싶은 이야기는 목이 메여 말을 못하네.

1983년에 최진희가 발표하면서 히트곡이 된 〈눈물의 승차권〉이다. 얼마나 사랑했던 사이였기에 이별을 앞두니 승차권까지 눈물에 젖었을까? 그런데 비단 남녀 간의 사랑에 있어서만 이별이 가능한 건 아니다. 평소 책과 신문 등을 안 봐도 점차 문해력하고도 이별이 가능하다. 문해력과는 약간 성격이 다르지만, 독해력(讀解力)은 더욱 중요하다.

시민기자 활동을 오랫동안 계속하다 보니 그동안 참 많은 사람을 취재했다. 그중의 어떤 분과 인터뷰를 하면서 울었던 기억이 생생하다. 사연은 이랬다. 찢어지게 가난한 집안에서 중간쯤의 딸로 태어났는데 부모님이 집에서 살림이나 하고 손바닥만 한 땅이나 일구라며 학교도 보내주지 않았다. 나이가 오십이 다 되도록 한글조차 읽을 수 없었다. 뒤늦게 주변의 권유를 좇아 어렵사리 야학에 다녔다. 주경야독과 절치부심 끝에 졸업식을 앞두고, 모 기관이 주최하는 '문해 한마당' 행사에 나와서 당당히 장원을 했다. 그분을 인터뷰하면서 "내친김에 중학 과정은 물론 고교까지 배우시라."고 했더니 더 충격적인 말씀을 하셨다. 고지식하고 자신처럼 못 배운 남편이 절대 승낙을 안 한다는 것이었다. 동병상련의 측은한 마음에 나는 그만 펑펑 눈물을 쏟았다. 책 속에 길이 있다는 건 상식이다.

〔'금일'을 '금요일'로 착각한 서울대생〕 신문 기사를 보면서 헛웃음이 나왔다. 사연은 이렇다. - 서울대의 한 조교가 학생들에게 이런 공지를 남겼다. "금일 자정 이후로 과제물을 제출하면 매일 점수가 20점씩 감점되니 서둘러 제출하기 바랍니다." 다음 날 한 학생이 그에게 문자 메시지를 보내 물었단다. "과제 제출 금요일 아녜요? 금일 자정까지라고 하셨잖아요." 조교는 답했다. "금일은 금요일의 줄인 말인 '금일'이 아니라 '오늘'이라는 뜻입니다." 학생은 반박했다. "평가자라면 오해 소지가 있는 단어를 쓰면 안 되는 것 아닌가요?" "…"(중략) - 이어지는 기사는 더 충격적이었다. '사흘'을 '4일'로 알아들었다는 것 외에도 '김을 파손(기물 파손을 오해함)' '장례 희망(장래희망을 잘못 씀)' '수박겁탈기(수박 겉핥기를 잘못 씀)' '눈을 부랄이다(눈을 부라리다의 실수)'까지 나오는 판이라니 정말 웃픈 일이 아닐 수 없었다. 다 아는 상식이겠지만 시내버스와 지하철을 이용하는 승객치고 신문이나 책을 보는 사람은 눈을 씻고 봐도 없다. 온통 스마트폰만 만지작거리다가 내린다. 편견이겠지만 현실이 이렇다 보니 문해력(文解力)이 자꾸만 하락하는 것이라고 생각한다. 문해력이란 글을 읽고 이해하는 능력을 말한

다. 문해력은 개인의 삶뿐만 아니라 사회 전반에 큰 영향을 미친다.

첫째, 문해력은 교육 분야에서 매우 중요하다. 학생들은 교과서나 교재를 통해 지식을 습득하는데 이때 문해력이 부족하면 내용을 제대로 이해하지 못하고 학습 효율이 떨어진다. 또한 대학생이나 직장인에게도 업무 수행에 필요한 문서나 자료를 이해하고 분석하는 데 있어서도 문해력이 필수적이다. 둘째, 문해력은 일상생활에서도 중요하다. 우리는 매일 뉴스나 인터넷 기사, 책 등 다양한 텍스트를 접하면서 정보를 얻고 의사소통을 한다. 하지만 문해력이 부족하면 이러한 텍스트를 이해하지 못해 소통에 어려움을 겪을 뿐만 아니라 자기 생각을 표현하는 것도 어려워진다. 셋째, 문해력은 경제에도 영향을 준다. 기업에서는 제품 설명서나 계약서 등을 작성하고 이를 이해하고 처리해야 하는데 문해력이 부족하면 이 과정에서 문제가 발생할 수 있으며 이로 인해 불필요한 비용이 발생할 수도 있다. 따라서 문해력은 개인의 성장과 발전뿐만 아니라 사회 전체의 발전에도 매우 중요한 역할을 한다. 꾸준한 독서와 글쓰기 연습, 그리고 체계적인 교육을 통해 향상할 수 있다. 나는 활자 중독이라고 할 정도로 종이신문과 책을 여전히 사랑한다. 이 책을 포함하여 일곱 권의 책을 발간한 작가가 된 이면에는 만 권의 책을 읽은 것이 주효했다. 책은 가장 조용하고 변함없는 벗이다. 책은 가장 쉽게 다가갈 수 있고 가장 현명한 상담자이자, 가장 인내심 있는 교사이다. 갈수록 책을 멀리하는 세태가 안타깝다. 평소 문해력이든 독해력이든 축적하지 않으면 결국 지식(智識)은 눈물의 승차권과 만나야 한다.

독서할 때 당신은 항상 가장 좋은 친구와 함께 있다 — 시드니 스미스

아버지
노래 _ 싸이

너무 앞만 보며 살아오셨네 어느새 자식들 머리 커서 말도 안 듣네 한평생 처자식 밥그릇에 청춘 걸고 새끼들 사진 보며 한 푼이라도 더 벌고 눈물 먹고 목숨 걸고 힘들어도 털고 일어나 이러다 쓰러지면 어쩌나 아빠는 슈퍼맨이야 얘들아 걱정 마 위에서 짓눌러도 티 낼 수도 없고 아래에서 치고 올라와도 피할 수 없네 무섭네 세상 도망가고 싶네 젠장 그래도 참고 있네 맨날 아무것도 모른 채 내 품에서 뒹굴거리는 새끼들의 장난 때문에 나는 산다 힘들어도 간다 여보 얘들아 아빠 출근한다.

'강남 스타일'로 세계적 스타가 된 가수 싸이의 히트곡에 2005년에 발표한 〈아버지〉가 돋보인다.

이어 자녀의 응답이 이어진다. - "아버지 이제야 깨달아요 어찌 그렇게 사셨나요 더 이상 쓸쓸해하지 마요 이젠 나와 같이 가요~" - 이 부분에서 정서적 멘탈이 약한 나 같은 가요 팬은 자신도 모르는 사이 눈가에 눈물이 그렁그렁 맺힌다. 아버지의 간절한 절규가 이어진다. - "어느새 학생이 된 아이들에게 아빠는 바라는 건 딱 하나 정직하고 건강한 착한 아이 바른 아이 다른 아빠보단 잘할 테니 학교 외에 학원 과

외 다른 아빠들과의 경쟁에서 이기고자 무엇이든지 다 해줘야 해 고로 많이 벌어야 해 니네 아빠한테 잘해 아이들은 친구들을 사귀고 많은 얘기 나누고 보고 듣고 더 많은 것을 해주는 남의 아빠와 비교 더 좋은 것을 사주는 남의 아빠와 나를 비교 갈수록 싸가지 없어지는 아이들과 바가지만 긁는 안사람의 등살에 외로워도 간다 여보 애들아 아빠 출근 한다" - 그래요. 아버지 이제야 깨달아요. 어찌 그렇게 사셨나요? 하지만 더 이상 쓸쓸해하지 마세요. 이젠 나와 같이 가세요.

대한노인회 대전 유성구지회(지회장 신기영)는 5월 7일 라도무스아트센터에서 관내 600여 명의 어르신을 모시고 제52회 어버이날 기념행사를 개최했다. 이날 행사에는 정용래 유성구청장, 송봉식 유성구 의회 의장, 기관, 단체장 등 내빈과 유성구지회 신기영 지회장을 비롯해 지회 임원 등이 자리를 함께했다. 행사는 내빈 소개와 국민의례, 유공자 표창, 개회사, 축사, 퍼포먼스 후, 2부로 기념 공연과 오찬이 이어졌다. 표창장 수여식에서는 노인 복지증진에 기여하여 사회 귀감이 되는 박선자 어르신 외 12명의 모범 노인에 대한 지회장 표창과 박중환 어르신 외 12명의 노인 복지 기여자에 대한 유성구청장 표창, 천만식 어르신 외 12명의 노인 복지 기여자에게는 구 의장 표창을 수여했다. 이어서 정용래 구청장, 송봉식 구의장과 어린이집 원생들이 함께 무대에 나와 어버이 은혜를 합창하고, 지회장 및 지회 임원들에게 감사의 마음을 전하는 대형 카네이션 전달식 퍼포먼스를 진행했다. 추억의 교복을 입은 어린이집 원생들의 깜찍한 율동은 참석한 모든 어르신에게 웃음과 즐거움을 선사했다.

다른 나라는 모르겠지만 우리나라는 해마다 '어버이날'이 있어서 참 좋은 나라다. 그러나 갈수록 자녀의 부모님과 집안 어르신에 대한 효 문화가 퇴색되고 있다는 어르신들의 타박이 증가하고 있다. 그런데 뭐든지 결과에는 원인이 존재한다. 그럼, 요즘 어르신들께서는 왜 그런 불만을 하시는 걸까? 결론적으로 요즘 어르신의 자녀 대부분은 스스로의 내 집 마련과 자수성가가 어려워졌다. 그 이유는 첫째, 부동산 가격 상승이다. 최근 몇 년간 부동산 가격이 급격하게 상승하면서, 젊은 세대들은 집을 구매하기 위해 더 많은 돈을 마련해야 한다. 특히 수도권 지역에서는 부동산 가격이 더욱 높아져, 젊은 세대들은 더욱 어려움을 겪고 있다. 둘째, 경제적인 어려움이다. 젊은 세대들은 경제적으로 불안정한 상황에서 살고 있다. 고용 안정성이 낮아지면서, 수입이 불안정해지고, 대출을 받기도 어려워지는 등 경제적인 어려움이 많아졌다. 셋째, 생활비 상승이다. 생활비가 상승하면서, 젊은 세대들은 생활비를 충당하기 위해 많은 비용을 지출하고 있다. 이로 인해 집을 구매하기 위한 자금을 마련하는 것이 점점 더 어려워지고 있다. 이처럼 불편한 상황은 들불처럼 번져 취업의 불안정 외에도 결혼의 망설임과 궁극적으로는 출산율의 급감 등 많은 후유증을 수반하고 있는 게 현실이다.

어쨌든 지금 이 시간에도 우리의 부모님들께서는 객지에 나가 사는 내 자녀를 그리며 여전히 사랑하고 계신다. 과거와 달리 지금은 전화 통화나 문자까지 번개보다 빨리 보낼 수 있는 좋은 세상이다. 더욱이 세상이 온통 살벌하기 짝이 없었던 지난 코로나19 때처럼 설과 추석임에도 고향(집)에 안 오는 게 차라리 효자라던 시절도 지났다. 모두 기억하겠지만 코로나19는 시골 곳곳에 심지어 "불효자는 '옵'니다"와 "아범아, 코로나 몰고 오지 말고 마음만 보내라" 외에도 "아들, 딸, 며

느리와 사위야~ 이번 설에는 고향 안 와도 된다!"는 기상천외의 현수막까지 붙여가며 자녀의 귀성을 막았던 기억이 새롭다. 귀성(歸省)은 "고향에 돌아가 부모의 안부를 돌본다"는 뜻으로 중국 당나라 시대 주경여(朱慶余)의 시에서 유래한 단어다. 주경여의 시에는 다음과 같은 구절이 있다. "타향살이 몇 해던고 고향길 천리로다. 어버이 그리워서 언제나 돌아갈까? 때때로 머리 들어 북녘 하늘 바라보네." 여기서 귀성이라는 말이 처음 등장하였으며 이후 가족이나 친지를 방문하여 인사드리는 것을 가리키는 용어로 널리 쓰이게 되었다. 이처럼 귀성은 가족 간의 사랑과 그리움을 나타내는 대표적인 금언 중 하나로 볼 수 있다.

내 자식들이 해 주기 바라는 것과 똑같이 네 부모에게 행하라 — 소크라테스

평행선
노래 _ 문희옥

나는 나밖에 모르고 너는 너밖에 모르고 그래서 우리는 똑같은 길을 걷지 평행선 나는 나밖에 몰랐지 너는 너밖에 몰랐지 그래서 우리는 만날 수 없는 거야 평행선 아직 사랑하고 있는데 서로 바라보고 싶은데 나는 다가서지 못하고 다른 길을 가고 있어 우리 서로 다시 만날 수 없는가 캄캄한 미로를 헤매이네 우리 서로 사랑할 수는 없는가 끝없는 평행선 걷고 있네 나는 나밖에 모르고 너는 너밖에 모르고 그래서 우리는 똑같은 길을 걷지 평행선.

문희옥이 2019년에 발표하면서 지금도 애창곡으로 우뚝한 〈평행선〉이다.

다음은 2023년 11월 16일 자 중도일보에 실린 나의 여섯 번째 저서 이야기다. 한성일 편집위원이 썼다. - 〔새 책〕 '3대에 걸친 격동의 파노라마'… 홍경석 장편소설 『평행선』 - "이 소설은 제목처럼 '평행선'의 위험성을 내재하고 있습니다. 한 가장의 평행선 질주가 보여주는 후과를 담았습니다." 홍경석 작가가 3대에 걸친 격동의 서스펜스 파노라마 장편소설 『평행선』을 발간한 뒤 이렇게 말했다. 홍 작가는 "평행선의 위험과 중차대함을 인지한 주인공 아들은 와신상담의 자세와 초지일관으로 이를 수직으로 교정하고 치환하며 살고자 고군분투했다"며 "지금 우리 사회는 각계각층에서 평행선의 위험을 노정하고 있고, 정치권의 여야 극한 투쟁, 빈부격차 심화, 노동계 갈등 등 평행선의 질주 행태는 차고 넘쳐, 이런 현실을 간과할 수 없어 펜을 들었다"고 말했다. 홍 작가는 "이 책을 집필하면서 새삼 가정의 중요함을 깨달았다"며 "가정이 평안하면 그게 곧 사랑이며 평화"라고 말했다. 그는 "평안한 가정은 안정감과 행복을 제공하며, 가족 구성원들이 서로를 지지하고 신뢰하는 환경을 형성한다"며 "이러한 가정에서는 갈등이 해소되고 의사소통이 원활하며, 서로의 필요와 관심사에 대해 배려하는 문화가 형성된다"고 전했다.

홍 작가는 "평안한 가정에서는 각 구성원이 개개인의 역할과 책임을 이해하고 이행한다"며 "가족 구성원들은 서로의 성장과 발전을 존중하며 각자의 개인적인 목표와 꿈을 추구할 수 있도록 지원하기 때문"이라고 말했다. 또 "이렇게 함께 성장하는 과정은 가족 간의 유대감과 결속력까지 강화된다"며 "평안한 가정은 가족 구성원 간 서로의 관심사와 활동에 관심을 가지고 함께 참여하며, 상호 간에 지속적인 지지와 격려를 제공한다"고 전했다. 그는 "또 다른 사회가 바로 가정인 이유가 여기에 있다"며 "가화만사성은 불변의 이치이고 제아무리 떵떵거리는 부자일지라도 가정이 불안하면 사상누각"이라고 말했다. 그는 "부디 이 책이 가화만사성을 제고하고 더 튼실한 가정의 정립이 돼 준다면 작가로선 이게 바로 최고의 기쁨이 될 것"이라고 말했다.

한편 1959년 베이비부머 장손으로 태어나 어렵게 성장한 홍 작가는 지독한 가난으로 인해 눈물을 머금으며 이를 악물었으나 정규 학력의 공부가 불가능했다. 그 공백을 메우고자 만 권 이상의 책을 읽었다. 나이 오십에 사이버 노동대학에 다녔고, 이순이 넘어서는 한남대 경영대학원 최고 경영자 과정을 이수했다. 20년 전부터 시민기자로 활동하면서 5권의 저서를 발간했다. '월간 청풍' 편집위원을 필두로 열 곳이 넘는 기관과 지자체, 언론사에서 프리랜서 기자와 칼럼니스트로 활약 중이다. 한국 저널리스트 대학교육원 시민교수로 활동하면서 강연과 집필을 병행하고 있다. 현재 비영리 문화 나눔 민간 단체 한국문화해외교류협회와 대전중구문인협회 홍보이사로 활동 중이다. 제3회 한국해외문화작가상을 수상해 소설가로 등단했다. 저서로 〈두 번은 아파봐야 인생이다〉, 〈초경서반〉, 〈사자성어는 인생 플랫폼〉, 〈사자성어를 알면 성공이 보인다〉, 〈경비원 홍키호테〉 등이 있다.

평행선의 최종 도착지는 이별과 눈물이다. 기업의 노사갈등과 파업도 서로 평행선만을 고수하고 질주한다면 결국엔 사달이 나고 만다. 우리 사회가 평행선의 나쁜 결과를 의식하여 서로 충돌을 피하는 슬기와 지혜가 정착되길 소망한다.

> 현명한 사람은 누구인가? 모두에게서 배우는 사람이다. 강한 사람은 누구인가? 스스로의 열정을 지배하는 사람이다. 부유한 사람은 누구인가? 만족하는 사람이다. 그렇다면 그런 사람은 누구인가? 아무도 없다 — 벤자민 프랭클린

잘 가라
노래 _ 홍진영

잘 가라 나를 잊어라 이까짓 거 사랑 몇 번은 더 할 테니 알잖아 내가 뒤끝이 좀 짧아서 알잖아 내가 너 말고도 님이 많아서 난 싫어 간질간질 거리는 이별 이맘때쯤 흐르는 눈물 할 만큼 했잖아 미련이 없잖아 (짠짠 짜잔 짠) 잘 가라 나를 잊어라 이까짓 거 사랑 몇 번은 더 할 테니 잘 가라 돌아보지 말아라 여기서 난 안녕 멀리 안 나갈 테니 울지 마라 알잖아 내가 깔끔한 게 좋아서 혹시나 하는 맘에 하는 얘기인 거야 비라도 부슬부슬 오는 늦은 밤 술이 한 잔 두 잔 들어가는 밤 혀 꼬인 말투로 전화하지 마라.

'사랑의 배터리'로 더욱 유명한 가수 홍진영의 2019년 히트곡 〈잘 가라〉다. 지금도 주변에서 보이스피싱 사기 피해를 당했다는 사람을 어렵지 않게 만날 수 있다. 보이스피싱 범죄자에 대한 형량을 최대치로 올려야 한다. 아무리 초범일지라도 집행유예 따위로 풀어주지 말고 엄벌에 처해야 마땅하다. 모든 국민의 바람이다. 보이스피싱은 정말 영원히 잘 가라! 그리곤 다시는 얼씬거리지도 말아야 한다. 이런 관점에서 16년 전에 겪었던 실화를 호출한다.

– "어제는 퇴근하니 누워있는 아내의 얼굴이 창백했습니다. 겨우 일

어난 아내는 전혀 예상치 않았던 '사건'의 자초지종을 얘기하기 시작했습니다. 아내는 어제 시장에 다녀와 피곤해서 잠시 잠이 들었답니다. 집 전화가 울려 받았더니 웬 남자가 하는 말이 아들의 이름을 거명하면서 "○○(아들)이 지금 누군가에게 심하게 맞아서 머리에선 피가 나고 말도 못 할 정도"라고 하더랍니다. 이에 화들짝 놀란 아내는 경황이 없었으며 온몸이 사시나무처럼 마구 떨렸답니다. "우리 아들이 말은 할 수 있나요?" 그러자 그 남자는 잠시 기다리라더니 아들을 바꿔주겠다고 하더랍니다. 이윽고 전화를 넘겨받은 웬 남자(아들 역할의)는 얼추 2분가량을 더듬거리며 말을 하는 건지 울기만 하는 건지 도무지 알 수 없는 소리만을 연신 쏟아냈다네요. (알고 보니 '가짜 아들') "많이 다쳤니? 대체 어디야? 엄마가 당장에 달려갈게!"라고 이젠 아예 애걸복걸을 하기에까지 이르렀답니다. 그러면서도 가만히 생각해 보니 이건 암만 생각해도 내 아들의 목소리가 아니다 싶더랍니다. 하여 혹시나 하는 마음에 "우리 아들, 지금 정신 있어? 네가 다니는 학교가 어디야?"라고 내처 물었다네요. 그러자 그 남자 하는 말이 "엄마, 내가 무슨 학교를 다녀요?"라고 하더랍니다. 그러자 아내는 비로소 장난 전화였다는 것을 눈치챌 수 있었다는 것이었습니다.

"지금 이 사람들이 누굴 상대로 이런 사기를 쳐? 니들 경찰에 신고할 거야!" 그러자 그들은 마구 웃으며 전화를 급히 끊더랍니다. 아마도 아내가 속았다면 아들의 치료비 운운하며 돈을 뜯어내려 했던 게 분명합니다. 그렇게 전화를 끝내긴 했지만, 가뜩이나 몸이 약한 아내는 전화를 처음 받을 때 하도 놀라서 뒤로 엉덩방아까지 찧을 정도로 쇼크를 먹은 상황이었습니다. 하여간 그렇게 말도 안 되는 사기극의 피해자가 된 아내는 그래도 미심쩍어 이번엔 아들의 휴대전화를 마구 눌렀답니다. '다행히' 학교에서 공부를 하고 있던 아들은(당연한 얘기겠지만) 아내의 말에 "요즘 그런 사기꾼들이 범람하니 앞으론 아무 전화나 받지 마세요!"라고 했고요. 아까의 충격이 채 가시지 않은 듯 식은 땀까지 흘리며 얘길 한 아내를 눕히며 물수건을 다시 적셔 얹어주곤 저도 덩달아 혀를 찼습니다. 최근 보이스피싱 수법으로 많은 사람들이 사기를 당하고 있습니다. 현직 고위 공직자까지도 보이스피싱 사기 전화에 당해 돈을 뜯겼다고 합니다. 그러더니 결국 이번엔 내 아내까지도 그러한 범죄의 타깃이 되었다고 생각하니 새삼스레 우리 사는 세상이 참으로 갈수록 무서워만 지고 있다는 느낌을 지우기 어려웠습니다! 어떤 부모라도 부지불식간에 전화가 걸려 와 자신의 사랑하는 자식이 다쳤다고 한다면 당황하고 놀라지 않을 도리가 있겠습니까! 참으로 무서운 세상이 아닐 수 없습니다. 이러한 악질 범죄는 그 뿌리를 뽑아야 할 일입니다." → 이상은 내가 현 문화체육관광부의 전신이었던 국정홍보처의 정책 넷포터(시민기자 개념)로 활동할 당시 '대한민국 정책 브리핑'에 2008년 6월 17일에 올린 글이다. 지금도 '대한민국 정책 브리핑'에서 검색하면 내 글을 만날 수 있다.

그처럼 16년 전에도 기승을 부렸던 보이스피싱 범죄는 지금도 여전하다. 다음은 올해 5월 30일 세계일보에 실린 '마약까지 판 보이스피싱 조직 잡혔다' 기사이다. - "보이스피싱 범죄를 시작으로 국내에 마약까지 유통한 일당 27명이 경찰에 검거됐다. 이들이 국내에 들여온 마약은 19만 명이 동시에 투약할 수 있는 양인데, 상당량은 이미 시중에 유통된 것으로 파악됐다. (중략) 이들은 국내에 다량의 마약을 유통하고 판매한 혐의도 받는다. 일당은 지난해 5월부터 서울과 인천 등지에서 무인택배함이나 소화전 등에 마약을 숨겨서 거래하는 이른바

'던지기' 수법으로 필로폰과 케타민 등의 마약 5.77kg을 유통 · 판매했다. 이는 시가 약 29억 원 상당으로 19만 2,000여 명이 투약할 수 있는 분량이다. (후략)" -

국민적 소망에 보이스피싱 사기범 엄벌과 근절이 우뚝하다. 보이스피싱은 금융 취약 계층에게 경제적 손실을 입히는 것은 물론, 사회 전반의 신뢰까지 해치는 악질적인 범죄다. 이를 막기 위해서는 먼저 법적 제도를 개선하여 보이스피싱 범죄에 대한 처벌을 강화하는 게 필요하다. 우리나라는 한 사람이 동시에 여러 개의 범죄를 저질러도 가장 무거운 죄에 내려질 수 있는 형량에 2분의 1을 가중하는 '가중주의'를 채택하고 있다. 그래서 두세 명에게 사기를 치나 백 명에게 사기를 치나 형량이 크게 달라지지 않는다. 반면 '병과주의'를 채택한 미국은 각각의 죄에 대한 형량을 모두 합산해 처벌한다. 이따금 대규모 금융 사기나 총기 난사를 저지른 이들에게 100년 이상의 징역형이 선고되는 건 그런 이유에서다. 이러니 권도형이나 손정우(세계 최대 아동 성 착취물 사이트 운영자) 같은 '글로벌'한 범죄자들이 기를 쓰고 한국에서 재판받으려 하는 것이다. 피해자에게 눈물과 심지어 극단적 선택까지 독촉하는 범죄와 불신이 팽배한 사회는 비극이다. 등대 없는 칠흑의 밤바다와 같다. 보이스피싱은 제발 잘 가라. 그리고 다시는 오지 말아야 한다!

엄형득정(嚴刑得情) 엄하게 벌을 주어 범죄를 밝혀냄

장녹수

노래 _ 전미경

가는 세월 바람 타고 흘러가는 저 구름아 수많은 사연 담아 가는 곳이 어디메냐 구중궁궐 처마 끝에 한 맺힌 매듭 엮어 눈물 강 건너서 높은 뜻 걸었더니 부귀도 영화도 구름인 양 간 곳 없고 어이타 녹수는 청산에 홀로 우는가.

1995년 전미경이 발표한 〈장녹수〉다. '아씨'라는 드라마의 OST로 사용되었던 노래다. 〈장녹수〉의 노랫말처럼 '부귀와 영화도 한 편의 꿈이 되었던' 장녹수의 삶은 후대에도 많은 시사점을 던져주었다. 폭군이었던 연산군의 마음까지 훔친 여인이었던 장녹수(張綠水)는 가난해서 시집도 여러 번 가고 자식까지 둔 여인이 왕에게 발탁되어 궁궐에 들어간 케이스다. 장녹수는 흥청(興淸)이라는 기생 출신에서 일약 후궁의 지위에까지 올랐다. 연산군 시대의 신데렐라였던 셈이다. 30세의 나이에도 16살 꽃다운 여인으로 보였다는 동안(童顔)의 장녹수는 자식을 둔 후에도 춤과, 노래를 배워 기생의 길로 나섰다. 궁중으로 뽑혀 들어와서는 연산군의 총애를 한 몸에 받아 후궁이 되었다. 후궁이 된 장녹수는 연산군의 음탕한 삶과 비뚤어진 욕망을 부추기며 자신의 야욕을 채워나갔다. 그녀는 무수한 금은보화와 전택(田宅) 등을 하사받

았고, 연산군의 총애를 발판 삼아 정치를 좌지우지했다. 모든 상과 벌이 그녀의 입에서 나온다는 말이 나올 정도였다. 그러나 1506년 중종반정 후 장녹수는 반정 세력에 의해 제거 대상 1호로 떠올랐다. 연산군 정권의 실질적인 2인자였던 장녹수는 반정이 일어나면서 그 처지가 몰락으로 이어졌다. 인과응보로 장녹수는 길거리에서 돌무더기에 깔려 온갖 비난을 받으며 비참한 최후를 맞이하였다고 한다.

술만 마셨다 하면 이튿날 눈물이 나도록 배가 아프거나 설사까지 하는 사람이 있다. 그리곤 이렇게 말하곤 한다. "아무래도 나는 과민성대장증후군인가 봐." 이런 사람들은 그래서 술을 잘 마시지 않는다. 그렇다면 '과민성대장증후군'이란 무엇일까? 현대인들은 바쁜 일상으로 인해 불규칙한 식습관과 생활 습관으로 사는 이들이 많다. 그래서 이로 말미암은 다양한 소화기 장애 질환을 겪고 있는 게 현실이다. 그중에서 3대 위장질환 중 하나로 꼽히고 있는 과민성대장증후군은 최근 들어 더 많은 사람들이 겪고 있는 질환으로 알려져 있다. 소화불량 증상의 반복뿐만 아니라 다양한 불편 증상이 나타남으로 인해 질환을 겪게 될 경우 일상생활에 정말 큰 불편함을 겪게 되는 것이 바로 과민성대장증후군이다. 과민성대장증후군은 통상 기름진 음식을 즐기는 식습관과 평소 음식을 급하게 먹으며 야식과 폭식 등의 잘못된 식습관의 반복이 원인이라고 한다. 아울러 바쁜 일상으로 인한 불규칙한 생활 패턴과 운동 부족, 과도한 업무와 학업 등으로 인한 정신적인 스트레스 외에도 잦은 음주와 흡연 등이 위장관의 기능 저하를 야기시키는 원인이라는 설도 있다. 아무튼 이러한 요인들로 인해 위장관의 기능 저하가 발생하게 되면 각 장부가 정상적인 소화 기능을 이행하지 못하게 된다. 결국 제대로 소화되지 못한 음식물들이 노폐물로 남게 되어

체내 독소를 증가시키게 된다는 것이다. 이러한 독소의 증가로 인해 신체 전반의 건강이 악화됨은 물론이고 소화기관의 정상적인 기능 또한 발휘되지 못하게 되어 다양한 소화기 장애 증상을 나타내는 과민성 대장증후군의 발병으로 연결되게 된다는 것이다.

〈장 누수가 당신을 망친다〉는 이러한 불편함을 예리하게 파고든 역작(力作)이다. 저자는 일본인 후지타 고이치로이며, 역자는 임순모이다. 먼저 '장 누수(漏水)'의 심각성부터 살펴보자. 장 누수가 일으키는 문제 증상은 다음과 같다. '설사 변비', '소화불량', '속쓰림', '구토', '구역질', '코 막힘', '피로감', '숨이 참', '원인불명의 미열', '피부가 거칠어짐', '탈모', '짜증 유발', '침울', '불안감', '의욕 저하', '집중력저하', '잦은 감기'… 한 마디로 안 좋은 건 모두 다 모아놓은 모양새다. 다음으론 장 누수가 일으키는 질병의 종류다. '음식 알레르기를 비롯한 질환', '천식', '아토피성 피부염', '동맥경화', '당뇨병', '간 기능 장애', '갑상선 기능 저하증', '과민성 장 증후군', '염증성 장 질환', '우울증', '정신병', '자폐증', '치매'… 이 또한 모조리 암울한 것들만 집합시켰다. 저자는 우리가 병에 걸리지 않고 마음이나 몸의 컨디션을 정상적으로 유지하는 힘은 장(腸)이 건강하게 일하고 있는 덕분이라고 강조한다. 의학적 지식이라곤 전무한 무지렁이긴 하되 그 말이 맞는다는 선 어떤 상식으로 알고 있어서다. 작년 여름도 무지하게 더웠다! 그래서 '전기료 폭탄' 이전에 우선 살고 보자는 본능에 연일 에어컨을 가동했다. 에어컨은 금세 냉방으로 치환시켜 주는 일등 공신이다. 그러나 자주 접하면 아랫배부터 살살 아파온다는 함정이 도사리고 있다. 그러한 증상은 영락없이 설사로 이어진다. 선풍기는 밤새도록 틀어놓고 나신(裸身)으로 잡을 자도 멀쩡하거늘 에어컨은 예외다.

〈장 누수가 당신을 망친다〉는 장의 문제와 장 누수를 진단하는 리스트를 첫 장에서부터 소개한다.

이어 장 누수의 근본은 아기일 적부터 발생한다는 것을 지적한다. 아기는 엄마의 배 안에 있는 동안은 완전 무균 상태에서 자란다. 그런데 출생하여 엉금엉금 기어다니기 시작하면 주위에 있는 것을 손에 잡히는 대로 날름날름 핥아댄다. 즉 주위의 균을 장에 끌어들이게 되는 것이다. 그럼 이러한 경우를 본 엄마(아빠 또는 가족구성원 모두 역시도)는 어떻게 할까? 반드시(!) 더럽다면서 아기의 손부터 깨끗이 물로 씻어 줄 게 틀림없다. 그러나 저자는 이 방식부터 잘못됐다고 일침을 놓는다. 면역이 아직 발달하지 않은 아기가 잡세균 투성이의 세상에서 살아 나가기 위해서는 가급적 많은 균을 몸에 끌어들여 면역을 높일 필요가 있는데 아기는 이를 본능적으로 알고 그리한다는 것이다. 이처럼 좋은 균뿐만 아니라 조금 나쁜 균까지 포함하여 아기 때 가능한 한 다양한 종류의 균을 몸에 넣는 것은 오히려 튼튼하고 면역력까지 높이는 행위라는 주장이다. 이 부분을 읽으면서 정말이지 깜짝 놀랐다. 숲에서 키운 아이가 더 크게 자란다는 말이 있듯 나와 같은 베이비부머 세대는 어려서부터 흙과 더불어 성장했다. 밥을 먹다가 흘리면 주워서 먹어야 했다. 그렇지 않으면 어르신들로부터 꾸지람을 들어야 했기 때문이다.

저자는 그러면서 장이 안 좋다고 느끼는 사람은 먼저 밀가루로 된 음식을 기본적으로 2주만 끊어보라고 알려준다. 빵과 파스타는 물론이요 라면과 우동, 만두도 포함된다. 여기서 잠깐! 그렇다면 쌀은 어떨까? 천만다행으로 우리가 늘 먹는 쌀(밥)에는 단백질이 포함되어 있는데 그 단백질은 이상 증상을 일으키거나 장의 점막을 거칠게 하는 밀가루와 같은 성질은 없다고 알려준다. 기왕지사 신토불이 우리 쌀을 '예찬'하는 김에 쌀의 효능에 대해 알아보는 것도 상식 배양이 될 듯 싶다. 우리 민족의 영원한 에너지원인 쌀은 식이섬유이며 단백질과 지방.비타민이 풍부해 건강을 지켜준다. 혈액 내 중성 지방을 줄이고, 간 기능을 향상시켜 성인병까지 예방해 주니 금상첨화다. 쌀겨에 많은 물질은 대장암 예방에도 중요한 작용을 한다고 알려졌다. 허준의 동의보감에서도 "밥의 성질은 화평하고 달고 위장을 편안하게 하고 살을 오르게 하며 뱃속을 따뜻하게 하고, 설사를 그치게 하며 기운을 북돋워 주고 마음을 안정시킨다"라고 기술했다. 이 책을 덮으면서 새삼 우리 쌀이 더욱 기특했다. "장이 건강해야 장수한다"는 어떤 광고가 덩달아 떠올랐음은 물론이다. 결론적으로 장녹수는 연산군을 망쳤지만 장 누수는 당신을 망치게 한다.

병에 걸리기 전까지는 건강이 얼마나 중요한지 모른다 — 토마스 풀러

돈타령
노래 _ 김혜연

돈아 돈아 돈아 돈아 돈 돈 돈 돈아 돈아 돈아 돈아 돈 돈 돈 돈아 돈아 돈아 돈아 돈 돈 돈 돈아 돈아 돈아 돈아 돈 돈 돈 어떤 사람 가진 것이 많아 가만히 앉았어도 떵떵떵 어떤 사람 가진 것이 없어 아무리 벌려 해도 무일푼 돈아 돈아 어디 있느냐 그 어디로 숨어 버렸냐 발이 있으면 다 가오거라 돈아 돈아.

가수 김혜연이 1994년에 발표한 〈돈타령〉이다. 언뜻 코믹한 듯한 가사지만 가만히 듣다 보면 돈이 없는 서민의 애환이 듬뿍 묻어난다. 돈은 다다익선(多多益善)이다. '많으면 많을수록 더욱 좋음'을 뜻하는 이 말은 중국 한(漢)나라의 장수 한신(韓信)이 고조(高祖)와 장수의 역량에 대하여 얘기할 때, 고조는 10만 정도의 병사를 지휘할 수 있는 그릇이지만, 자신은 병사의 수가 많을수록 잘 지휘할 수 있다고 한 말에서 유래한다. 한신은 중국 역사에서 손꼽히는 명장이다. 한 고조의 부하로 수많은 전투에서 승리해 초한 전쟁의 패권을 결정지었다. 장량, 소하와 함께 한초삼걸(漢初三傑)로 불리며, 소하가 국사무쌍(國士無雙, '그 나라에서 가장 뛰어난 인물(人物)은 둘도 없다'는 뜻으로, 나라에서 견줄 사람이 없을 정도로 빼어난 선비)이라고 일컬은 인물이다. 그리고 고조는 초한 전

쟁에서 항우를 이겨 황제가 된 유방(劉邦)이다. 어쨌든 돈이란 누구나 좋아하다 보니 지금 이 시간에도 사람들은 돈을 벌기 위해 고군분투하고 있다. 본업만으론 생활비가 부족하여 투잡을 뛰는 사람도 많다.

그러나 돈은 쉽사리 우리 곁으로 다가오지 않는다. 그만큼 벌기가 힘들다는 얘기다. 더욱이 나와 같은 베이비붐 세대의 필부라고 한다면 상황은 더욱 팍팍하다. 710만 명의 베이비붐 세대(1955~1963년생) 은퇴에 이어 내년부터는 1960년대생이 차례로 65세 이상이 된다. 860만 명에 달하는 1960년대생은 전체 인구의 16.4%로, 연령대별 최대 인구라고 한다. 이 두 그룹만 합쳐도 무려 1,570만 명이나 된다. 대한민국 고령화 사회의 현주소를 더욱 또렷이 볼 수 있다. 그런데 문제는 이른바 '마처 세대'로 불리는 1960년대생 10명 중 9명은 노후를 스스로 책임져야 한다는 것이 더욱 또렷한 현실의 명제로 다가오고 있다는 것이다. 참고로 '마처 세대'란 부모를 부양하는 '마'지막 세대이면서 자녀에게 부양받지 못하는 '처'음 세대를 일컫는 신조어라고 한다. 이들의 신세가 가련한 건 '마처 세대'는 아래위 세대를 다 부양하지만 정작 자식들한테 노후 봉양을 기대하기는 힘들어 3명 중 1명은 심지어 고독사 걱정까지 대두되고 있다는 것이다. '홀로 사는 사람이 앓다가 가족이나 이웃 모르게 죽는 일'을 뜻하는 고독사(孤獨死)는 사회적으로 매우 심각한 문제 중 하나다. 대한민국은 2022년 기준으로 고독사가 매년 300~400건씩 꾸준히 발생하고 있으며, 1인 가구의 증가로 인해 앞으로도 계속해서 늘어날 전망이다.

고독사의 주요 원인은 고령화, 이혼, 파산, 실업, 질병 등으로 알려져 있으며, 이를 예방하기 위해서는 사회적 관계망의 구축과 강화, 지역사회의 관심과 협력, 복지제도의 개선과 확충 등이 필요하다. 정부는 고독사 예방 및 관리에 관한 법률을 제정하여 고독사 위험군의 조기 발견과 대처에 노력하고 있다. 하지만, 이러한 노력에도 불구하고 고독사는 여전히 해결하기 어려운 문제이며, 우리 모두가 관심과 사랑을 가지고 대처해야 할 과제로 더욱 부상하고 있다. 오늘도 새벽부터 폐휴지 줍는 어르신들이 내 눈을 더욱 아프게 한다. 저분들도 돈타령을 하지 않을 날은 과연 올까? 돈타령 없는, 없어서 눈물을 안 빼도 되는 나라에서 살고 싶다. 그런 나라가 진정 유토피아(Utopia)일 것이다.

희망의 촛불은 어둠을 밝힐 수 있다 — 데사뮤엘라 차베즈

코스모스 피어있는 길
노래 _ 김상희

코스모스 한들한들 피어있는 길 향기로운 가을 길을 걸어갑니다 기다리는 마음같이 초조하여라 단풍 같은 마음으로 노래합니다 길어진 한숨이 이슬에 맺혀서 찬바람 미워서 꽃 속에 숨었나.

1992년에 발매한 가수 김상희의 히트곡 〈코스모스 피어 있는 길〉이다. 코스모스(cosmos)는 가을의 전령사(傳令使)다. 국화과의 한해살이풀인 코스모스는 높이가 1~2미터이며 6~10월에 흰색 · 분홍색 · 자주색 따위의 꽃이 가지 끝에 한 개씩 핀다. 또한 열매는 수과(瘦果)로 10~11월에 익는다고 알려져 있다. 관상용이며 멕시코가 원산지로 우리나라 전역에 분포하는 코스모스의 꽃말은 소녀의 순결과 순정을 나타낸다고 한다. 작년 10월 〈2023년 제7회 장동 계족산 코스모스 축제〉가 열리고 있는 대전광역시 대덕구 장동초등학교 입구의 축제장을 찾았다.

여기로 가는 방법은

▶ 1. 승용차 이용 시 = 대전역(복합터미널)에서 출발 기준 → 대전시 대덕구 와동 회덕주유소 지나서 장동 탄약창 쪽으로 우회전하여 약

10분간 직진하면 된다.

▶ 2. 시내버스 이용 시 = 대전역(복합터미널)에서 출발 기준 → 2번 급행버스 탑승 후 여섯 정류장인 대전시 대덕구 와동 회덕주유소 앞에서 하차 후 → 74번 시내버스로 환승(배차 간격이 약 45분가량 되므로 대전 시내버스 앱을 다운받아 출발지점 확인요!) 한 뒤 장동초등학교에서 하차하면 바로 그 앞이 코스모스 축제장이다. 장동 계족산 코스모스축제장에서는 말(馬)도 탈 수 있어 이를 즐기려는 사람들이 장사진을 이루고 있었다. 여길 지나서 계족산으로 들어서면 지역의 주류회사인 (주) 선양소주 조웅래 회장이 만든 황토 맨발 체험장도 있어 건강에 참 좋다. 선양소주는 대전광역시, 충청남도, 세종특별자치시의 희석식 소주 회사이다. 대표 제품으로 '이제 우린', '린21'이 있다. 2023년에는 뉴트로 열풍을 등에 업고 '선양소주'가 나왔다. 본사는 대전광역시 서구 영골길 158(오동)에 있다. 1973년 8월 21일 공주 금강소주 등 충남권 소주 업체 33개를 통합하여 금관주조(金冠酒造)를 설립했고, 이듬해 선양주조(鮮洋酒造)로 사명을 변경했다. 1980년대에는 고래가 그려진 파란색 상표로 지역에서 유명했다.

향토기업 색을 벗고 전국구 기업으로 거듭나고자 2013년 사명을 선양주조에서 (주)맥키스컴퍼니로 변경했다. 당시 신제품이었던 믹싱주 '맥키스'에서 따온 것이다. 맥(脈)과 영어 Kiss를 합쳤다고 한다. 조웅래 회장의 주도하에 전국적 명성의 계족산 황톳길과 '뻔뻔한 클래식'도 운영하고 있다. 계족산 황톳길 관리에만 연 10억 정도나 쓴다고 알려져 있어 지역민의 칭찬이 자자하다. 2023년에는 창사 50주년을 맞이하여 과거 사명이었던 소주 브랜드와 제품 '선양'을 최근 추세에 맞춰 제로 슈거로 새롭게 리뉴얼하여 출시했다. 대신 과거에 사용하던 오프너형을 채택하여 타제품과 차별화를 두었다. 계족산 근처엔 시원한 개울물이 흐르는 곳 주변에 각종의 식당도 있어서 금강산도 식후경, 아니 '계족산도 식후경'의 진미까지 듬뿍 느낄 수 있었다. 해마다 장동 계족산의 코스모스 축제장에 가면 맑은 하늘과 좋은 공기에 이어 산들바람까지 살갗을 스치는 기분이 아주 삼삼하다. 코스모스 한들한들 피어있는 길을 걷노라면 향기로운 가을 길의 낭만과 함께 그동안 축적되었던 스트레스까지 일거에 바람처럼 사라지는 느낌은 보너스다. 코스모스(Cosmos)라는 이름은 그리스 신화에서 우주를 상징하는 신, 카오스(Chaos)의 반대되는 개념인 질서와 조화를 뜻하는 단어 'Kosmos'에서 유래되었다. 이는 질서와 조화를 갖춘 우주를 의미한다. 또한, 천문학에서는 지구 외부의 천체들을 포함한 전체 우주를 나타내는 용어로도 사용된다. 코스모스 축제장 바로 앞에 위치한 보리밥 전문 식당은 항상 손님들로 북새통을 이룬다. 맨발로 등산을 마치고 나면 귀가 후 자연스레 숙면을 취할 수 있는 계족산 황톳길처럼 건강한 한 끼로 손색이 없는 전국적 명망의 소문난 맛집이다. 정말 눈물 나게 맛있는 곳이기에 추천한다.

코스모스 꽃말 소녀의 순결, 순정

나도야 간다
노래 _ 김수철

봄이 오는 캠퍼스 잔디밭에 팔베개를 하고 누워 편지를 쓰네 노랑나비 한 마리 꽃잎에 앉아 잡으려고 손 내미니 날아가 버렸네 떠난 사랑 꽃잎 위에 못다 쓴 사랑 종이비행기 만들어 날려버렸네 나도야 간다 나도야 간다 젊은 나이를 눈물로 보낼 수 있나 나도야 간다 나도야 간다 님 찾아 꿈 찾아 나도야 간다.

1984년에 발표한 김수철의 〈나도야 간다〉이다. 이 노래를 들으면 배창호 감독의 영화 '고래사냥'이 오버랩 된다. 내성적이고 소심한 병태(김수철 扮)는 거리를 배회하다 알게 된 지인 민우(안성기 扮)의 손에 이끌려 숫총각 딱지를 떼러 윤락가를 찾았다가 후천성 언어장애를 가진 창녀 춘자(이미숙 扮)을 만난다. 두 사람은 춘자를 사창가에서 구해내 그녀의 어머니를 찾아주기 위해 고향인 남해안 우도를 향해 떠난다. 세 사람의 특별한 여정을 통해 우정을 쌓아가는 따사함을 그려낸 이 영화는 최인호 소설가가 극본을 쓰고 배창호 감독이 만들어 당시 개봉관인 피카디리 극장에서 40만 명 이상의 관객을 동원하는 큰 성공을 거두었다. 또한 무명의 가수이던 김수철은 이 영화에서 주인공 병태 역의 배우로 데뷔하였고, 배창호 감독의 통 큰 배팅으로 영화 음

악감독도 담당하였다고 하니 역시 사람은 사람을 잘 만나고 볼 일이다.

이 가요의 첫 줄에 등장하는 '봄이 오는 캠퍼스'를 들으면 대학에 갓 입학한 새내기들의 아리따운 표정이 덩달아 떠오른다. 나는 이따금 영화 촬영지로도 소문난 대전 충청권 일등 사립대학인 한남대학교를 찾는다. 영화의 제작 과정에서 로케이션 헌팅(location hunting)은 매우 중요한 역할을 담당한다. 이는 영화 속 장면들의 분위기나 배경을 결정하는 데 큰 영향을 미치기 때문이다. 또한, 로케이션 헌팅은 촬영 장소의 법적 문제 및 허가 여부, 예산, 날씨 등 다양한 요소들을 고려해야 하기 때문에 많은 노력과 시간이 필요하다. 따라서 감독이나 프로듀서들은 작품의 주제와 스토리에 맞는 적절한 장소를 찾기 위해 최선을 다하며, 이를 통해 관객들에게 더욱 생생한 현장감과 몰입감을 선사할 수 있다. 이러한 이유로 로케이션 헌팅은 영화 제작에 있어서 필수적인 요소 중 하나라고 볼 수 있다.

지난봄에도 개강과 함께 새내기 대학생들로 더욱 활기가 넘치는 한남대학교 캠퍼스를 찾았다. 오정못과 중앙도서관을 지나 선교사촌으로 발걸음을 옮겼다. 이곳은 지난 1955~1958년 사이에 지어진 사택 7채의 작은 마을을 이루고 있다. 따라서 나보다 더 '선배'인 셈이다. 먼저 영화 〔덕혜옹주〕를 찍었던 장소를 찾았다. 2016년에 개봉한 〔덕혜옹주〕는 손예진과 박해일이 주연을 맡았다. 일제는 만 13세의 어린 덕혜옹주를 강제 일본 유학길에 오르게 한다. 매일 고국 땅을 그리워하며 눈물로 살아가던 덕혜옹주 앞에 어린 시절 친구로 지냈던 장한(박해일)이 나타나고, 영친왕 망명 작전에 휘말리고 마는데… 덕혜옹주는 고종의 고명딸이며 순종, 의친왕, 영친왕의 이복 여동생이다. 생모

는 복녕당(福寧堂) 귀인 양 씨이다. 양 씨는 본래 궁녀였다가 승은을 입어 덕혜옹주를 낳고 후궁이 되었다. 양 씨의 친정 오빠는 백정으로 조선에서 가장 미천한 신분이었으나, 여동생 덕분에 관복을 입고 궐에 출입하는 귀한 신분으로 벼락출세했다. '덕혜(德惠)'는 1921년에 이복오빠 순종이 내려준 작호인데, 그 이전에 따로 이름이 있었다는 기록이 없다. 한국 측의 기록에는 그냥 '아기씨', '복녕당 아기', 일본 측의 기록에는 姬(ひめ, 아가씨)로만 되어 있다. 그래서인지 훗날 대한민국 호적에도 '이덕혜(李德惠)'가 성명으로 올라갔다. 덕혜옹주의 삶을 다룬 여러 매체에서도 '황녀 이덕혜'라는 이름을 사용한다. 대한제국의 마지막 황녀로 알려져 있지만, 사실 덕혜옹주는 1910년 대한제국이 멸망한 이후에 태어났기 때문에 엄밀히 말하면 대한제국의 황녀였던 적이 없다. 따라서 '대한제국(또는 조선)의 마지막 황녀'라는 그녀의 타이틀은 사실 틀린 셈이었다. 대한제국에는 황녀가 없었고, 조선의 마지막 왕녀는 철종의 외동딸인 영혜 옹주였다.(나무위키 참고)

나는 작년에 한남대학교 경영대학원 최고 경영자 과정(CEO)을 이수했다. 그래서 마치 고향의 모교(母校)라는 각별하고 애틋한 개념이 오롯하다. 다만 젊었을 적, 그러니까 풋풋한 대학 새내기처럼 제 나이에 맞는 시기에 '나도야 간다' 보폭으로 대학물을 먹을 수 없었던 극난(極難)의 결핍 시절을 떠올리면 나도 모르게 그만 서글픔의 눈물이 앞을 가린다. 그래서 뭐든지 때가 있는 법이라고 했는가 보다.

청년은 세계를 진보와 변화로 이끄는 원동력이다 — 반기문

공항의 이별
노래 _ 문주란

하고 싶은 말들이 쌓였는데도 한마디 말 못하고 헤어지는 당신이 이제 와서 붙잡아도 소용없는 일인데 구름 저 멀리 사라져간 당신을 못 잊어 애태우며 허전한 발길 돌리면서 그리움 달랠 길 없어 나는 걸었네.

문주란이 1972년에 발표한 〈공항의 이별〉이다. 모임에 참석한 지인이 중국 여행을 간다고 했다. 그러자 동석한 다른 지인이 말했다. "중국 여행은 위험하니까 조심해야 합니다!" 그렇다면 중국 여행의 위험성으로는 무엇이 있을까? 중국에서는 소매치기, 퍽치기 등의 범죄가 빈번히 발생하므로 주의가 필요하다고 한다. 특히 밤늦게 혼자 다니는 것은 위험하므로 자제하는 것이 좋다. 중국 일부 지역에서는 위생 상태가 좋지 않은 식당이 있을 수 있으므로 주의가 필요하다. 중국에서는 2023년 7월 1일부터 강화된 반(反)간첩법 개정안이 시행되고 있다. 이 법은 간첩행위의 범위와 수사 관련 규정 등을 담고 있으며, 중국 내 외국 기업, 컨설팅 업체, 외국 언론 등에도 영향을 미치고 있다. 중국의 반간첩법은 형법상의 간첩죄와 국가기밀 누설죄 등을 포함하고 있으며, 위반 시 최대 종신형까지 처해질 수 있다.

이에 따라 중국 여행이나 출장 시에는 통계자료와 지도 검색 · 저장, 군사 시설이나 주요 국가기관에 대한 사진 촬영, 야외 선교 등 중국 정부에서 금지하고 있는 종교 활동에 있어 각별한 주의가 요구된다. 그래서 위급상황 발생 시, 중국 내 한국 공관으로 연락해야 하는 건 기본이며 혹시라도 중국 공안에 체포 또는 연행되는 경우, 한국 공관의 도움을 받을 수 있도록 '영사 접견'을 적극 요청하는 게 필요하다. 국내 가족이나 연고자에게도 행선지 · 연락처 정보 등을 미리 알려줘 위급 상황 발생 시 즉시 연락 가능하도록 비상 연락망을 유지해야 함은 물론이다. 위와 같은 위험성을 고려하여 중국 여행을 계획할 때는 안전에 최대한 신경 쓰는 것이 중요하며, 사전에 충분한 정보 수집과 대비책 마련이 필요함을 인식해야 한다. 위에서 거론한 중국 여행 시 자칫 공항에서 중국 공안에게 체포라도 되는 상황이 벌어진다면 이게 바로 '공항의 이별'이 되는 셈이다. 그것도 눈물의 이별일 테니 매우 심각한 일이다.

주지하듯 중국은 민주주의 국가가 아니라 엄연히 공산주의 국가다. 고로 정부의 국민을 향한 강제와 통제가 우리와는 비교 자체가 불가능함은 물론이다. 십여 년 전 중국에 간 적이 있었다. 모 문학제에서 수상자의 자격으로 간 '문화 기행'의 공짜 여행이었다. 소주와 항주에 이어 상해와 북경까지 찾았는데 당시엔 한국인 관광객들이 참 많았다. 우리 일행은 단체로 간 여행이었으며 조선족 안내인이 동행하여 큰 불편은 없었다. 그렇지만 지금도 중국 여행의 위험성은 상존하고 있다는 게 경험자들의 주장이다. 일례로 중국인들의 성향과 행동은 우리나라 사람들과 아주 다르다는 것이다. 예를 들어 우리나라 사람들은 남에게 피해를 주는 것을 매우 싫어하지만, 중국인들은 딱히 그렇지 않다는 것이다. 그러한 마인드는 위생과도 연결이 되는데, 우리나라는 식당을 운영하는 분들께서 대부분 위생에 무척 신경을 쓴다. 돈을 주고 음식을 주문한 고객에게 더러움을 선사할 수는 없으니까 당연한 일이다. 반면 중국 내 대부분의 식당에선 위생을 크게 신경 쓰지 않는다는 것이다. 또한 중국은 우리나라와 다르게 땅이 매우 넓어서 지역별 격차가 무척 큰 편이라는 주장도 간과할 수 없다. 중국은 도시와 도시의 차이 그리고 도시와 농촌의 차이가 완전히 다른 나라 수준으로 크다는 주장이다. 따라서 중국 여행의 위험성을 낮추기 위해선 아무리 풍경이 예쁘고 경치가 좋은 곳이라도 향촌(鄕村)은 최대한 피하는 편이 좋다고 했다. 작년에 난생처음으로 비행기를 타고 제주에 갔다. 올해도 문인들과 함께 갈 기회가 주어졌지만 짬이 안 돼 불발되었다. 얼마 전 칠순 생신을 맞은 선배님께서 자녀들이 해외여행을 보내주겠다고 했다며 자랑하셨다. 나 역시 칠순 고개가 멀지 않았다. 나도 칠순을 맞으면 아이들이 최소한 가까운 일본이라도 보내줄까? 중국보다는 역시 일본인들이 훨씬 친절하고 위생적일 테니까 더 마음에 가까이 다가온다.

친절은 미덕이 자라는 햇빛이다 — 로버트 그린 잉거솔

미안해요
노래 _ 거미

아침이 밝아오면 나 그댈 다시 볼 수 있나요 처음 만난 그 순간처럼 그댈 다시 사랑할게요 얼마나 많은 시간이 우리를 지나가고 지나가던 사람들 모두 우릴 축복했죠 어쩐지 오늘은 왠지 그대의 빈자리가 너무도 커 하루 종일 눈물만 흘렸죠 미안해요 그대를 아프게 해서 미안해요 해준 게 너무 없어서 미안해요 그대를 잊지 못해서 미안해요 하지만 오늘은 꼭 한번 그댈 보고 싶어요.

2008년에 발표된 거미의 〈미안해요〉다. 마치 내가 어머니께 하고 싶은 말을 대변하고 있지 싶다. 한 달 전 몸이 너무 아팠다. 평소 새벽 4시면 자동으로 기상하는 것도 불가능했다. 눈을 감으면 끝없는 수렁 밑으로 침잠되는 듯 무기력의 포로가 된 느낌이었다. 겨우 일어나도 비틀거리는 등 마치 내 몸에서 중요한 나사 몇 개가 빠져나갔다는 느낌이 컨디션을 더욱 악화시켰다. 설상가상 두통과 기침, 가래까지 협공했다. 매사 무기력해진 나의 건강을 돌이켜보자니 한마디로 기분이 더러웠다! 그렇게 보름여를 고군분투했다. 그즈음 아들이 집에 왔다. "아버지, 왜 그렇게 수척하세요?" 아내가 대변인 역할을 자청했다. "네 아버지도 이젠 다 됐나 보다. 요즘 꼼짝을 못해." "얼른 병원에 가

보세요!" 대저 아버지는 아들을 못 이기는 법.

이튿날 병원을 찾았다. 폐와 간 기능 검사를 받는데 마치 판사로부터 사형선고를 받는 죄수의 심정이었다. 의사는 과연 어떤 말을 할 것인가! 혹시 "몇 달만 살다 죽을 것"이라는 극단적 판단은 없을까? 그렇게 노심초사하면서 의사가 부르기만을 기다렸다. 이윽고 내 차례가 왔다. "홍 선생님께서는 평소 주량이 얼마나 되십니까?", "흡연은 언제부터 하셨으며 하루에 태우는 담배는?" 아~ 정말 피곤하게 그런 건 대체 왜 묻는 거야? 다 내가 좋으니까 마시고 태우는 '기호식품'인 것을. 드디어 의사의 처방이 나왔다. "평소 과로에 스트레스까지 겹친 듯 보입니다. 그러니 가급적 쉬시면서 영양 보충도 좀 하시고요…" 안도의 한숨과 함께 순간, 어머니가 떠올랐다. 60년이 넘는 세월 동안 단 한 번도 그 모습을 볼 수 없었던 울엄마. 그랬다. 엄마는 아버지와의 불화로 내가 생후 첫 돌 즈음 가출했다. "왜 울엄마는 사진 한 장조차 없어요?" 내가 예닐곱 살 때 아버지께 물었던 단도직입 질문이었다. "글쎄 그게…" 끝내 얼버무리는 모습에서 나는 추측했다. 옆집 종구 아버지는 술만 처먹으면 지 마누라를 복날 개 패듯 두들겨도 종구 엄마는 안 도망가고 자식을 여섯이나 낳으며 여전히 무럭무럭 잘살고 있거늘 내 마누라는 대체 뭐가 불만이었기에 나를 졸지에 홀아비로 만들었던가? (아버지의 입장을 대변하고자 쓴 글임)

무심한 세월은 강처럼 흘렀고, 아버지는 불과 오십도 못 채우시고 하늘의 별이 되셨다. 아버지의 장례를 치르면서 어머니의 부재에 더욱 통곡했다. 훗날 아들과 딸을 결혼시키면서도 어머니 없는 설움은 여전했다. 그처럼 어머니 없이 살아온 세월이 야속하고 원망스러워 책을 내기로 했던 것이다. 하여간 병원을 나왔다. 뜨거운 햇살 위로 어머니가 보였다. 나는 60여 년 만에 비로소 엄마에게 화해를 요청했다. "엄마, 의사가 말하길 딱히 제 건강이 나쁜 데는 없대요. 추측하건대 이건 다 엄마가 저를 건강하게 낳아주신 덕분이라고 생각합니다. 그래서 난 생처음 드리는 고백인데 이젠 비로소 당신을 용서할게요. 엄마, 그동안 당신을 극도로 미워해서 정말 미안합니다! 다시는 안 그럴게요. 사랑합니다. 엄마~" 하늘도 너그럽게 웃었다.

어머니는 의지할 대상이 아니라 의지할 필요가 없는 사람으로 만들어주는 분이다

— 도로시 피셔

Section 5

이별

대전 부르스

노래 _ 안정애

잘 있거라 나는 간다 이별의 말도 없이 떠나가는 새벽 열차 대전 발 영시 오십 분 세상은 잠이 들어 고요한 이 밤 나만이 소리치며 울 줄이야 아, 붙잡아도 뿌리치는 목포행 완행열차.

1956년에 발표된 안정애의 〈대전 부르스〉다. 지하철을 타고 대전역에서 하차할 즈음이면 이 노래 멜로디가 흘러나오곤 했는데 여전히 귀에 착착 감겨서 좋았다. 조용필도 이 노래를 다시 불러 화제가 되었는데 〈대전 부르스〉를 들을 적마다 느끼는 바가 있다. 그건 바로 새삼 그렇게 내가 살고 있는 이곳 대전에 대한 사랑의 감도가 여전히 짙고 뭉클하다는 사실이다. 대전은 대한민국의 광역시 중 하나로, 교통의 요지이며 과학기술의 중심지로 발전하고 있다. 2023년 기준 대전의 인구는 약 144만 명으로, 인구수로 따졌을 때 대한민국 상위 10위권 안에 드는 대도시다. 대전은 다양한 산업과 대학, 연구소 등이 위치해 있어 경제활동이 활발하며, 문화와 관광 분야에서도 많은 자원을 보유하고 있다. 또한, 대전은 대한민국의 중심부에 자리잡고 있어 다른 지역으로의 이동이 편리하며, 교육환경도 우수하여 인재 육성에도 큰 역할을 하고 있다. 대전으로 이사를 온 것은 예전의 직장에서 승진 예정자

로 지정되면서 근무지 조정이 된 때문이었다. 당시 아들은 생후 백일이 갓 지났는데 따라서 이사를 올 때 아들은 아내의 등에 업혀서 왔다. 이듬해 사업소장으로 승진을 했고 두 해가 더 지나선 딸을 보았다. 아이들이 어렸을 때 동네선 제일 먼저 최고급 승용차를 '뽑았다'.

당시엔 그만큼 돈도 잘 벌었다. 그리곤 주말과 휴일이면 아이들을 태우고 대전의 이곳저곳을 원 없이 유람(遊覽)했다. 대청호를 시작으로 계룡산까지. 그중엔 보문산과 계족산, 식장산 외에도 대전동물원(현 대전오월드의 전신)과 회덕의 동춘당과 가양동의 남간정사 등 문화재 역시도 포함되었음은 물론이다. 비래동의 옥류각을 여름에 찾으면 짜증스러운 무더위를 일거에 날릴 수 있었으며 만인산의 자연휴양림을 거닐면 스트레스까지 해소되어 참 좋(았)다. 세종시가 올 4월 기준으로 39만 명에 육박하는 인구 증가세를 기록하고 있다. 지인 중 여러 명이 세종시로 이사를 갔다. 그 때문에 혹자는 세종시의 오늘날 번영은 대전 인구를 빨아들인 '빨대효과'라고 지적한다. 그러거나 말거나 나의 대전사랑은 앞으로도 변함이 없을 것이다. 사통팔달의 탁월한 접근성과 교통 환경은 논외로 치더라도 전국에서 가장 저렴한 가격과 없는 것 없이 모두 갖춰진 중앙시장과 같은 전통시장은 주머니가 가벼운 서민일지라도 언제든 부담 없이 찾을 수 있어 좋다. 대전은 '교육도시'로도 소문이 짜하다. 지역감정도 전무하여 팔도의 어떤 사람도 살기에 그만이다. 그래서 지금도 내가 느끼는 나름 대전의 비유(比喩)는 '대전(大田)의 미래는 여전히 전도양양(前途洋洋)하다'를 조합하여 또 다른 '대전'이란 사실을 강조코자 한다. 대전과 충청을 연고지로 하는 프로야구 한화 이글스의 팬들은 마음씨도 대청호 이상으로 넓다. 어느덧 '보살'이라는 애칭까지 붙은 한화 이글스 팬들은 우승 아닌 일 승, 승리 아닌 득점, 안타 아닌 출루임에도 기꺼이 기뻐하며, 심지어 연패에도 불구하고 "나는 행복합니다"를 합창하며 응원한다.

1956년 발표 당시 대전 발 영시 오십 분 열차는 이별의 말도 없이 냉큼 떠나갔을지 몰라도 지금의 대전역(열차)은 전국 각지서 찾아오는 관광객들만으로도 마치 뜬돈(어쩌다가 우연히 생긴 돈)을 얻은 양 그렇게 충분히 흐뭇하다. 나는 대전광역시 명예 기자로도 활동하고 있다. 작년에 이어 올해도 이장우 대전시장의 야심작이랄 수 있는 '대전 영시 축제'가 2024년 8월 9일부터 17일까지 중앙로(대전역 ~ 옛 충남도청) 일원에서 화려하게 펼쳐진다. '대전 ○시 축제'는 추억의 대중가요 '대전 부르스'를 모티브로 한 축제이다. 대전이 가진 모든 재미를 꺼지지 않게 지속시킨다는 의미의 '잠들지 않는 대전 꺼지지 않는 재미'라는 축제의 캐치프레이즈를 필두로, 대한민국을 넘어 세계인이 함께 즐기는 글로벌 축제를 목표로 한다. 대전 ○시 축제는 '시간여행 축제'라는 차별화된 주제를 바탕으로 대전역에서 옛 충남도청까지 중앙로 1㎞ 구간을 차 없는 거리로 운영하며 구역마다 대전의 과거와 현재, 미래를 만날 수 있다. 작년 '대전 ○시 축제'에서 나는 취재와 봉사를 열심히 병행했다. 올해도 마찬가지다. 나의 대전사랑은 영원할 것이다.

여행은 다른 문화, 다른 사람을 만나고 결국에는 자기 자신을 만나는 것이다

— 한비야

당신도 사연 있잖아
노래 _ 류기진

철없이 사랑했던 날은 가고 무작정 사랑했던 날도 가고 이제는 정리다 정리 마음에 와 닿는 진실 하나 찾으러 갈 꺼다 왜 이별했나 묻지를 마라 당신도 사연 있잖아 예쁜 여자 만나면 멋진 남자 만나면 아직도 뜨거운 가슴이 있다 눈물도 있고 정도 있다 내 생애 마지막 정열 그 사람 찾으러 간다.

2005년에 발표한 가수 류기진의 〈그 사람 찾으러 간다〉이다. 대부분 국민들이 무사히 지나긴 했지만, 코로나19는 우리 사회에서 많은 걸 강탈했고 심지어 이별까지 강요했다. 코로나19가 우리 사회에서 빼앗아 간 것 중의 하나를 지적하고자 한다. 코로나19 습격 전 가을이면 해마다 고향 초등학교에서 총 동문 체육대회라는 큰 잔치를 열었다. 가을은 참 좋은 계절이다. 하늘은 높고 말도 뒤룩뒤룩 살이 찐다. 가히 천고마비(天高馬肥)의 계절임에 손색이 없다. 뿐이던가… 날씨마저 청명하여 덥지도 춥지도 않다. 이런 날에 초등학교 모교의 총 동문 체육대회를 개최한다는 건 시의적으로도 적절하며 매우 합법적이다. 그날도 총 동문 체육대회에 참석하고자 천안행 고속버스에 몸을 실었다. 이윽고 도착한 곳은 내가 지난 1972년도에 졸업한 천안성정초등

학교. 나는 이 학교의 13회 졸업생이다. 세월처럼 빠른 게 없다더니 졸업을 한 지도 어느새 52년이란 세월이 강물처럼 흘렀다. 그동안 나는 이순이 넘은 늙은이가 되었고 머리는 반 이상이나 야박한 세상에 강탈당했다. 하지만 불변한 것은, 비록 지독스레 가난했기에 싸구려 검정 고무신에 책들마저 보자기에 싸서 등교했던 '국민학교' 시절의 동창들 마음은 예나 지금 역시도 여전하다는 사실이었다.

총 동문 체육대회가 열렸던 그날로 돌아가 본다. 사회자가 1부의 시작을 알리며 총동문회장의 개회 선언에 이어 국민의례가 시작되었다. 교가 제창 다음으론 내빈 소개, 모교에 장학금 전달 그리고 축사 등이 이어졌다. 2부에선 족구와 페널티킥, 줄다리기와 400미터 계주, 행운권 추첨과 노래자랑 등 다채로운 행사가 포복절도의 잔치 분위기를 더욱 고조시켰다. 쉬는 시간을 이용하여 1년 연상인 12회 선배들의 천막을 찾았다. 재학 시절부터 절친했던 강○○ 선배와 유○○ 선배를 만났다. "형들, 그동안 안녕하셨어요?" "응, 그런데 경석이가 우리보다 더 늙었구나." "험한 세상과 드잡이를 하다 보니 그만 이렇게 되었네요." 술과 정을 나눈 강○○ 선배와 유○○ 선배는 1958년 '개띠'다. 따라서 작년 2023년은 1차 베이비붐 세대를 상징하는 '58년 개띠'가 만 65세가 되는 해였다. 우리 사회에서 65세는 큰 의미가 있다. 고령자 관련 통계는 전부 65세가 기준이다. 월 32만 원인 기초연금을 비롯하여 지하철 공짜 탑승, 독감 접종비 면제, 비과세 저축, 임플란트 할인 등 경로우대 자격이 생기는 것도 65세부터다. 크고 작은 복지가 워낙 많아서, 인터넷에는 '65세 이상 어르신 혜택 50가지'라는 정리 글까지 있다. 58년 개띠가 65+클럽에 입성하면서 '1,000만 노인 시대'도 가시권에 들어오게 된다.

통계청 추정으론 우리나라는 2024년에 노인 인구가 1,000만 명을 돌파한다고 했다. 전체 인구의 19.4%다. 이후에도 노인 수는 계속 늘어 2070년엔 인구 전체의 46.4%가 65세 이상 노인이다. 인구 구조는 한번 방향을 잡으면 단기간에 바꾸기 어렵다.

노인 대국 반열에 들어서는 한국에선 앞으로 어떤 일이 벌어질까. 첫째, 사회복지 청구서가 사회를 삼킨다. '시민의 발'인 지하철은 지금도 만년 적자이지만, 1,000만 지공선사(공짜 지하철 경로석에서 참선하는 노인) 때문에 적자가 더 늘어날 것이다. 지하철 일반 요금 인상은 피할 수 없어 보인다. 소득 하위 70% 노인에게 지급하는 기초연금 예산은 시행 초기인 2014년만 해도 7조 원 정도였지만 내년엔 20조 원에 육박한다. 작년 10조 원, 올해 12조 원이 지급된 노인장기요양보험은 2026년 적립금 고갈로 깡통이 되고, 2040년엔 23조 원대 적자가 예상되고 있다. 둘째, 일하는 노인이 늘어난다. 생산 · 소비의 주축인 경제활동인구(15~64세)가 줄어드는 사회에서 노인 존재감은 커질 수밖에 없다. 셋째, 간병 퇴직 쓰나미가 몰려온다. 한국은 고령화 속도가 너무 빨라 노인 돌봄 인력도 만성 부족에 시달릴 운명이다. 경제협력개발기구(OECD)는 한국이 노인 돌봄 인력을 2040년까지 140% 이상 충원해야 한다고 조언했다. 간병인을 찾지 못해 가족이 직장을 그만두는 '간병 퇴직'은 벌써 조짐이 보인다. 올 상반기(1~6월) 거동이 불편한 노부모를 돌보기 위해 퇴사한 여성은 1년 전보다 29% 늘었다. 더 큰 문제는 10년 후인 2033년에 닥친다. 58년 개띠가 유병노후(有病老後) 나이인 75세가 되는 이때, 한국의 고령화 충격은 더블로 커진다. 앓아누운 노인들이 늘어나 사회 복지 비용이 급증하는데, 2차 베이비부머(68~74년생, 635만 명)가 줄지어 노인 집단에 진입하기 때문이다.

출산율 극적 반등이나 외부 인구 유입을 기대하는 건 헛된 기다림에 가깝다. 우리 미래가 더 위태로워지기 전에 노인연령 상향, 정년 연장, 연금 개혁 같은 굵직한 현안들을 해결해야 한다. (2022년 12월 24일 자 조선일보 참고)

한국의 65세 이상 고령인구 비중은 2022년 기준 17.3%다. 2025년에는 20.3%로 미국(18.9%)을 제치고 초고령 사회에 진입하며, 2045년에는 37%로 세계 1위인 일본(36.8%)을 추월할 전망이라고 한다. 세월처럼 빠른 게 없다더니 나도 올부터 한국의 65세 이상 고령인구 집단에 빼도 박도 못하게 소속되었다. 솔직히 우울해지는 기분을 감출 수 없다. 하여간 그날, 오전부터 거나하게 취한 홍겨운 분위기는 체육대회가 끝난 이후에도 연장됐다. "모처럼 뭉쳤으니 2차까지는 가줘야 예의겠지?" 술집을 하는 후배의 가게를 찾아 더욱 홍건하게 술에 젖어서 귀가한 것은 얼추 자정 무렵이었다. 그날의 과음으로 인해 이튿날에도 속이 꽤 아팠다. 그렇지만 '동창회 없었음 어쩔 뻔했니!'라는 긍정적인 마음과 아내가 끓여준 북엇국으로 속을 달랬다. 충청남도 천안시 서북구 성정7길 3번지에 위치한 천안성정초등학교는 내가 출생한 지난 1959년도에 개교했다. 따라서 누구보다 우리들 59년생 돼지띠 베이비부머들의 모교 사랑은 자별하다. 내가 이메일 주소로 사용하고 있는 casj007의 'casj'은 바로 '천안성정(초등학교)'의 영문명에서 착안한 것이다.

내가 초등학교 동창회와 총 동문 체육대회에도 적극적으로 참여하는 까닭은 명료하다. 그곳엔 동심과 의리가 살아 숨 쉬는 '그 사람'들이 있어서다. 그 사람들은 바로 모교의 동창과 선후배들이다. 고난과 풍상의 지난 세월을 함께한 '당신도 사연 있잖아'의 그들이 문득 또 그리워진다. 다시 만나서 그 사연의 곡절을 듣고 동감으로 공유하고 싶다. 나의 모교 사랑은 앞으로도 변함이 없을 것이다. 그나저나 올가을엔 내 모교의 총 동문 체육대회를 만날 수 있으려나?

풍요 속에서는 친구들이 나를 알게 되고, 역경 속에서는 내가 친구를 알게 된다
— 존 철튼 콜린스

천 리 먼 길
노래 _ 박우철

그리운 님을 찾아 님을 찾아 천 리 길 보고 싶어 내가 왔네 산 넘고 물 건너서 그러나 변해 버린 사랑 했던 그 사람 한번 준 마음인데 그럴 수가 있을까 천 리 먼 길 찾아왔다 돌아서는 이 발길.

1991년 박우철이 발표한 히트곡 〈천 리 먼 길〉의 가사이다. 천 리(千里)는 십(十) 리(里)의 백 배다. 상당히 먼 거리다. 세월처럼 빠른 건 또 없다. 6.10 민주 항쟁이 어느새 37주년을 맞았으니 말이다. 6.10 민주 항쟁은 1987년 6월, 전두환 정부에 맞서 전국에서 일어난 일련의 민주화 운동을 지칭하는 단어로 6월 민주화 운동, 6.10 항쟁 등의 이름으로도 불린다. 현재는 주로 '6월 민주 항쟁' 또는 약칭인 '6월 항쟁'이라고 불린다. 1987년 4월, 전두환은 남은 임기가 1년도 안 되어 임기 중의 개헌이 불가능하니, 현행 5공화국 헌법대로 차기 대통령 선거를 치르고 정권을 이양하겠다는 특별 담화로 대통령 간접 선거 조항을 사수하겠다는 의사를 밝혔다. 그러나 이는 가뜩이나 대통령 직선제로의 개헌을 열망하던 사람들의 반발을 끌어냈다. 대다수 국민은 직선제로의 복구를 민주주의 정치제도의 상징으로 여기고 있었다. 이 선언을 계기로 제도권 야당과 재야 민주화 세력들은 연합전선을 구축하였

고 직선제 개헌을 쟁취하기 위한 국민운동본부를 창설하였다. 이로 말미암아 1979년 12.12 군사 반란으로 시작된 권위주의 체제는 역사의 뒤안길로 사라졌고 서구 수준의 자유민주주의가 쟁취되었다. 6월 항쟁은 대통령 직선제를 비롯한 헌법과 정권의 개혁안을 발표하게 만든 사건으로 이후 한국 사회에서 민주화와 자유화의 물결이 본격적으로 대두되었다. 또한 다른 민주 혁명과는 다르게 비교적 평화적인 시위로 군부 독재 정권을 쫓아냈다는 점에서 세계적으로도 매우 높이 평가받는 시민 항쟁이기도 하다. 시민 항쟁이 일어나면 대개 공권력의 폭력 남용에 의한 내란, 쿠데타, 폭동 등의 유혈 사태가 일어나는 경우가 많지만, 6월 항쟁은 경찰과 시위대가 충돌할지언정, 전반적인 치안은 양호했으며 사상자도 상대적으로 많지 않았다.

당시 취재를 나선 외신 기자들도 이 점에 주목했다. 그래서 세계 민주주의 역사의 '민주주의의 확산'이라는 측면에서 6월 항쟁은 4.19 혁명, 5.18 민주화운동과 함께 시민들의 힘(People's Power)으로 민주화를 쟁취한 이른바 '제3의 민주화 물결'의 대표적인 예로 거론된다. 지난 1987년의 6월 시민 항쟁 당시, 사랑하는 딸은 출생한 지 겨우 다섯 달이 지났을 때였다. 당시엔 나도 독재정권에 격분한 나머지 소위 '넥타이 부대'에 편승하였다. 그리곤 중앙로에서 시위를 벌이곤 했다. 그러나 최루탄 냄새를 묻히고 귀가하는 나를 아내는 걱정이 가득한 눈과 입으로 힐난의 날을 새파랗게 세우곤 했다. "당신이 무슨 민주투사여?" + "우리 딸내미가 이제 겨우 다섯 달 됐는데 데모하다가 당신이 경찰에라도 잡혀가면 우린 어쩔 겨?" "……" 6.10 민주항쟁 37주년을 맞은 지금 우리는 과연 민주의 과실을 달콤하게 맛보고 있는가? 민주(民主)는 주권이 국민에게 있음을 의미한다. 하지만 엄밀한 의미에서 우리나라와 같은 자본주의 국가에서의 자유분방한 민주는 사실 부자와 상류층들만 누릴 수 있는 특권이란 편견을 나는 가지고 있다.

다음은 2017년에 개봉한 영화 〈대립군〉의 줄거리다. 1592년 임진왜란이 발발하자, 선조는 어린 '광해'(여진구)에게 조정을 나눈 '분조'를 맡기고 의주로 피란한다. 임금 대신 의병을 모아 전쟁에 맞서기 위해 머나먼 강계로 떠난 광해와 분조 일행은 남의 군역을 대신하며 먹고 사는 대립군들을 호위병으로 끌고 간다. 대립군의 수장 '토우'(이정재)와 동료들은 광해를 무사히 데려다주고 공을 세워 비루한 팔자를 고치기 위해 위험을 무릅쓴다. 하지만 정체불명의 자객 습격과 왕세자를 잡으려는 일본군의 추격에 희생이 커지면서 서로 간에 갈등은 점점 깊어만 가는데… 영화 〈대립군〉을 보면 "나라가 망해도 우리 팔자는 안 바뀌어!"라는 주인공 토우(이정재)의 대사가 당시 대립군의 막막한 처지를 대변한다. 이를 끄집어낸 것은, 우리 사회 역시 빈자(貧者)는 여전히 부자(富者)의 이른바 갑질과 횡포에 무기력한 '비민주 시대'에 살고 있음을 은연중 비꼬고자 하는 의도에서다. 즉 빈자는 정부와 정권이 바뀌더라도 여전히 가난의 족쇄에서 이별하기가 어렵다는 주장이다. 이러한 현상은 주변에서도 쉬이 볼 수 있는 현실이자 현재 진행형이다. 그래서 하는 말인데 오랜 기간 동안 지독한 가난에 면역이 된 서민과 빈곤층은 '상당히 먼 거리'처럼 부자로 가는 길이 사실상 봉쇄되어 있다고 해도 과언이 아니다. 언필칭 민주국가라고 한다면 갈수록 심화하고 있는 빈부 격차의 해소에도 가일층 노력하는 모습을 보여야 한다. 가요 〈천 리 먼 길〉에서 주장하는 '그리운 님을 찾아 천 리 길도 마다하지 않고 찾아왔다'는 것은 자신이 지지하는 정당과 후보에게 표를 주었다는 셈법과 동일하다. 40년에 가까운 6.10 민주 항쟁의 어떤 선과(善果)가 이뤄져 어려운 계층도 더 다양한 복지정책으로 부자 부럽지 않은 세상이 사실은 진정한 민주국가 아닐까.

> 민주주의에 대한 나의 개념은, 그 체제하에서 가장 약한 자가 가장 강한 자와 똑같은 기회를 가질 수 있다는 것이다 — 간디

중년
노래 _ 박상민

어떤 이름은 세상을 빛나게 하고 또 어떤 이름은 세상을 슬프게도 하네 우리가 살았던 시간은 되돌릴 수 없듯이 세월은 그렇게 내 나이를 더해만 가네 한 때 밤잠을 설치며 한 사람을 사랑도 하고 삼백예순하고도 다섯 밤을 그 사람만 생각했지 한데 오늘에서야 이런 나도 중년이 되고 보니 세월의 무심함에 갑자기 웃음이 나오더라 훠이 훨훨훨 날아가자 날아가 보자 누구라는 책임으로 살기에는 내 자신이 너무나도 안타까워 훠이 훨훨훨 떠나보자 떠나가 보자 우리 젊은 날의 꿈들이 있는 그 시절 그곳으로.

가수 박상민이 2006년에 발표한 〈중년〉이란 가요다. 구구절절 옳은 주장이다. 세상에 뉘라서 우리가 살았던 시간을 되돌릴 수 있으랴. 생로병사(生老病死)는 누구도 거스를 수 없는 하늘의 지엄한 명령인 것을. 그러나 간혹 중년, 아니 노년의 나이임에도 어처구니없는 행동과 처신으로 망신살이 뻗치는 사람을 볼 수 있어서 유감이다. 60대의 데이트 살인이 바로 이런 우려의 타깃이다. 지난 6월 초, 서울 수서경찰서는 60대 박 모 씨가 교제 중인 60대 여성의 '이별 통보'에 격분해 그 여성과 30대 딸을 흉기로 보복 살해한 혐의로 체포했다고 밝혔다. 정말

어이가 상실되는 느낌이었다. 나이를 허투루 먹고 경거망동하면 가족조차 외면한다. 중년도 다 아는 상식을 노년이 몰랐다면 인생 헛살았다고 해도 과언이 아닐 것이다.

시내버스에 올랐다. 성남네거리에서 팔순의 어르신이 탑승하셨는데 거동이 불편한 게 한눈에도 안타까웠다. 이때 '반전'이 일어났다. 50대 중년으로 보이는 버스 기사가 갑자기 인상이 우락부락해지면서 그 어르신과 언쟁이 붙는 것이었다. "또 타시는 겁니까?" "그렇다. 어쩔래?" 느닷없는 설전에 나를 비롯한 승객들 모두 어안이 벙벙해지는 느낌이었다. 버스 기사가 언성을 더욱 높였다. "어르신, 지금 이 순간부터 얼른 마스크 착용하세요. 그리고 버스 안에 함부로 침 뱉으면 바로 강제 하차시키겠습니다. 승객들에게도 아무런 말씀 하시 마시고요." 그러거나 말거나 어르신께서는 여전히 혼자서 중얼거렸다. 버스는 나의 목적지인 대전역에 도착할 때까지 두 번이나 중간 정차하는 소동이 벌어졌다. 버스 기사는 어르신을 억지로 내리려 하고, 어르신은 절대 못 내리겠다면서 버틴 때문이었다. 그처럼 둘이 마치 견원지간(犬猿之間)인 양 으르렁거린 까닭은 왜인지 알 수 없었다. 어쨌든 처음 목격한 그 장면은 나이를 곱게 먹어야 한다는 어떤 명제를 나에게 숙제로 부과하는 듯했다. 나이는 우리가 서로 다른 관점에서 이해해야 할 중요한 요소 중 하나다. 각 개인에게 예의를 갖추고 존중하며 상호 간의 대화를 통해 이해하려고 노력함으로써 간극과 차이를 극복하는데 기여할 수 있다. 나이는 시간이 지남에 따라 사람들에게 축적되는 경험과 지식을 나타낸다. 나이 든 세대들은 그들이 가진 풍부한 경험과 지혜로 젊은 세대에게 영감을 줄 수도 있고, 새로운 아이디어와 기술을 받아들일 준비도 되어있을 수 있다. 하지만 나이가 들면 일반적으로 신체 기능이나 면역력 저하 등 여러 가지 측면에서 변화가 일어날 수 있다. 심지어 치매 증상이나 심각한 건망증 등도 걱정으로 대두한다.

시내버스 기사는 중년(中年)으로 보였는데 대한민국 정부는 중년과 장년(長年)을 구분하여 중년은 40-49세, 장년(長年)을 50-64세로 나누며 65세 이상을 노년으로 본다. 하지만 일부에서는 만 46세부터 만 64세까지를 중년기로 보기도 한다. 중년이 되면 남녀 모두 직장이나 사회에서 지위가 높아지면서 높은 성취감을 얻을 수 있으나, 건강 측면에서는 여러 가지 변화가 나타날 수 있다. 특히 여성의 경우 폐경기를 겪으면 골다공증과 우울증을 겪을 확률이 높아지고, 남성의 경우 비만 등으로 인한 대사증후군을 겪으면서 각종 성인병에 노출될 확률이 높아지게 된다고 한다. 따라서 건강관리에 더욱 신경 써야 하는 시기임은 물론이다. 어쨌든 아버지뻘 되시는 분에게 마치 쥐 잡듯 몰아세운 버스 기사도 그 어르신의 경거망동에 극심한 스트레스를 겪던 나머지 그런 행동을 했을 것이라는 추측은 가능했다. 어르신 또한 하루가 다르게 노화가 진행됨에 따라 인지 능력이 점점 더 떨어지셨을 거라는 생각이 들었다. 그렇지만 역지사지의 관점에서 서로를 배려하였더라면 시내버스에서의 그런 촌극은 없었을 텐데…라는 생각에 마음이 이별을 앞둔 종착역처럼 씁쓸했다.

밝고 행복한 성격을 가진 사람은 나이의 압박을 거의 느끼지 않는다. 하지만 정반대 성격을 가진 사람에겐 젊음과 나이듦 모두가 짐이다 — 플라톤

추억 속으로
노래 _ 설운도

야외전축 틀어놓고 너와 내가 밤새도록 춤을 추던 그 시절 달래 머리 단발머리 몽땅 치마 휘날리며 주름잡던 그 시절 그 모든 남자 친구들 그 모든 여자 친구들 오늘따라 너무나 보고 싶네 가끔씩 생각나는 그리운 친구들 지금은 무엇을 할까 아직도 그때처럼 철없는 모습으로 멋지게 살아가고 있을까.

2014년에 발표한 설운도의 〈추억 속으로〉이다. 이 노래에서 방점은 단연 '야외전축'이다. 요즘 젊은이는 물론이요 학생들도 모르겠지만 과거엔 야외전축이 최고의 야외 음악 기기였다. 야외전축은 LP(엘피판(long-playing record:분당 33회 회전으로, 한 면이 연주되는 데 약 25분이 걸리던 옛날 전축판)를 재생할 수 있는 휴대용 턴테이블을 말한다. 70년대 후반에 워크맨의 등장으로 역사 속으로 서서히 사라지다가 지금은 이미 골동품이 되어버린 물건이다. 하지만 1960~1970년대에 엄청난 인기를 자랑하던 물건으로, 학교 소풍이나 여름 해수욕장 같은 곳에 들고 가서 틀어 놓으면 단박 주변에 수십 명 이상이 몰렸을 정도로 최고의 인기 상품이었다. 또한 부잣집의 상징물 중 하나이기도 했을 정도로 고가의 물품이었다. 그런데 스피커는 작은 거 1개만 있고, 사운드 볼

륨 스위치가 1~2개 정도뿐이라, 깔끔한 음질은 기대할 수 없었다. 아울러, 건전지 전력을 엄청 잡아먹어 불과 몇십 분 정도면 속도가 느려지고 LP 디스크의 음악 소리도 연착(延着)되기 일쑤였다. 그 상태에서 10분 정도 더 지나면 건전지의 전력이 다해 멈추는 경우가 많았다.

야외전축은 또한 경거망동으로 춤을 추었다가는 자칫 발로 밟아 순식간에 와장창 부서지는 참사가 벌어지는 위험성도 다발했다. 어쨌든 설운도의 노래처럼 나 또한 야외전축 틀어놓고 친구들과 밤새도록 춤을 추던 그 시절이 있었다. 사람이 춤을 추는 이유에는 여러 가지가 있을 수 있지만 일반적으로는 다음과 같다. 음악이나 리듬에 맞춰 몸을 움직이면서 흥미나 즐거움을 느낄 수 있다. 자신의 감정이나 생각을 표현하고자 하는 경우도 있다. 예를 들어, 사랑하는 사람에게 구애를 하기 위해 춤을 추거나, 분노나 슬픔을 표현하기 위해 퍼포먼스로 춤을 출 수도 있다. 특정 문화권에서는 춤이 일상생활이나 종교의식, 축제 등에서 매우 중요한 역할을 한다. 이러한 문화적 배경 때문에 춤을 추는 경우가 많다. 춤은 운동 효과가 있어 건강에도 도움이 되며 스트레스 해소에도 좋다. 지난날 달래 머리 단발머리 몽땅 치마 휘날리며 주름잡던 그 시절은 이제 가고 없다.

남은 거라곤 약 없이는 견딜 수 없는 중증의 환자 혹은 그와 비슷한 삶을 꾸려가는 초췌한 노년이다. 세월이 가져다준 어떤 상처다. 인생에 있어서 세월은 약이 될 수도 독이 될 수도 있다. 그렇지만, 시대와 사회에 따라 세상의 관념은 유동적이다. '놀부는 욕심쟁이인가 아니면 절제의 경제학자인가?' 라는 질문이 이에 해당한다고 본다. 세월이 더 흐르고 흘러 오랜 세월이 흐르면 각인된 기억들도 빠른 속도로 잊

혀진다고 한다. 이별이라는 셈법이 통용된다. 따라서 세월은 약이 된다는 말이 인문학에서는 충분한 증거가 있으나, 과학적, 심리적 근거는 약하다. 또한 현시점 상 모순이 대립하기도 한다. 오늘은 내가 참여하고 있는 문학 단체의 고문님 생신이다. 저녁식사에 초대를 받았는데 뭘 선물할까? 이런 고민을 토로했더니 함께 초대를 받은 회장님 말씀이 신나는 춤으로 대신하라고 하셨다. 그럴까? 그런데 혹시라도 미친놈이라며 놀리시진 않을까?

춤은 발로 꿈꾸는 것과 같다 — 모차르트

엄마 아리랑
노래 _ 송가인

엄마 아리랑 아리랑 아리아리랑 아라리요 아들딸아 잘 되거라 밤낮으로 기도한다 엄마 아리랑 사랑하는 내 아가야 보고 싶다 우리 아가 천년만 년 지지 않는 꽃이 피는구나 아리랑 아리랑 사랑 음 사랑 음 엄마 아리랑 아리아리랑 아라리요 쓰리쓰리랑 아라리요 우리 엄마 사랑은 아리랑 엄마 아리랑 엄마 아리랑 아리랑 아리아리랑 아라리요 우리 엄마 무병장수 정성으로 기원하오 엄마 아리랑 사랑하는 내 어머니 보고싶소 울 어머니 서산마루 해가 지고 달이 뜨는구나 아리랑 아리랑 사랑 음 사랑 음 엄마 아리랑 아리아리랑 아라리요 쓰리 쓰리랑 아라리요 우리 엄마 사랑은 아리랑 엄마 아리랑.

2019년에 발표한 가수 송가인의 〈엄마 아리랑〉이다. 이 노래를 들으면 절로 눈물이 철철 흐른다. 어머니의 자식 사랑은 말로 표현할 수 없을 정도로 깊고 크다. 어머니는 자신의 모든 것을 희생해서라도 자식을 위해 최선을 다하며, 자식이 행복하고 성공적인 삶을 살기를 바란다.

어머니는 자식을 임신하고 출산하는 과정에서 자신의 몸과 마음을 모두 바친다. 출산 후에는 자식을 돌보고 키우는 데에 모든 시간과 노력을 기울인다. 자식이 아플 때는 자신의 몸이 아픈 것보다 더 마음 아파하며, 자식이 잘되기를 바라는 마음으로 자신의 모든 것을 희생한다. 자식이 어려움을 겪을 때는 자기 경험을 바탕으로 조언을 해주며, 자식이 자신의 꿈을 이룰 수 있도록 아낌없이 지원을 해준다. 어머니의 자식 사랑은 본능적인 것이기도 하지만, 자식을 사랑하는 마음이 바다보다 크기 때문에 가능한 것이다. 어머니는 자식을 위해 자신의 모든 것을 희생할 수 있으며, 자식이 행복하고 성공적인 삶을 살기를 바라는 마음으로 최선을 다한다. 이것이 어머니, 특히 한국 어머니의 보편적 삶이자 일생이다. 그렇지만 나하고는 관련이 없다. 나는 어머니의 얼굴조차 알 수 없다. 따라서 맹모삼천지교(孟母三遷之敎) 역시 강 건너 꽃구경에 불과할 따름이다. 백유읍장(伯兪泣杖)은 '백유(伯兪)가 매를 맞으며 운다'는 뜻으로, 늙고 쇠약(衰弱)해진 어머니의 모습을 보여 슬퍼함을 일컫는다. 하지만 이 또한 나와는 인연이 없다. 그래서 송가인의 〈엄마 아리랑〉을 들으면 더욱 슬프다.

내가 생각해도 나는 참 운명이 기구했다. 부모 잘 만나는 것도, 특히 엄마를 잘 두는 것도 복이다. 부모님은 자식에게 큰 영향을 미치는 존재이며, 특히 어머니는 자식을 양육하고 보호하는 역할을 하기 때문에 자식의 성장과 발전에 큰 영향을 미친다. 어머니가 자식을 사랑하고 지지해 주면 자식은 자신감을 가지고 성장할 수 있으며, 어머니가 자식에게 올바른 가치관과 윤리관을 심어주면 자식은 올바른 인성을 가지고 살아갈 수 있어서다. 부모구존(父母俱存, 부모님이 다 살아 계심)인 사람은 당연히 더 부럽다. 어제는 지인이 꼬리곰탕을 사주었다. 식사를 하면서 자연스레 지난 시절, 그러니까 우리처럼 베이비부머 세대적 이야기를 나누게 되었다. "요즘 우리나라는 아이를 안 낳아서 정말 걱정입니다!" "그러게 말입니다. 우리가 어렸을 적에는 심지어 열 명이나 되는 자녀를 낳은 집도 드물지 않았지요. 아무튼 이러다간 국가 자체가 소멸할 수도 있다니 정말 큰일이에요!"

2024년 6월 7일 자 조선일보에 〔"저출산 한일 이대론 소멸, 2040년이 승부처"〕라는 기사가 눈길을 끌었다. -〈"일본 · 한국 둘 다 이대로 가면 노인의 나라가 되고 경제는 너덜너덜해지고 결국 (국가) 소멸로 향할 것입니다." 도쿄의 일본우정(郵政 · 유세)홀딩스 건물에서 최근 만난 마스다 히로야(增田寬也 · 73) 전 총무상은 "고비는 2040년"이라며 "2030년까진 어떻게든 견디겠지만, 2040년까지 합계출산율(여성이 평생 낳을 것으로 예상되는 출생아 수) 반전을 못 하면 그 후엔 정말 어렵다"고 말했다.

그는 "일본은 '2040년까지 출산율 1.6'이란 목표로 승부를 걸 예정이다. 한국도 1.0을 회복해야 한다"고 했다. (중략) "동아시아는 한국 · 일본 · 대만이 출산율이 낮다. 중국도 언젠간 그렇게 될 전망이다. 이대로 가면 정말 노인의 나라가 된다. 경제는 너덜너덜해진다. 고령화율(인구 대비 65세 이상 비율)은 40%를 넘어 50% 가깝게 올라가게 된다. 경제 성장을 얘기할 수가 없을 정도로 최악의 상황을 겪고 나서 (국가) 소멸 단계로 향할 것이다. 이런 지경이 되면 젊은이들은 한국 · 일본에서 태어나도 다른 나라의 고등학교 · 대학으로 떠나고 소멸에 박차가 가해진다." (후략)〉

종족 번식의 욕구는 인간 및 동물들이 생존과 번식을 위해 갖는 본능적인 욕구다. 애착의 욕구, 자기보존의 욕구, 자아실현의 욕구와 함께 종족 번식의 욕구는 생존과 종속적인 생명 유지 활동이다. 이런 철학적 고찰이 아니더라도 아이가 해맑게 방긋 웃는 모습은 이를 보는 사람들도 함께 웃게 만드는 행복 바이러스로 전파된다. 이러한 웃음은 주변 사람들에게도 긍정적인 에너지를 전해주며 삶의 활력소가 되어주기도 한다. 아이가 밝게 웃을 때면 부모님이나 가족들은 그 모습을 보면서 사랑스러움과 뿌듯함을 더욱 느끼게 된다. 또한, 아이가 건강하고 행복하게 자라기를 바라는 마음도 더욱 커진다. 따라서, 아이가 웃는 모습은 가족들뿐만 아니라 많은 사람들에게 큰 힘과 위로를 주는 소중한 선물이라고 할 수 있다. 나는 이별이 너무 빨랐기에 비록 '엄마 아리랑'의 복을 누리지 못하였지만, 정상적인 가정과 부부라면 최소한 두 명의 자녀를 두었으면 좋겠다는 생각은 여전히 불변하다.

나무는 고요하려고 하나 바람이 멈추지 않고 자식이 효도하고자 하나 어버이가 기다리지 않는다 — 한시외전(漢詩外傳)

부라보 아줌마

노래 _ 풍금

경자 영자 미자 춘자야 집안에서 뭣들 하느냐 순자 복자 희자 명자야 모닝커피 한잔 마시자 집에서 하루 종일 궂은일하고 시부모 신경 쓰고 남편도 신경 쓰고 자식들이 속을 썩여도 인생이 뭐 있나 즐기며 살아야지 화를 내고 짜증 내면 나만 손해 짠짜라 짠짠짠 짠짜라 짠짠짠 힘든 세상 괴로운 세상 답답하게 살지만 말고 노래 부르고 춤도 춰보자 부라보 아줌마.

2022년에 소개된 가수 풍금의 〈부라보 아줌마〉다. 부라보의 바른 표기는 브라보(bravo)다. 이탈리아어로 감탄사인 '잘한다', '좋다', '신난다' 따위의 뜻으로 외치는 소리를 뜻한다. 풍금의 본명은 김분금으로 알려져 있다. 풍금은 지난 2018년 1월 10일 〈아침마당〉에 출연해 "울진에서 태어나 부유하게 자랐다. 하지만 20살 때 부모님 사업이 실패했다"라고 하며, 이어 "서울에서 갈 곳이 없어서 15만 원짜리 방에서 자기도 했었다. 안 해본 아르바이트가 없었던 것 같다"며 아픈 과거를 털어놓았다. 또한 풍금은 "못 생겨서 얼굴을 고쳐야 가수를 할 수 있다는 말을 들었다. 큰 상처를 받고 고향으로 돌아갔다. 고향에서 직장생활을 하던 중 사촌 언니의 도움으로 가수로 데뷔를 하게 됐다"

고 말하기도 했다. 풍금은 동요부터 발라드 록 팝에 이어 전문인 트로트까지 장르 구분 없는 가창력과 작사 작곡까지 해내는 싱어송라이터라고 하는데 2013년 전국노래자랑 강원도 동해시 편에서는 최우수상을 받은 것으로 전해진다. 이제 더욱 인기 있는 가수로 도약하고 있으니 어려웠던 시절하고도 이별했을 것이라 추측된다.

풍금(風琴)은 페달을 밟아서 바람을 넣어 소리를 내는 건반 악기다. 과거 초등학교엔 풍금이 있었다. 1800년대 후반부터 한국에 들어와 교회와 학교에서 주로 사용되었다. 그러나 2000년대 이후로는 인터넷의 디지털 음원으로 수업이 진행되면서 초등학교 교실에서도 풍금이 사라지게 되었다. 하지만 현재까지도 풍금을 이용하여 음악 수업을 하는 교사들도 있으며, 풍금 소리에 대한 향수를 가진 60~70대 노인들 사이에서는 취미로 풍금을 연주하는 경우도 있다고 한다. 〈부라보 아줌마〉에 등장하는 경자, 영자, 미자, 춘자, 순자, 복자, 희자, 명자는 모두 이름 뒤가 '자' 자(字) 돌림이다. 예전엔 그처럼 이름 뒤가 '자'로 끝나는 사람이 많았다. 하여간 그런데 지금도 "아줌마"라고 부르면 상대방은 과연 어떤 반응을 보일까? 언제부터인지 '아줌마'라는 호칭은 '아저씨'와 더불어 멸칭(蔑稱)이 됐다는 여론이 우세하다.

아줌마는 '나이 든 여자를 예사롭게 이르거나 부르는 말'이며, 아저씨는 '남남끼리에서 성인 남자를 예사롭게 이르거나 부르는 말'이다. 친한 친구네 부모님부터 이웃집에 사는 어른, 나아가 상점이나 식당에서 일하는 어른을 편하게 부르는 말이었지만, 이제는 섣불리 '아줌마' '아저씨'를 입 밖에 꺼냈다간 매너 없고 무례한 사람이거나, 싸우자고 시비 거는 사람으로 오해받기에 십상이다. 그래서 식당 등지에 가면 아줌마 대신 "이모"라고 부르는 경우가 허다하다. 군에 입대한 젊은 남성들에게도 '군인 아저씨'라는 말은 적대적 호칭으로 분류된다고 하니 정말이지 호칭 하나에도 말조심을 해야 하는 세상이지 싶다. 어쨌든 풍금의 주장처럼 경자가 됐든 명자가 됐든 집에서 하루 종일 궂은일만 하다 보면 스트레스가 쌓인다. 인생이 뭐 있나? 즐기며 살아야지! 화를 내고 짜증 내면 나만 손해니까. 그렇다면 나는 누굴 불러낼까? 공주가 고향인 김기남이를 불러야겠다. 친동생처럼 살가운 자그마치 30년 지기 후배다. 기남아, 너하고 나는 '부라보 아저씨'로 하자꾸나. 우리야 이미 이순도 넘겼으니 누가 "아저씨"라고 부르면 외려 고마워해야 할 처지니까.

나이가 들어도 사랑을 막을 수는 없어요. 하지만 사랑은 노화를 어느 정도 막을 수 있죠 — 잔느 모로

수덕사의 여승
노래 _ 송춘희

인적 없는 수덕사에 밤은 깊은데 흐느끼는 여승의 외로운 그림자 속세에 두고 온 님 잊을 길 없어 법당에 촛불 켜고 홀로 울 적에 아 수덕사에 쇠북이 운다 산길 백 리 수덕사에 밤은 깊은데 염불하는 여승의 외로운 그림자 속세에 맺은 사랑 잊을 길 없어 법당에 촛불 켜고 홀로 울 적에 아 수덕사에 쇠북이 운다.

1966년에 발표된 송춘희의 〈수덕사의 여승〉이다. 수덕사(修德寺)는 충남이 자랑하는 명찰(名刹)이다. 충청남도 예산군 덕산면(德山面) 덕숭산(德崇山)에 있는 사찰이며, 문헌으로 남아 있는 기록은 없지만, 백제 위덕왕 때 고승 지명이 처음 세운 것으로 추정된다. 제30대 왕 무왕(武王) 때 혜현(惠顯)이 묘법연화경(妙法蓮華經)을 강설하여 이름이 높았으며, 고려 제31대 왕 공민왕 때 나옹(懶翁)이 중수하였다. 일설에는 599년(신라 진평왕 21)에 지명(智命)이 창건하고 원효(元曉)가 중수하였다고도 전한다. 조선시대 제26대 왕 고종(高宗) 2년(1865)에 만공(滿空)이 중창한 후로 선종(禪宗) 유일의 근본 도량으로 오늘에 이르고 있다.

수덕사 대웅전은 국내에 현존하는 목조건물 가운데 봉정사 극락전

(鳳停寺極樂殿, 국보 15)과 영주 부석사 무량수전(浮石寺無量壽殿, 국보 18)에 이어 오래된 건축물로서 국보 제49호로 지정되어 있다. 대웅전 양옆에는 승려들의 수도장인 백련당(白蓮堂)과 청련당(靑蓮堂)이 있고, 앞에는 조인정사(祖印精舍)와 3층 석탑이 있다. 그리고 1,020계단을 따라 미륵불입상(彌勒佛立像)·만공탑·금선대(金仙臺)·진영각(眞影閣) 등이 있고, 그 위에 만공이 참선도량으로 세운 정혜사(定慧寺)가 있다. 부속 암자로 비구니들의 참선도량인 견성암(見性庵)과 비구니 김일엽(金一葉)이 기거했던 환희대(歡喜臺)가 있으며, 선수암(善修庵)·극락암 등이 주변에 산재해 있다. 당대의 여걸이었다는 김일엽은 아버지가 독실한 기독교 신자였던 관계로 20대까지는 교회에 다니며 성장하였다고 한다. 그녀는 기독교 문화의 영향을 받아 일찍 개화하였던 아버지의 뜻에 따라 구세학교(救世學校)와 진남포 삼숭학교(三崇學校)를 거쳐 서울 이화학당에서 수학하였다. 또한 일본에 건너가 닛신학교〔日新學校〕에서 수학하였다. 1920년 우리나라 최초의 여성잡지 『신여자(新女子)』를 창간하여 스스로 주간이 되기도 하였으며, 동아일보사 문예부 기자, 『불교(佛敎)』 지의 문화부장 등으로 활약하기도 하였다.

기독교 신자였으나 1928년 만공선사(滿空禪師) 문하에서 득도 수계(受戒)하고 불교 신앙으로 전향하게 되어 만공이 있던 예산 수덕사에 입산, 수도하는 불제자로 일생을 마쳤다. 수덕사의 견성암에는 비구니들이 참선 정진하는 덕숭총림(德崇叢林)이 설립되어 있다. 그밖에 주요 문화재로는 수덕사노사나불괘불탱(보물 1263), 목조석가여래삼불좌상 및 복장유물(보물 1381), 수덕사칠층석탑(충남 문화재자료 181), 수덕사유물(거문고, 충남 문화재자료 192), 수덕사 소장 소조불상좌상(충남 문화재자료 384) 등이 있다. 명불허전의 윤치영 박사가 설립한 〈YCY 스피치 컨

설턴트 겸 스피치 면접 교육원〉 부설 모임인 YCY 교육포럼 회원들과 작년 3월 정말 오랜만에 수덕사를 찾았다. 훈훈한 기온의 봄을 맞은 덕분인지 수덕사의 초입부터 상춘객(賞春客)들이 크게 북적였다. 먼저 대웅전에 올라 불공을 드린 뒤 근처의 고암 이응노 선생 사적지이기도 한 수덕여관을 찾았다. 아울러 〔수덕사 선(禪) 미술관〕에서 열리고 있는 모 화가의 작품전도 구경거리로 손색이 없었다. 수덕사 관람을 마치고 주차장으로 내려오니 인근 주민들이 만들어 건 현수막이 봄바람에 펄럭이고 있었다. "한국인이 꼭! 가봐야 할 한국 관광 100선! 천년 고찰 수덕사" 주민들의 남다른 자부심도 함께 나부꼈다. 선친께서는 생전에 음악 듣기를 무척 좋아하셨다. 전축을 틀어놓고 즐겨 애청하셨던 곡 중 하나가 바로 〈수덕사의 여승〉이었는데 그래서 무지했던 어린 나이 때 나는 수덕사에는 여승만 사는 줄 알았다. 2024년 6월 12일자 조선일보에 '승복 입고 DJ 공연한 뉴진스님, 국제적 논란이 되다' 뉴스가 눈길을 모았다. 기사를 읽고 뒤늦게나마 유튜브를 통해 공연을 봤다. DJ '뉴진 스님'으로 활동하고 있는 개그맨 윤성호의 새로운 면모와 함께 경쾌한 멜로디와 젊은이들의 환호가 뒤범벅된 현장에서 문득 '불교는 개방성이다'라는 생각이 스쳤다. 하지만 기사에서도 다루었듯 "불교가 직면한 위기는 대중의 무관심이고 대중과 호흡하지 못하면 도태될 것"(일윤 스님) 같은 반론과 재반론을 주고받았다는 불교계의 엇갈린 시선에서는 안타까움이 밀려옴을 느꼈다. 어쨌든 정기적인 집회 참석이나 특정 교리에 대한 끈질긴 신앙심을 요구하며 심지어 현재 믿고 있는 종교와 이별하라는 등을 요구하는 일부 다른 종교와 달리 불교는 편안하다고 말하는 사람이 많다. 평소 주변에 티를 내지 않는 조용한 종교 생활 덕분이 아닐지 추측된다. 다시금 수덕사에 가고픈 마음이다. 그리곤 쇠북이 우는 연유를 알아보고 싶다.

쇠북은 종(鐘)이다. 금고(金鼓)라고도 부르는데 절에서 시간을 알리거나 대중을 모을 때 사용하는 도구로 쓰인다. 절에서 듣는 종소리는 마음을 정갈하고 차분하게 해준다. 명상이나 요가 등의 수행에도 도움을 준다.

가난한 이가 와서 구걸하거든 분수껏 아까워 말고 나누어 주라. 빈손으로 왔다가 빈손으로 가는 삶, 나와 남이 둘이 아닌 한 몸으로 생각하고 보시하라 — 서산대사

목포행 완행열차
노래 _ 장윤정

목포행 완행열차 마지막 기차 떠나가고 늦은 밤 홀로 외로이 한잔 술에 몸을 기댄다 우리의 사랑은 이제 여기까지가 끝인가요 우리의 짧은 인연도 여기까지가 끝인가요 잘 가요 인사는 못해요 아직 미련이 남아서 언젠가 우리 다시 만나는 그날 그냥 편히 웃을 수 있게.

2019년에 발매된 장윤정의 히트곡 〈목포행 완행열차〉이다. 이 노래가 시사하는 과녁은 인연의 끝이다. 남녀 간에 인연이 끊어지면 이별이라는 평행선에 오르기 마련이다. 인연(因緣)은 사람들 사이에 맺어지는 관계를 뜻한다. 그런데 좋은 인연이 있는가 하면 나쁜 인연도 존재한다. 좋은 인연은 서로에게 긍정적인 영향을 주고, 서로를 성장하게 만든다. 세상에 공짜는 없는 법. 좋은 인연을 만들기 위해서는 다음과 같은 노력이 필요하다. 상대방을 존중하고 배려하는 태도와 함께 적극적으로 소통하는 자세가 있어야 한다. 서로에게 관심을 가지는 것과 약속을 잘 지키는 것 또한 반드시 견지해야 옳다. 서로를 이해하고 신뢰하는 것이 깊어지면 더욱 좋은 인연으로 발전하면서 서로에게 행복과 기쁨을 주며, 삶을 더욱 풍요롭게 만들어준다.

반대로 나쁜 인연은 서로에게 부정적인 영향을 주고, 서로를 상처 입히거나 해를 끼칠 수 있다. 이 또한 특징을 보이고 있는데 갈등과 불화가 그 단초다. 배신과 거짓말은 다음 옵션이며 때에 따라선 폭력과 괴롭힘까지 동원되어 심각하다. 그 뒤엔 또 이기심과 질투가 무성하므로 서둘러 정리하는 게 옳다. 그동안 세상을 살아오면서 좋은 인연이 많았지만 나쁜 인연도 적지 않았다. 금전적 손해도 심각했다. 그로 인해 심리적 트라우마까지 겪으며 깨달은 게 있다. 나쁜 인연은 서둘러 정리하고 기억에서도 아예 망각하기로. 하지만 천생연분(天生緣分)은 하늘에서 정해 준 연분이다. 생면부지의 남녀가 부부로 맺어졌을 때 흔히 하는 표현이다. 거자필반(去者必返, 헤어진 사람은 언젠가 반드시 돌아오게 된다는 말)도 인연의 중요성을 각인시키고 있다. 그래서 인연은 완행열차가 필요하다. 너무 빠르면 닿는 종착역 역시 그 간극이 짧아진다. 인연은 천천히, 그리고 꾸준히 이어나가는 것이 중요하다는 주장이다. 예컨대 인연은 서로 다른 사람(들)이 만나 서로를 이해하고 알아가는 과정이다. 이 과정은 시간과 노력이 필요하며, 따라서 급하게 서두르면 오히려 인연을 망칠 수도 있다.

비록 완행열차는 천천히 달리지만, 목적지에 도착하기 위해 모든 역을 정차한다. 이런 관점에서 인연도 마찬가지로 천천히, 그리고 꾸준히 이어나가야 한다고 생각한다. 서로를 이해하고 알아가는 과정에서 서로의 생각과 감정을 존중하고, 서로에게 관심을 가지고 배려하는 것이 중요하기 때문이다. 언젠가 1박 2일 일정으로 목포에 갔다가 타생지연(他生之緣, 낯모르는 사람끼리 길에서 소매를 스치는 것 같은 사소한 일이라도 모두가 인연에 의한 것임)이었지만 금세 죽이 맞아 코가 삐뚤어져라 술을 나눴던 과객(過客)이 떠오른다. 불현듯 목포에 가고 싶다. 목포는 항구다.

그동안 이 세상을 살아오면서 많은 사람과 인연을 맺었다. 90%는 좋은 인연이었던 반면 10%는 차라리 악연이었다. 이 책을 내게 된 원인 중 하나는 좋은 인연에서 비롯되었음은 물론이다.

스쳐 가는 인연은 그냥 보내라 — 법정 스님

사랑이란
노래 _ 조영남

진정 그대가 원하신다면 그대 위해 떠나겠어요 헤어지기가 섭섭하지만 묵묵히 나는 떠나겠어요 행여 그대가 거짓말일까 봐 다시 한번 애원합니다 헤어지기가 너무 섭섭해 다시 한번 애원합니다 사랑이란 이런 건가요 너무나도 안타까워요 사랑이란 이런 건가요 말씀 한번 해 주세요 혹시 제가 잘못 했었다면 너그럽게 용서 해줘요 만약 지금 밉지 않다면 제발 그냥 있게 해줘요 사랑이란 이런 건가요 너무나도 안타까워요 사랑이란 이런 건가요. 말씀 한번 해 주세요.

1978년에 선보여 히트한 조영남의 〈사랑이란〉이다. '사랑'이란 어떤 사람이나 존재를 몹시 아끼고 귀중히 여기는 마음이기에 듣기만 해도 기분이 좋다. 더욱이 그 "사랑한다"는 말을 상투적(?)으로 남발하는 부모와 가족을 떠나 심쿵한 연인으로부터 듣는다면 봄바람처럼 설레는 마음은 더욱 주체하기 어렵다.

이 사랑의 압권인 미술품에 '공원 벤치(the garden bench)'가 있다. 제임스 티소(James Tissot)는 프랑스의 화가이다. 파리의 사교계 여인들을 정확하고 생동감 있게 표현한 그림으로 명성을 얻었으며 말년에는 종교화에 심취하여 성서의 삽화를 많이 그렸다고 전해진다. 티소의 작품 중 하나인 '공원 벤치'의 모델은 캐슬린 뉴튼과 그녀의 아이들이다. 캐슬린은 티소가 런던에서 성공적인 기반을 다져가던 시기에 만난 여인이다. 캐슬린은 당시 사생아를 둘이나 낳은 젊은 이혼녀였다. 따라서 당시 영국의 윤리적 관점에서 그녀를 대상으로 하여 '요조숙녀'로 그려낸 이 작품은 사회적 편견과 지탄의 대상까지 되었다고 한다. 그러거나 말거나 티소는 이에 굴하지 않고 오히려 캐슬린과 그의 아이들까지 사랑했다. 이를 보자면 40세 여교사와 15세 소년의 만남으로 화제를 뿌렸던 전 프랑스 대통령 에마뉘엘 마크롱과 브리지트 마크롱 여사 부부의 25살 나이 차이를 극복한 러브 스토리가 자연스레 소환된다. 마크롱은 2017년 5월 치러진 대통령 선거에서 당시 만 39세 나이로 당선됐다. 30대라는 역대 프랑스 최연소 대통령으로 프랑스 정치 역사에 새로운 이름을 새겼다. 하지만 그보다 더 화제가 된 것은 부인 브리지트 마크롱과의 로맨스였다.

마크롱 대통령은 고교 시절 자신의 스승이었던, 25살 많은 브리지트 여사와 사랑에 빠졌다. 브리지트 여사는 당시 3명의 자녀를 둔 기혼자였다. 두 사람의 관계에 놀란 마크롱 부모는 아들을 파리로 보냈지만, 마크롱은 반드시 브리지트와 결혼하겠다고 선언했다. 결국 브리지트는 이혼하고 두 사람은 2007년 결혼했다. 무명의 정치인이었을 때는 25세 연상 아내와의 러브 스토리는 마크롱에게 시선을 모아주기 좋은 소재였다. 하지만 마크롱의 정치적 성장과 함께 부인을 둘러싼 악선전도 늘었다. 브리지트 여사는 "사람들이 우리의 나이 차에 놀라고, 이해하지 못하는 점도 이해한다"면서도 "내가 이해할 수 없는 것은 (놀라는 수준을 넘는 사람들의) 공격성이다. 그로 인해 상처받고, 고통받았다"고 토로하기도 했다. 브리지트 여사에게는 3명의 자녀와 7명의 손주가 있는데 마크롱과의 사이에는 자녀가 없다고 한다. 그렇지만 마크롱은 브리지트가 전남편과의 사이에 둔 세 자녀와 손주 7명이 모두 자신의 가족이라고 말한다고 하니 사랑의 힘을 새삼 느낄 수 있다 하겠다.

티소는 이 밖에도 캐슬린을 주제로 한 작품을 여럿 그렸는데 그녀는 결국 폐결핵으로 드러눕는다. 6년 뒤 그녀가 세상을 떠나자 그녀의 빈자리를 견딜 수 없었던 티소는 황급히 고국 프랑스로 돌아온다. 그리곤 '공원 벤치' 이 작품을 40여 년 간이나 자신의 곁에 두고 보면서 그녀를 그리워했다니 그 오매불망(寤寐不忘)의 순애보가 가슴을 적시게 한다. 성공 가도를 달렸던 티소는 캐슬린과의 만남으로 인해 보수적인 영국 화단에서 퇴출당하기까지 했다. 그럼에도 불구하고 그는 어쩌면 평생을 그녀를 사랑했다. 드라마를 보자면 사랑을 테마로 한 것들이 여전하다. 그러나 요즘의 드라마 사랑 이야기는 마치 쓸쓸히 혼자서 먹는 '혼밥'의 인스턴트 식품인 양 그렇게 깊이가 없고 맛 역시 밍밍하다는 느낌이다. 어쨌든 사랑이란, 그리고 그 종착역은 조영남의 절규(?)처럼 결국엔 '헤어지기가 섭섭하지만 묵묵히 나는 떠나겠어요'라는 이별의 수순을 밟는 게 우리 삶의 여정이 아닐까 싶다. 실로 안타깝게 얼마 전 초등학교 동창이 타계했다. 나이를 먹을수록 세월이 갈수록 이러한 빈도는 더할 것이다. 할 수 없는 일이다. 세월을 이길 방도는 없으니까. 결국 세월 앞에서는 사랑도 무용지물(無用之物)이다.

사랑은 서로를 바라보는 것이 아니라 서로 같은 방향을 바라보는 것이다

— 생텍쥐페리

Section 6
인생

빈 지게 _ 남 진

심봤다 _ 민성아

보고 싶은 얼굴 _ 민해경

청풍명월 _ 금잔디

밀어 밀어 _ 박서진

정말 진짜로 _ 한혜진

돌아가는 삼각지 _ 배 호

소양강 처녀 _ 김태희

한잔해 _ 박 군

당신은 모르실 거야 _ 혜은이

나는 당신께 사랑을 원하지 않았어요 _ 홍서범

빈 지게
노래 _ 남진

바람 속으로 걸어왔어요 지난날의 나의 청춘아 비틀거리며 걸어왔어요 지난날의 사랑아 돌아보면 흔적도 없는 인생길은 빈 술잔 빈 지게만 덜렁 메고서 내가 여기 서 있네 아 나의 청춘아 아 나의 사랑아 무슨 미련 남아 있겠니 빈 지게를 내려놓고 취하고 싶다 술아 내 맘 알겠지.

2005년에 발표된 남진의 〈빈 지게〉다. 나이가 들어 지난날의 내 청춘을 돌이켜보니 술에 취해 비틀거리며 살아온 세월이었음을 은연중 고백하는 노래다. 또한 돌아보면 흔적조차 없는 인생길은 빈 술잔과 같으며 따라서 빈 지게만 덜렁 메고 서 있음의 안타까움까지를 토로하고 있다. 술을 다 마시어 텅 빈 술잔과, 짐이 없어 빈 지게 역시 휑뎅그렁하긴 매한가지다.

오래전에 읽었던 『혼돈의 시대 수호전을 다시 읽다』를 다시 일독했다. 수호전(水滸傳)은 삼국지와 더불어 세인들에게 가장 많이 읽힌 책이다. 중국의 남송(南宋) 때 양산박(梁山泊)의 108 영웅호걸들의 이야기가 손에 땀을 쥐게 한다. 수호(水滸)는 영토 바깥에 사는 사람들은 정부의 통제를 받지 않는 백성이란 의미다. 이 책은 저자의 능수능란한 글

솜씨와 함께 방대한 자료의 구축, 그리고 등장인물 개개인의 개성까지를 천착하여 더욱 흥미진진했다. 이 책의 압권(?)은 무시로 술자리, 아니 '술잔치'가 열린다는 거다. 첫 장부터 '술과 고기 그리고 사내'가 등장하는 것은 이러한 주장의 방증이다. 등장하는 남자들의 대부분은 만나기가 무섭게 술부터 나누고 본다. 그리곤 그 술이 매개가 되어 의기투합(意氣投合)하면 의형제를 맺기 일쑤다. 이 책의 무대는 500년 전이다. 참고로 남송(南宋)은 중국의 통일왕조 송(宋)나라의 후기를 이르는 말이다.

송나라의 전반은 북송(北宋)이라고 하는데 여진(女眞)족이 세운 금(金)나라가 요(遼)나라를 쳐서 멸망시킨다. 여세를 몰아, 1126년 송나라의 수도 카이펑(開封)을 점령하고 휘종(徽宗)과 흠종(欽宗)을 포로로 잡아가면서 송나라 왕실의 혈통이 중단되었다. 이를 '정강의 변'(1127년)이라고 한다. 이 난을 피해 남쪽으로 도망한 흠종의 동생 고종(高宗: 재위 1127~1162)이 남중국의 임안(臨安:지금의 항저우 抗州)에 도읍하여 남송(南宋)을 재건하였다. 금(金)과 화의하고 중국의 남부지역을 지배하였으나, 1234년 몽골에 의하여 금(金)나라가 멸망하자 몽골의 압박이 점점 심해져 갔다. 1276년 마침내 몽골군에 의해 함락되고, 1279년 애산(厓山)전투에 패배하여 9대 152년 만에 멸망하였다. 그 때 남송의 정국은 부정부패가 판을 쳤고 '돈이 있으면 귀신과도 통한다'는 말처럼 죽여야 할 죄인도 멀쩡하게 살아나는 세상이었다. 반대로 가난한 민중은 가렴주구에 시달려 굶어죽는 자들도 속출했다. 인육을 만두소(만두 속에 넣는 재료)로 만들어 파는 상인까지 있었음은 당시의 참상을 여실히 느끼게 한다. 그 때문에 도적질이라도 하지 않으면 도무지 살 수 없는 비정상의 사회였다. 무능한 군주에 편승한 고구와 채경 등의 간신들 호가호위와 부도덕한 방법으로의 천문학적 재산 축적은 결국 관핍민반(官逼民反 = 관리들의 핍박에 못 이겨 백성들이 폭동의 길에 나선 것)을 초래하는 실마리가 되었다.

그러한 와중에도 주인공인 송강은 '때맞춰 내리는 비'라는 급시우(及時雨)의 별칭답게 타인에게 베풀기를 즐겨 만인이 떠받든다. 그리곤 양산박의 두령까지 되는데 하지만 조정(朝廷)과 간신들의 사면(赦免)이라는 당근책에 휘말려 들기에 이른다. 이뿐만 아니라 방랍(方臘)의 난을 진압하면서는 108 두령들의 대부분이 목숨을 잃는데 따라서 이즈음의 송강 처지는 그야말로 빈 술잔과 빈 지게만 덜렁 메고서 황량한 광야에 내버려진 듯한 처지로 추락한다. 설상가상 결국 황제가 내리는 독주를 마시고 죽기에까지 이른다. 어쨌거나 '취리건곤대 호중일월장(醉裡乾坤大 壺中日月長)', 즉 '술이 들어가면 천지가 내 것이요, 술 먹는 동안은 고단한 세월(살이)도 잊는 법'이듯 수호전에 등장하는 잦은 술자리는 같은 술꾼인 나의 마음까지 알코올로 적시는 감동을 선사했다.

1970년대 초까지도 지게로 짐을 져 나르는 일을 업으로 삼던 사람인 지게꾼이 실재했다. 이들은 주로 역전이나 시장 어귀에서 지게를 지고 서 있다가 무거운 짐을 가진 이와 흥정을 벌여 짐을 날랐다. 지게꾼은 하지만 눈과 비가 온다거나 손님이 없는 경우에는 공(空)을 치는 날도 허다했는데 따라서 이런 날엔 '빈 지게'의 고달픈 신세가 되기도 다반사였다. 현진건의 단편소설 「운수 좋은 날」을 보면 인력거꾼 김첨지가 등장한다. 추측이지만 그 역시 인력거가 나오기 전까지는 아마도 지게꾼이 아니었을까 싶다. 『혼돈의 시대 수호전을 다시 읽다』의 무대는 명말청초(明末淸初)의 어수선한 시기이다. 그렇지만 우리의 지금 시대 상황과 별반 다름이 없는 건 없는 사람들은 인생길 살기가 더욱 힘들다는 현실의 고찰이라는 것이다. 서민들의 축 처진 어깨와 마음에도 빈 지게 대신 다소나마 넉넉함이 들어찼으면 좋겠다.

사람들은 내가 넉넉할 때는 아무 요구를 하지 않아도 떠나가지 않지만 내가 빈곤할 때는 아무 말도 하지 않아도 서슴없이 떠나가곤 한다 — 디미트리우스

심봤다
노래 _ 민성아

잠을 자고 일어나 망태를 메고서 동녘 햇살을 받으며 산속을 헤맨다 여기에 있을까 저기에 있을까 한 뿌리만 캔다면 부모님 봉양하고 두 뿌리만 캔다면 나 장가 가야지 심봤다 심봤어 얼씨구 좋구나 지화자 좋을시구 신령님의 도움으로 두 뿌리나 얻었으니 나도 장가가야지 나 장가가야지.

가수 민성아의 히트곡 〈심봤다〉이다. 생소할 듯싶은 독자님을 위해 민성아 가수를 소개한다. 한국 방송 가수노동조합 광주지부장을 맡고 있는 가수 민성아는 2022년 7월 전국노래자랑에서 이 곡으로 대상을 받았다고 한다. 꽹과리를 20년 가까이 신명 나게 두드리고 있으며 그동안 각종 행사에 열심히 참여하여 지명도를 높여왔다고 전해진다. 본명은 김민성이며 예명으로 민성아를 택하여 왕성하게 활동하고 있다는 뉴스를 봤다. 하기야 첫술에 배부른 법 없듯 오늘날 스타 가수의 대부분은 민성아처럼 무명의 그늘과 변방에서 각고의 노력과 어려움을 감내한 경우가 대부분이다. 우리네 인생이 그처럼 익모초보다 쓰다.

국어사전에서 '심봤다'를 검색하면 '심마니가 산삼을 발견하였을 때 세 번 외치는 소리'라고 알려준다. 심마니(산삼을 캐는 것을 직업으로 하는 사람)는 평생의 소원이 진귀한 산삼을 만나는 것이다. 따라서 위에서 소개한 가요 〈심봤다〉의 가사처럼 가난한 심마니도 일단 '심봤다'의 위치가 되면 그야말로 하루아침에 팔자가 바뀐다.

한 뿌리만 캐도 부모님을 봉양할 수 있고, 운이 더 좋아서 두 뿌리까지 캔다면 오매불망했던, 어쩌면 평생의 소원이었을 수도 있었을 장가까지 갈 수 있는 여력까지 생기는 셈이다. 장가(丈家:사내가 아내를 맞는 일)는 궁극적으로 부모님께도 효도하는 것이다. 가사에서 유추할 수 있듯 주인공 심마니는 아마도 두메산골에서 고령의 노부모님을 모시고 산삼 캐는 일에 몰두하고 있는 노총각쯤으로 보인다.

그런데 평생토록 산삼은커녕 돈이 별로 안 되는 도라지 따위나 캔다면 장가 가기는 하늘의 별 따기가 될 터이다. 이 경우 그 노총각은 결국 또 다른 장가(杖家, 집안에서 지팡이를 짚을 만한 나이, 곧 50세를 이르는 말)라는 첩첩산중의 협곡에 갇히고야 말 것이다. 지금과 사뭇 달리 과거엔 나이 오십만 되어도 늙은이 축에 들었기 때문이다. 아무튼 영화로도 만들어졌던 〈심봤다〉 노래를 들으면서 글을 쓰고 있던 중, 첫 출간을 앞둔 모 기자님으로부터 문자가 왔다. 얼마 전 내가 그 책의 출간사를 써드린 모 기자님이었다. 출간을 앞두고 내가 보낸 출간사 부분을 약간 수정하였으니 양해를 부탁한다는 내용이었다. 나는 즉답을 보냈다. "잘하셨습니다! 그동안 집필하시느라 수고 많으셨습니다! 베스트셀러를 축원합니다." 그 문자를 보내면서 괜스레 눈시울이 뜨거워졌다. 내 의중은 그렇게 표현했지만 부끄럽게도 나는 입때껏 베스트셀러라는 단맛을 한 번도 보지 못한 채, 그래서 '무명작가'라는 변방에서 여전히 웅크리고 있기 때문이다.

가수는 노래가 히트해야 스타가 되고 마찬가지로 작가는 책이 많이 팔려야 더 많은 수익을 얻을 수 있으며, 자신의 가치까지 인정받을 수 있다. 여하튼 심마니가 잠을 자고 일어나(면) 망태를 메고서 동녘 햇살을 받으며 산속을 헤맨다면 나는 지금도 '잠을 자고 일어나면 얼굴을 씻고서 새벽 커피를 마시며 '글 밭'을 헤매고 있다. 그래서 여전히 불변한 바람(꿈)이 있다. 꿈에서 그리던 산삼을 한 뿌리만 캔다면, 예컨대 새로이 발간한 내 책이 베스트셀러에 등극한다면 얼마나 좋을까! 운이 좋아 하나의 책이 또 베스트셀러가 되어, 즉 산삼을 두 뿌리나 캘 수 있다면 그 많은 고료를 그동안 궁핍에 찌든 아내에게 몽땅 주고 싶다. 결론적으로 작가도 '심봤다'다.

세상에는 일곱 가지 죄가 있다. 노력 없는 부, 양심 없는 쾌락, 인격 없는 지식, 도덕성 없는 상업, 인성 없는 과학, 희생 없는 기도, 원칙 없는 정치가 그것이다

— 마하트마 간디

보고 싶은 얼굴
노래 _ 민해경

내 사랑 어디쯤에 있나 밤은 더 외로워만 지고 눈으로 주고받던 말이 손으로 느껴지는데 수없이 많은 밤은 가고 마음은 그대 향해 있어 서글퍼 눈물이 흘러도 보고 싶은 얼굴 메마른 가슴 끌어안고 정들은 사람 그리면서 혼자서 지새우는 밤에 보고 싶은 사람.

1990년에 발매된 민해경의 〈보고 싶은 얼굴〉이다. 1990년 9월 24일 말레이시아에서 개최된 'ABU(아시아태평양방송연맹) 가요제'에서 이 곡으로 대상(최우수 가수상)을 수상하면서 국내에서도 크게 히트했다. 여세를 몰아 'KBS 가요 TOP 10'에서 5주 연속 1위, 'MBC 여러분의 인기 가요'에서 5주 연속 1위를 차지할 정도로 많은 사랑을 받았다. 이 곡의 성공으로 1990년 MBC 10대 가수 가요제 10대 가수상, KBS 가요대상 올해의 가수상까지 수상했으니 당시 그녀의 인기를 새삼 돌이켜보게 된다.

사람에게는 누구나 보고 싶은 얼굴이 있게 마련이다. 그래서 보고 싶은 사람의 사진을 보면, 그들과 함께했던 추억이나 기억들이 떠오르면서 감정적인 연결감을 느끼게 된다. 보고 싶은 사람의 제1순위에는 역시 나를 낳아주고 길러주신 어머니가 랭크된다. 어머니가 아이를 낳을 때는 3말 8되의 피를 흘리고, 기를 때는 8섬 4말의 젖을 먹인다고 한다. 우리 부모님은 모두 그렇게 자녀를 기르셨다. 효경(孝經)은 유가의 주요 경전인 십삼경(十三經)의 하나이다. 이 책은 효도(孝道)를 주된 내용으로 다루었다. 효경에 나타난 효의 의미는 두 가지 측면에서 찾아볼 수 있다. 첫째로 효는 종족 보전이라는 생물학적 의미를 지니는 것이며, 또한 인류 문명의 전수라는 의미를 갖는다. "사람의 신체와 머리털과 피부는 모두 부모에게서 받은 것이니, 감히 훼손시키지 않는 것이 효의 시작이다"라는 신체발부 수지부모(身體髮膚受之父母)는 어려서부터 배웠다. 둘째로 효는 높은 가치와 문화적 의미까지 갖는다. "자신의 인격을 올바르게 세우고 도리에 맞는 행동을 하여 후세에 이름을 날려 부모님의 명예를 빛나게 하는 것이 효의 끝이다"라는 구절에서 볼 때, 사람은 훌륭한 일을 하여 그 이름을 세상에 떨쳐 가문의 명예를 빛나게 하는 것이 보다 더 큰 효행이라고 보았다.

다음으로는 부모은중경(父母恩重經)의 중요성이다. 이는 대보부모은중경(大報父母恩重經) 등으로 불리며, 중국에서 찬술된 위경이다. 우리나라에는 13~14세기에 들어와 80여 종이 개판되었고, 한글 창제 후 다수의 언해본이 개판되어 유통되었다. 부모님의 은혜가 깊음을 알도록 십대은(十大恩)을 설하고 있는데 효경과 유사한 역할을 하였다. 부모의 은덕을 생각하면 자식은 아버지를 왼쪽 어깨에 업고 어머니를 오른쪽 어깨에 업고서 수미산(須彌山)을 백천 번 돌더라도 그 은혜를 다 갚을 수 없다고 강조했다. 또한 부모님의 은혜를 십대은(十大恩)으로 나누어서 설명하고 있다. 십대은은 ①어머니 품에 품고 지켜주는 은혜〔懷耽守護恩〕 ②해산 날 즈음하여 고통을 이기시는 어머니 은혜〔臨產

受苦恩〕 ③자식을 낳고 근심을 잊는 은혜〔生子忘憂恩〕 ④쓴 것을 삼키고 단 것을 뱉어 먹이는 은혜〔咽苦甘恩〕 ⑤진자리, 마른자리 가려 누이는 은혜〔廻乾就濕恩〕 ⑥젖을 먹여서 기르는 은혜〔乳哺養育恩〕 ⑦손발이 닳도록 깨끗이 씻어 주시는 은혜〔洗濁不淨恩〕 ⑧먼 길을 떠나갔을 때 걱정하시는 은혜〔遠行憶念恩〕 ⑨자식을 위하여 나쁜 일까지 짓는 은혜〔爲造惡業恩〕 ⑩끝까지 불쌍히 여기고 사랑해 주는 은혜〔究意憐愍恩〕 등이다.

요양원에서 열리는 이른바 '효 잔치'를 취재하러 가는 일이 잦다. 그러나 무기력한 채 요양보호사 손에 이끌려 마치 의무적으로 무대 앞 의자에 앉아 계시는 어르신을 곧잘 보게 된다. 이어 무표정 일관에 수동적으로 공연을 보시는 어르신들 모습에서 송곳으로 쿡쿡 찌르는 듯한 아픔을 느끼곤 한다. 다만 저런 어르신은 이미 안 계시고, 예컨대 내 부모님께서는 하지만 이미 진작 하늘의 별이 되신 까닭에 그저 '보고 싶은 얼굴'로만 재회할 수 있을 따름인 나와 같은 자식의 입장에서는 여전히 서글픔과 그리운 아쉬움만이 하늘로 부양하고 있다. 내 부모님은 어디쯤 계실까. 세월이 갈수록 밤은 더 외로워만지고 예전 부모님과 눈으로 주고받던 말은 여전히 가슴으로도 따스하게 느껴지고 있거늘.

내가 어버이에 효도하면 자식이 또한 효도하나, 이 몸이 이미 효도하지 못했으면 자식이 어찌 효도하리요 — 공자

청풍명월
노래 _ 금잔디

남한강 구비 구비 그림 같은 청풍호 물안개 핀 강물에는 억새가 춤을 추네 대나무 옥순봉아 거북이 구담봉아 붉게 물든 저녁노을 호수에 띄워놓고 아름다운 꽃봉오리 청풍호에 빠져있네 수륙 길 백삼십 리 그림 같은 청풍호 은빛 파도 황금물결 여기가 청풍일세 단풍 옷 갈아입고 님 맞을 청풍 아가씨 석류같이 빨간 사랑 가슴에 물들이고 월악산에 걸린 달빛 그대 품에 안겨주리.

2014년에 발표한 금잔디의 〈청풍명월〉이다. 청풍명월(淸風明月)은 '맑은 바람과 밝은 달'이라는 뜻이다. 생각만으로도 마음이 넉넉해지고 부드러워진다. '청풍명월'에서 바람과 달을 빼면 청풍(淸風)이 된다. 그래도 여전히 넉넉하다. 대전 충청권의 시사매거진에 '월간 청풍'이 우뚝하다.

- "충청의 맑은 바람을 지향하는 '월간 청풍' 창간 33주년 기념식이 작년 9월 7일 오후 4시 대전시 유성구 문지동 씨크릿우먼에서 열렸다. 이날 기념식에서는 중부권 최고 시사 종합 월간지 청풍의 33년을 담은 영상 소개와 축하공연, 감사패와 공로패 전달, 대전시장 캐리커

처 전달 등이 이어졌다. 한평용 청풍 회장은 기념사를 통해 "안세영 창간 발행인의 유지를 받들어 2007년부터 청풍을 통해 지역 언론 문화 창달을 위해 힘써 온 것에 큰 자부심을 느끼고 있다"며 "앞으로 '100세 청풍'의 초석을 놓는다는 자세로 언론의 역할과 사명을 다하는 데 최선을 다하겠다"고 밝혔다. 이장우 대전시장은 "김종필 총리 이후 가장 유쾌한 충청인이 청풍을 이끌어 온 한평용 회장이라고 본다"며 "청풍이 지역민들과 동고동락하고 지역 발전을 이끄는 언론 역할에 충실해 온 것에 대해 감사 말씀을 드린다"고 말했다. 이 시장은 이어 "33년 역사를 자랑하는 청풍이 충청인들의 지지 속에서 큰 족적을 이어 나갈 수 있기를 기대한다"고 말했다.

세종충남대병원 초대 원장을 지낸 나용길 충남대 의대 교수는 월간 청풍 표지 인물로 소개된 인사들을 대표한 인사말에서 "충청의 맑은 바람 '월간 청풍'이 창간 이후 그동안 충청의 언론문화를 이끌어오는 데 힘써 왔다"며 "지역 오피니언 리더들이 함께하는 청풍이 더욱 큰 자취를 만들어 나가기를 기대한다"고 밝혔다. 2013년과 2015년, 2016년에 문화체육관광부 우수콘텐츠 잡지로 선정된 월간 청풍은 그동안 표지 인물로 소개됐던 전 · 현직 지방자치단체장, 국회의원, 기업인 등 지역 인사 33인으로 '청풍노블리에'(원장 서은숙)를 창립해 향후 활동이 주목받고 있다. 이날 한평용 월간 청풍 회장에게 감사패를 전달받은 서은숙 청풍노블리에 원장은 목원대 문화예술원 초대 원장, 대전문화재단 이사, 목원대 음악대학 총동문회장 등을 지내고 세종시합창단연합회 회장, 세종시메세나협회 자문위원, 세종충남대학교병원 예술감독을 맡아 활동하고 있다.(중도일보 2023년 7월 9일 자 뉴스 인용) —

나는 '월간 청풍'에 오래전부터 편집위원으로 제작에 참여하고 있다. 중도일보 또한 작년 말까지 칼럼니스트로 활동했다. 내가 참여하여 간행물이 발행된다는 것은 희열이다. 올해는 '월간 청풍'이 창간 34주년을 맞는 해이다. 앞으로도 청풍명월의 맑고 고운 마음가짐으로 더 좋은 글을 쓰리라 다짐한다.

지난 6월 초, 취재 목적으로 충북 진천군 이월면 궁동안길19-13 펜션인 〈소풍 힐링〉을 찾았다. 이곳 '궁골마을'은 중국 원나라 당시 기씨(奇氏) 황후를 배출한 곳으로 유명하다. 중국 원나라 황제가 이곳에서 기씨(奇氏) 처녀에게 장가를 들고 장인, 장모를 위해 큰 궁궐을 지었는데 이로 인해 '궁골'이라는 지명이 생겨났다고 한다. 궁골에 대한 한자 지명은 궁동(宮洞)이다. 궁궐터는 지금 밭으로 변했지만 아직도 그곳에는 당시 쓰였던 주춧돌이 아련히 남아있다. 궁골 동네에서 동쪽으로 500m가량 나오면 큰 길가에 '어수정'이라는 우물이 있다. 기황후가 출가 전에 마셨다 하여 이 이름이 붙었다는 설도 전해지고 있다. MBC-TV에서 지난 2013년 10월 28일부터 2014년 4월 29일까지 51부작으로 방송되어 최고 시청률을 기록한 바 있는 하지원.주진모 주연의 〈기황후〉는 아마도 이곳을 모티프로 하여 제작되었지 싶었다. 또한 궁골마을은 예로부터 넓은 들판과 풍부한 물이 있어 풍요롭고 인심이 좋아 진천군에서도 부촌으로 소문이 났다. 특히 이 마을은 자녀들에 대한 향학열이 남 다른 것으로 유명하다. 그동안 배출한 박사만 해도 시글시글하다니 그럴 만도 하다 싶었다. 궁골마을의 또 다른 자랑은 주민들의 도덕성을 강조하며 요구하는 것이 또 다른 특징이라는 것이다. 예컨대 이 마을 사람들은 같이 사는 주민일지라도 사회적으로 지탄을 받을만한 행동을 하거나 미풍양속을 해칠 경우, 당사자에게 마을을 떠나 달라고 요구한다는 것이 바로 그 증명이다.

그림처럼 아름다운 펜션 2동을 운영하는 조맹희 대표는 지난 6월 1일 경기도 고양시 일산 호수공원 분수 광장에서 열린 〈제6회 대한민국 장류 발효 문화 대전〉에서 영예의 응용개발 부문 대상을 수상할 정도로 맛있는 음식을 만드는 장인이자 달인으로도 소문이 파다하다. 깔끔하게 잘 차려진 펜션 내부를 구경한 뒤 10분 거리의 산마루에 올랐다. 진천읍은 물론이요 음성 혁신도시까지 한눈에 내려다보이는 곳에 올라서니 뭉쳤던 땀과 스트레스까지 단숨에 식혀주는 시원한 산바람이 등줄기까지 순식간에 말려주었다. 그야말로 기분 좋은 청풍(淸風)이었다. 다시 펜션으로 내려오니 조맹희 대표는 시원한 냉커피와 싱싱한 제철 과일을 대접해 주셨다. 조맹희 대표가 지극정성으로 길렀다는 무성한 나뭇잎까지 자랑하는 마로니에 그늘 아래서 휴식을 취하다 보니 시나브로 기분 좋은 졸음이 몰려왔다. 〈소풍 힐링〉이 위치한 곳은 지세(地勢)가 뒤로는 산을 등지고 앞으로는 물에 면하여 있음을 뜻하는 전형적 배산임수(背山臨水)의 길지(吉地)다. 근처의 목가적 풍경과 한적한 시골 마을의 풍치는 덤이며, '소풍 힐링' 바로 앞 밭에서는 조맹희 대표가 정성으로 기르고 있는 옥수수가 청풍명월을 뒷배 삼아 하늘 높은 줄 모르고 성큼성큼 자라고 있었다. "기자님 ~ 올여름 피서 때 가족들과 함께 또 오세요."라는 인사를 받으며 대전으로 향했다.

인생은 오늘의 나에게 달려있고, 내일은 스스로 만드는 것이다 — 론 허바드

밀어 밀어
노래 _ 박서진

밀어 밀어 밀어 밀어 사랑으로 밀어줄게요 밀어 밀어 사랑으로 가슴의 멍든 때를 당신 가슴의 멍든 때까지 사랑으로 밀어줄게요 힘없으면 무시하고 백 있으면 사랑받고 참새마저 무시하는 허수아비 같은 세상 머리에서 발끝까지 사랑으로 밀어 밀어 넌 위에서 난 아래서 사랑으로 밀어 밀어 밀어 밀어 사랑으로 마음의 때를 밀어 구석구석 찌든 때까지 내가 당신 밀어줄게요 밀어 밀어 사랑으로 밀어 가슴의 멍든 때를 당신 가슴의 멍든 때까지 사랑으로 밀어줄게요 사랑으로 밀어줄게요.

듣기만 해도 후련하다. '장구의 신'으로 소문이 파다했던 가수 박서진이 2018년에 발표한 〈밀어 밀어〉이다. 박서진을 TV 화면이 아니라 직접 실물로 본 건 지난 5월이다. 〔2024 대덕거리 비래동 맥주 페스티벌〕 덕분이었는데 5월 17일~18일 양일간 대전시 대덕구 비래동의 비래프라자 〈-〉 명가네 보쌈 칼국수 구간을 교통 통제하면서 화려하게 시작되었다. 박서진의 공연까지 펼쳐진다는 소문 덕분에 비래동에 거주하는 나는 머리털 나고 우리 동네 비래동에 그렇게 많은 인파가 몰린 것은 정말이지 처음 봤다. 이윽고 시작된 공연은 가수 김지현과 피터펀에 이어 주인공인 박서진이 무대에 오르면서 관객들의 열기는 한

여름 밤을 방불케 하는 격정의 도가니로 빠져들었다. 혹여 현장에서 안전사고라도 발생할까 싶어 관할 대덕경찰서 경찰관들과 소방서 직원들도 구슬땀을 흘렸으며 질서 정리 등의 자원봉사에 참여한 주민들도 상당히 많아 눈길을 끌었다. 하지만 그야말로 인산인해를 이루는 바람에 공연장 부근에서는 이동을 할 수조차 없었다. 구경꾼들이 서로 꽉 끼어 마치 샌드위치 신세가 되었기 때문이다. 따라서 그런 상황에서 누군가가 뒤에서 "밀어 밀어"라도 했다가는 정말이지 제2의 '이태원 참사'가 벌어질 수도 있겠구나 싶어 아연 긴장하지 않을 수 없었다.

적확하게 이태원 압사 사고(梨泰院壓死事故)로도 불리는 이태원 참사는 2022년 10월 29일 22시 15분경 서울특별시 용산구 이태원동 이태원로에서 발생한 대형 압사 사고이다. 당시 이태원에는 핼러윈을 앞두고 많은 사람들이 몰려 있었으며, 해밀톤호텔 앞 좁은 골목길 경사로로 인파가 밀리면서 사상자가 다수 발생했다. 이 사고는 2003년 192명이 사망했던 대구 지하철 참사와 304명이 사망한 2014년 세월호 침몰 사고 이후 대한민국 역대 최대 규모의 인명 사고이며, 특히 서울 도심에서 벌어진 대형 참사로는 502명이 사망한 1995년 삼풍백화점 붕괴 사고 이후 처음으로 기록되었다. 또한 이전까지는 1960년 1월 26일에 발생했고 31명이 사망했던 서울역 압사 사고가 대한민국 최대 규모 압사 사고였으나 159명이 사망한 이 사고가 경신하게 되었다. 핼러윈데이는 사고가 일어나기 12년 전부터 영어 학원 등을 시작으로 대중화되었다. 외국인 비율이 높은 장소에서부터 시작된 핼러윈 행사는 마케팅에도 활용되기 시작했다. 이후 한국의 젊은 층에서는 핼러윈데이를 비공식 기념일처럼 느끼는 이들이 많아지게 되었다. 이태원에는 6.25 전쟁 이후 인근에 미 8군사령부가 위치해 있었으며, 점차 외국인 관광객의 관광과 쇼핑의 명소로 발전하였다. 미군사령부가 평택으로 이전된 이후로 미군 관련 고객은 줄어들고 젊은 한국인들의 비율이 높아졌다. 이태원은 한국의 젊은 층이 핼러윈 축제 장소로 선호하던 장소였다.

코로나19가 전 세계적으로 유행하자 행사 방문객이 줄었다가, 2022년 거리두기와 영업시간 제한, 실외 마스크 착용 의무 해제가 가시화되면서 평소보다 많은 인파가 이태원에 몰리면서, 대형 압사 사고가 일어난 것이다. 재난방송 주관 방송사인 KBS가 이태원 참사 속보를 새벽 0시에 처음 보도되자마자, 전 세계의 매스컴들이 숨 가쁘게 움직이면서, 같은 시각 KBS 뉴스를 전해 들은 일본 NHK 서울지국도 KBS 보도를 인용해서 이 소식을 일제히 보도하기 시작했다. 비슷한 시각인 일본 후지TV도 정규 방송까지 중단한 채 MBC 뉴스 속보를 인용하여 긴급 보도로 타전했다. KBS와 MBC 등 지상파 3사가 이처럼 속보 경쟁에서 전 세계적 특종을 하게 된 것은 뉴스를 좇는 방송인들의 집념 어린 노력의 결과였다. 여하튼 이러한 사고는 국가적 체면까지 일거에 구기는 것이므로 다시는 재발해서는 안 된다. 박서진은 〈밀어 밀어〉에서 힘없으면 무시하고 백 있으면 사랑받고 참새마저 무시하는 허수아비 같은 세상이라고 일갈했다. 이러한 구태와 어떤 적폐를 앞으로는 '머리에서 발끝까지 사랑으로 밀어 밀어' 하는 아름다운 사회로 바꿔야 한다.

사랑받고 싶다면 사랑하라, 그리고 사랑스럽게 행동하라 — 벤자민 프랭클린

정말 진짜로
노래 _ 한혜진

아니야 거짓말 사랑 따윈 이제 안 믿어 남자는 다 그래 하나같이 똑같다고요 나를 사랑한다 했니 책임질 수 있는 거니 무심코 던진 너의 한마디 자꾸 신경 쓰이게 해 책임질 수 없는 말은 애초부터 꺼내지 마 내 마음을 떠보려 한다면 실수한 거야 사랑한다는 것이 어디 장난인 거니 여자의 맘도 잘 모르면서 사랑은 무슨 사랑 정말 진짜로 정말 진짜로 나를 원한다면은 그리 쉽게 사랑을 말하지 마 정말 진짜로 정말 진짜로 나를 생각한다면 너의 진실을 보여 봐(보여 봐 보여 봐).

2007년에 발표된 한혜진의 가요 〈정말 진짜로〉다. 정말과 진짜는 '물이 없으면 살 수 없는 물고기와 물의 관계'라는 뜻으로, 아주 친밀하여 떨어질 수 없는 사이를 비유적으로 이르는 말인 수어지교(水魚之交)와 같다. 명경지수(明鏡止水)의 진면목까지 다 보여주는 '예당호'가 꼭 그런 느낌이었다.

예당저수지로도 불리는 '예당호'는 면적 약 9.9㎢이며 둘레는 40㎞에 이른다. 너비 2㎞, 길이 8㎞이며 곡창지대인 충남 예산군 및 당진시에 걸친 넓은 홍문(鴻門) 평야를 관개하기 위하여 1929년 4월에 착공했다. 이후 8.15 광복 전후에 한동안 중단되었다가 1946년부터 예당 수리조합의 주관으로 공사가 재개되어 1963년에 완공하였다. 댐의 높이는 12.1m이고, 길이 247m이며 무한천(無限川), 신양천(新陽川) 등이 흘러 들어와서 호수를 이루고 있어서 장관이다. 예당호는 댐에 설치된 26개의 자동조절 수문을 통하여 다시 무한천이 되어 북류(北流)한다. 관개면적이 3만 7,400㎢에 달하는 충남 유수의 호수로, 상류의 집수면적이 넓어 담수어의 먹이가 풍부하게 흘러들어오기 때문에 오래전부터 낚시터로도 유명하다. 이처럼 소문난 저수지에 출렁다리가 생기면서 일약 전국적 명소로 떠올랐다. 예당호는 진작부터 붕어, 뱀장어 등이 많아 전국에서 낚시꾼들이 연간 10만여 명에 달할 정도로 유명한 곳이었다. 낚시꾼들이 잡은 붕어로 만든 붕어찜과 어죽은 미식가를 유혹하기에 충분한데 그 맛은 또한 중독성이 워낙 강해서 한 번 찾은 사람은 반드시 가족과 지인을 데리고 또 온다는 풍설이 자자하다.

2019년 4월 6일 개통한 예당호 출렁다리는 개통 51일 만에 방문객 100만 명을 넘기면서 국민적 관심사로 부상했다. 또한 2022년 10월 28일에는 500만 명을 기록해 한국기록원으로부터 국내 최단기간 가장 많은 관광객이 방문한 출렁다리로 인증받았다고 한다. 정말 대단한 관광 상품이자 일등 효자가 아닐 수 없다. 예당호에는 전국 최초 테마형 야간 경관조명 모노레일까지 개통되어 특히 어린이들의 이용이 폭발적이다. 야간 모노레일은 1,320m의 노선을 24분간 순환하는 4인승 6칸 열차인데 예당호 조각공원과 예당호 출렁다리, 음악분수 등을 조망할 수 있어서 그만이다. 또한 수변공간의 사계절과 홀로그램 등 미디어 야간경관 콘텐츠까지 볼 수 있어 금상첨화다. 걸으면 진짜 출렁거리는 예당호의 출렁다리는 주변의 산자수명(山紫水明) 풍광까지 뛰어나 정말 압권이었다. 출렁다리의 작명 또한 누가 했는지 정말 진짜로 훈장이라도 주고 싶은 마음이 들었다. 왜냐면 '출렁거리다'는 '물 따위가 큰 물결을 이루며 자꾸 흔들리다'라는 의미 외에도 '가슴이 몹시 설렌다'라는 설렘의 느낌까지 동반하기 때문이다.

잔잔한 호수 위를 헤엄치다가 물고기를 잡아먹을 요량에 자맥질하는 물오리의 모습을 보는 맛도 쏠쏠했다. 예당호에 설치되어 있는, 단독주택 형식의 낚시를 할 수 있으며 휴식까지 가능한 좌대에 앉아 덩달아 세월까지 낚고 싶다는 느낌이 들었던 건 비단 나만의 소회는 아니었을 것이었으리라. 술잔은 술로 채워야 맛이고 호수는 물이 가득 차야 절경이다. 내 맘까지 덩달아 출렁거리게 했던 예당호 출렁다리에 전국 각지에서 인파가 쇄도하는 건 다 그만한 이유가 있었다. 말 그대로 명불허전(名不虛傳)이었다. '한 번도 안 온 사람은 있어도, 한 번만 온 사람은 없다'라는 말이 있다. 마치 예당호 출렁다리를 그렇게 표현하는 건 아니었을까 싶었다. 때론 팝콘처럼 건조하고 퍽퍽한 게 우리네 인생이다. 그래서 여행으로 삶의 활력을 찾는 것이 필요하다. "다음에 찾을 때는 가족도 모두 데리고 정말 진짜로 같이 오마!"를 약속하며 예당호와 아쉽게 작별했다.

소중한 것을 깨닫는 장소는 언제나 컴퓨터 앞이 아니라 파란 하늘 아래였다

— 다카하시 아유무

돌아가는 삼각지

노래 _ 배호

삼각지 로타리에 궂은비는 오는데 잃어버린 그 사랑을 아쉬워하며 비에 젖어 한숨짓는 외로운 사나이가 서글피 찾아왔다 울고 가는 삼각지 삼각지 로타리를 헤매 도는 이 발길 떠나버린 그 사랑을 그리워하며 눈물 젖어 불러보는 외로운 사나이가 남몰래 찾아왔다 돌아가는 삼각지.

1967년에 발표되면서 지금껏 애창되는 배호의 〈돌아가는 삼각지〉다. 배호(裵湖, 1942년 4월 24일 ~ 1971년 11월 7일)의 아명(兒名)은 배신웅(裵信雄)이며, 본명(本名, 호적명)은 배만금(裵晩今)이다. 1960년대 후반에 〈누가 울어〉, 〈안개 낀 장충단 공원〉 등의 히트곡을 남겼다. 배호는 1942년 4월 24일, 중화민국 산둥성 지난에서 광복군이었던 배국민과 그의 부인 김금순의 장남이자 첫째로 태어났다. 아버지 배국민은 평안북도 철산 출신이며, 어머니 김금순은 신의주 출신이다.

1945년 해방 이후 부모를 따라 고국에 귀국한 이후 경기도 인천의 수용소에서 생활하다 1946년 4월부터 서울 창신동의 적산가옥에서 살았다. 서울창신국민학교를 졸업하고, 경상남도 부산 삼성중학교에 입학하였으나 1956년 2학년 1학기를 마치고 중퇴했다. 중학교 중퇴 이후로도 가난에 시달렸으며, 1957년에서 1964년까지 서울중앙방송 악단장과 1964년에서 이듬해 1965년까지 TBC 동양방송 악단장을 지낸 외숙부 김광수 그리고 MBC 문화방송 초대 악단장을 지낸 김광빈 악단, 동화, 천지, MBC 악단, 김인배 악단 등에서 드럼을 연주하며 음악 활동을 시작했다. 12인조 '배호와 그 악단' 밴드를 결성해 서울 낙원동 프린스 카바레 등에서 활동하며 이름을 알렸다. 1966년 신장염에 걸렸으며 1967년 배상태가 작곡한 〈돌아가는 삼각지〉를 발표했다. 그 후 1971년 10월 MBC 라디오 이종환의 별이 빛나는 밤에 프로그램 출연 후 집에 가는 길에 비를 맞고 가면서 감기에 걸려 신장염이 재발했고, 병원에 입원했다가 1971년 11월 7일 결국 숨졌다.

당시 그의 나이는 만 29세로, 더군다나 미혼이었다. "천재는 하늘이 일찍 데려간다."는 속설이 있는데 맞는 말이지 싶다. 삼각지역은 서울특별시 용산구 한강로1가에 있는 수도권 전철 4호선과 서울 지하철 6호선의 환승역이다. 가수 배호의 대표곡인 〈돌아가는 삼각지〉는 삼각지 고가 도로를 소재로 하고 있다는 설이 있다. 배호는 스물아홉 살의 젊은 나이로 요절(夭折)하면서도 300여 곡의 히트곡을 남긴, 가히 신화적 인물이다. 배호는 1969년 MBC 10대 가수상 수상과 더불어 '안녕', '누가 울어', '안개 속으로 가버린 사람' 등 주옥같은 노래들을 발표하면서 스스로도 "내 생애 최고의 한 해"라고 부를 정도의 전성기를 누렸다. 1970년에는 무려 29개 상을 수상하여 그해의 모든 가요상을 싹 쓸어버리는 전무후무한 기록까지 세웠다.

지난 6월 10일 전남 화순군 능주면 능주초등학교에서 이념 논쟁이 불거진 정율성 벽화 철거 작업이 이뤄지고 있다는 뉴스가 있었다. 중국 3대 음악가로 알려진 정율성은 한중 우호교류의 상징으로 각종 기념시설이 마련돼 왔지만 북한과 중국에서의 행적이 논란이 됐다. 정율성(鄭律成)은 일제강점기 조선에서 출생한 후 중국에 건너가 의열단 단원으로 항일 운동에 참여하였다. 이후 '조선인민군 행진곡'과 '팔로군 행진곡(현 중국인민해방군 군가)'를 작곡한 것으로 유명하다. 6.25 당시에는 북한 인민군 위문 활동을 하였으며 이후 1956년 북한의 연안파 숙청을 피해 중국으로 망명했고, 문화대혁명 당시 수색으로 수모를 당하였다. 1976년 베이징에서 심장마비로 사망하였다.

'만약(萬若)'은 '혹시 있을지도 모르는 뜻밖의 경우'를 의미한다. 따라서 만약이라는 가정은 사실 무의미하다. 미래에 대한 예측이나 과거에 대한 추측이므로 사실성이 보장되지 않기 때문이다. 그렇긴 하지만 배호가 만약 1945년 해방 이후 부모를 따라 인천과 서울로 이동하지 않고 북한에서 살았더라면 과연 오늘날까지 이어오고 있는 명성의 구축이 가능하기나 했을까? 북한에서는 지금도 아사자가 속출하고 있다고 한다. 그럼에도 김정은은 여전히 '핵 포기'는 아예 생각조차 없으며 되레 핵무기 확대에 더욱 전념하고 있다. 그 시간에 인민을 위한 구제책을 세웠다면 오죽이나 좋았을까! 집권 초기부터 북한 인민들에게 도탄지고(塗炭之苦) 대신 강구연월(康衢煙月)과 함포고복(含哺鼓腹)으로 '돌아가는 삼각지'의 정치를 택했더라면 오늘날 우리와는 활발한 교류와 함께 한라산과 백두산도 자유롭게 왕래할 수 있었으련만.

독재는 신념의 힘을 꺾지 못한다 — 헬렌 켈러

소양강 처녀
노래 _ 김태희

해 저문 소양강에 황혼이 지면 외로운 갈대밭에 슬피 우는 두견새야 열여덟 딸기 같은 어린 내 순정 너마저 몰라주면 나는 나는 어쩌나 아, 그리워서 애만 태우는 소양강 처녀.

1970년에 발표된 김태희의 히트 가요 〈소양강 처녀〉다. 닭갈비를 먹으며 이 노래를 듣노라면 춘천이 떠올라 더 맛이 난다. 지금은 마음을 잡았지만, 과거엔 역마살이 잔뜩 끼었다. 그래서 툭하면 전국 방방곡곡을 돌아다녔다. 물론 돈을 벌고자 그리한 것이지만. 언젠가 '호반의 도시'인 강원도 춘천에 갔다. 한데 누군가 농담으로 "춘천 닭갈비를 안 먹으면 간첩으로 신고한다"고 했다. 그래서 처음으로 닭갈비를 먹어봤는데 그 맛이 실로 기가 막혔다. 닭갈비는 우리나라의 대표적인 볶음 요리다. 토막 낸 닭을 포를 뜨듯이 도톰하게 펴서 고추장, 간장, 마늘, 생강 등으로 만든 양념에 재운다. 이어 고구마, 당근, 양배추, 양파, 파, 떡 등의 재료와 함께 철판에 볶아 먹는다. 강원도 춘천에서 유래한 향토 음식으로, '춘천 닭갈비'라고도 불린다.

춘천 닭갈비의 유래를 알아보는 것도 재미있다. 강원도 춘천시, 지금의 중앙로 2가 18번지에 판자로 지은 조그만 장소에서 돼지고기 등으로 영업하던 김영석이란 분이 계셨단다. 1960년의 어느 날, 돼지고기를 구하기가 어려워 닭 2마리를 사 와서 토막 낸 뒤 돼지갈비처럼 만들어 보았단다. 이후 부단한 연구 끝에 닭을 발려서 양념한 뒤 12시간 재운 후 숯불에 구워 '닭 불고기'라는 이름으로 판매하기 시작한 것이 닭갈비의 유래라고 한다. 1970년대 들어 춘천의 번화가 명동의 뒷골목을 중심으로 유명해지기 시작하여 휴가 나온 군인과 대학생들로부터도 값싸고 배불리 먹을 수 있는 요리로 주목받았다고 알려져 있다.

언젠가 라디오를 듣자니 대전에서 닭갈비를 아주 잘 한다는 식당의 소개가 나왔다. 방송 진행상 진행자와 리포터는 특정업소의 이름은 굳이 밝히지 않았다. 그러나 "○○동"이라고 했기에 금세 유추할 수 있었다. 그 업소는 시내버스로 출퇴근을 하면서 늘 보는 식당이었기에 주저 없이 들어섰다. 당시 1인분에 9천 원인 닭갈비를 그러나 2인분 포장을 부탁하자 1천 원을 깎아주었다. 그걸 덜렁덜렁 들고 집에 와 아내에게 가열을 부탁했다. 준비된 닭고기와 양념, 그리고 각종의 채소까지를 넓은 프라이팬에 볶는 데 얼추 30분이 소요되었다. 다 익은 고기를 한 점 먹어보니 "와 ~ 원더풀(wonderful)!" 춘천에 가서 닭갈비를 안 먹으면 간첩이라지만, 그야말로 끝내주는 맛의 대전 닭갈비를 술 없이 먹는다는 건 실정법 위반이었다. "여보, 소주 한 병 콜~" "또 마셔?" "죽어야 술 끊어." 덕분에 아내도 닭갈비에 소주 한 잔을 가볍게 비웠다. 입맛을 돋우어 밥을 많이 먹게 하는 반찬 종류를 비유적으로 이르는 말을 '밥도둑'이라고 한다. 밥도둑엔 종류도 많다. 고등어구이와 간장게장 외에도 오징어찌개와 순대국밥도 명함을 내민다. 그들이 밥도둑이라고 한다면 술 도둑엔 단연 닭갈비다.

계륵(鷄肋) '닭의 갈비' 라는 뜻으로, 그다지 큰 소용(所用)은 없으나 버리기에는 아까운 것을 이르는 말.

한잔해
노래 _ 박군

한잔해 한잔해 한잔해 갈 때까지 달려보자 한잔해 오늘 밤 너와 내가 하나 되어 달려 달려 달려 달려 한잔해 한잔해 한잔해 갈 때까지 달려보자 한잔해 내가 쏜다 한잔해 월요일은 원래 먹는 날 화요일은 화가 나니까 숙취에 한잔 목이 말라 한잔 금요일은 불금이니까 밤새도록 한잔 어때요.

2019년에 발표한 가수 박군의 〈한잔해〉이다. 얼마 전 지인과 참치를 안주로 하여 대작(對酌)했다. 바다의 귀족이라 불리는 '다랑어'는 우리가 흔히 참치로 알고 있는 어류의 공식 명칭이다. 다랑어는 유영 속도가 평균 시속 60㎞, 순간 최대 시속 160㎞에 이를 정도로 빠르며, 몇만 킬로미터를 유영하면서도 단 1초도 멈추지 않는 것으로 알려져 있다. 또한, 다랑어는 아가미를 움직여주는 근육이 없어서 이동 상태가 아니면 숨을 쉴 수가 없기 때문에 살아있는 동안에는 언제나 헤엄을 쳐서 이동해야 한다. 다랑어는 고등엇과에 속하는 물고기로, 다양한 종류가 있다.

한국에서는 다랑어를 '참치'라고도 부르며, 대표적인 종류로는 참다랑어, 눈다랑어, 날개다랑어, 황다랑어 등이 있다. 이 중에서도 참다랑어는 가장 비싼 종류로 알려져 있으며, 맛이 좋아 사람들이 많이 소비한다. 또한, 힘이 좋은 물고기로 낚시 대상 어종으로도 인기가 있다. 최근에는 수온 상승으로 인해 동해에서의 어획량이 증가하기도 했다. 다랑어는 빠른 속도로 바다를 떠돌기 때문에 잡아서 선상에 놓으면 산소 부족으로 죽기 쉬우며, 냉동 기술이 부족했던 과거에는 부두에 가져오면 살코기를 제외한 내장과 가까운 뱃살과 같은 부위는 부패하기 일쑤였다.

하지만 2차 세계 대전 이후 냉장고가 급격히 늘어나고 냉동 기술과 교통 기술이 발달하면서 일본에서 잡은 다랑어를 먹을 수 있게 되었고, 이후 일본을 비롯한 전 세계적으로 다랑어의 수요가 증가하게 되었다. 특히 일본에서는 다랑어를 손질 후 냉장 보관을 하여 냉동 제품보다 3배 이상의 가격으로 유통, 판매하고 있으며, 국내에서도 5성급 호텔이나 하이엔드급 스시야에서 제한적으로 소비되고 있다고 한다. 아무튼 다랑어를 바다의 귀족이라 부르는 것은 잘못이다. 차라리 '난민'이라는 표현이 맞지 않을까 싶다. 난민(難民)은 전쟁이나 재난 따위를 당하여 곤경에 빠진 백성을 뜻한다. 러시아의 침공으로 심각한 전화(戰禍)를 겪고 있는 우크라이나 국민들이 그 대상이다.

가난하여 생활이 어려운 사람이나 인종, 종교, 국적, 특정 사회 집단의 구성원인 신분 또는 정치적 견해를 이유로 박해를 받을 수 있다는 충분한 근거가 있는 두려움 때문에 자기 나라의 보호를 받을 수 없거나 보호를 받기를 원하지 않는 외국인 또는 그러한 두려움 때문에 이전에 거주한 국가로 돌아갈 수 없거나 돌아가기를 원하지 않는 무국적의 외국인도 포함된다. 남중국해 참치 자원이 남획으로 위협받고 있다는 뉴스가 있었다. 박군의 〈한잔해〉 가사처럼 '갈 때까지 달려보자'는 식으로 그야말로 사생결단(死生決斷) 평생 달리기만 해야 하는 운명도 애처롭거늘 귀족이 아니라 머물 곳 하나 없는 '난민'의 절박하고 험난한 처지에 있는 다랑어에서 우크라이나 국민들의 애환이 겹쳐 마음이 무거워진다. 지난 6월 14일 블라디미르 푸틴 러시아 대통령은 우크라이나군이 러시아가 점령한 우크라이나 점령지 4곳에서 병력을 철수하고, 북대서양조약기구(나토) 가입 계획을 포기하면 우크라이나에서 휴전을 즉각 명령하고 협상을 시작할 것이라고 밝혔다.

우크라이나는 이러한 푸틴 대통령의 발언에 즉각 어떤 언급도 하지 않고 있지만, 우크라이나가 나토 가입을 강력하게 희망하고 있고, 우크라이나 영토에서 러시아군이 철수해야 한다고 요구해 온 점에 비춰 볼 때 이를 받아들일 가능성은 전혀 없는 것으로 보인다는 뉴스가 있었다. 각설하고, 위에서 소개한 박군의 가요 〈한잔해〉 가사에 등장하는 것처럼 월요일부터 금요일까지 주야장천(晝夜長川) 과음하면 건강에 참 안 좋다. 아무리 인생길이 가파르고 힘들다곤 하더라도 과유불급(過猶不及)에 가장 어울리는 대목이 바로 술이다. 그런데 술안주로도 일품인 다랑어는 가격이 비싸다. 그뿐 아니라 술값도 요즘엔 정말이지 장난이 아니다. 소주 한 병에 무려 6천 원을 받는 식당도 있다. 그래서 유감이다. 음식값은 몰라도 주류 가격은 좀 내려라. 주당의 소망이다.

술이 내게서 앗아간 것보다 내가 술로부터 얻은 것이 더 많다 — 윈스턴 처칠

당신은 모르실 거야
노래 _ 혜은이

당신은 모르실 거야 얼마나 사랑했는지 세월이 흘러가면은 그때서 뉘우칠 거야 마음이 서글플 때나 초라해 보일 때에는 이름을 불러주세요 나 거기 서 있을 게요 두 눈에 넘쳐흐르는 뜨거운 나의 눈물로 당신을 아픈 마음을 깨끗이 씻어드릴 게 음 당신은 모르실 거야 얼마나 사랑했는지 뒤돌아봐 주세요 당신의 사랑은 나요.

2001년에 발표한 혜은이의 〈당신은 모르실 거야〉이다. 몇 해 전 초등학교 동창들과 늦은 피서를 갔다. 색소폰을 잘 부는 동창이 밴드 등 음악 기기를 잘 다루는 지인을 데리고 참석했다. 덕분에 술과 음악에 취한 동창들과 함께 잘 놀다 왔다. 평소 그처럼 악기를 잘 다루는 이가 부럽다. 그래서 언젠가는 오카리나를 구입했다. 독학으로 연주하는 법을 배우려 했으나 말처럼 쉬운 게 아니었다. 그래서 지금도 오카리나는 주인을 잘못 만난 죄로 인해 집안의 어디선가 이를 부득부득 갈고 있다. 작년 5월 5일 어린이날이었다. 그래서 전국 지자체와 각종 단체에서는 미래의 꿈나무인 어린이날 행사를 많이 준비했다. 하지만 갑작스러운 폭우가 변수로 등장했다. 강풍을 동반한 많은 비가 쏟아진 건 대전이라고 예외가 아니었다.

물론 당시 내린 비는 오랜 가뭄을 해소해 준 일등 공신이었다. 덕분에 텅 비었던 저수지에 모처럼 빗물이 철렁철렁 들어차는 모습은 특히 농민들에게 환한 웃음꽃을 피우게 하는 동인으로 작용했다. 어린이날을 맞아 뿌리공원 수변 무대에서 〈환, 뮤지션 열린 음악회〉를 연다는 취재 요청의 안내문을 받은 바 있기에 그 음악 단체의 대표님에게 서둘러 전화했다. "비가 보통 오는 게 아닌데 오늘 공연은 어떻게 하실 건가요?" 의외의 답이 돌아왔다. "이보다 더한 비가 쏟아져도 오늘 공연은 예정대로 합니다!" 카메라를 챙겨 뿌리공원으로 가는 313번 시내버스에 몸을 실었다. 대전 중구 뿌리공원로 79에 있는 뿌리공원은 민과 관이 유기적인 협조 체제로 조성된 전국 유일의 효 테마공원이다. 자신의 뿌리를 되찾을 수 있는 성씨별 조형물과 사신도와 12가지를 형상화한 뿌리 깊은 샘물, 각종 행사를 할 수 있는 수변 무대, 잔디광장과 공원을 한눈에 바라볼 수 있는 전망대, 팔각정자뿐만 아니라 삼림욕장, 자연관찰원 등 다양한 시설이 잘 갖추어진 체험학습의 산교육장이다. 공연이 시작되는 오후 2시에 맞춰 뿌리공원에 도착했다. 폭우로 범람하는 만성교 하천을 건너자니 저 멀리서 향기로운 음악 소리가 들렸다. 이윽고 도착한 수변 무대. 평소처럼 날씨가 좋았더라면, 더욱이 어린이날이었기에 가족 동반 손님들로 가득 찼을 수변 무대는 하지만 차가운 날씨처럼 분위기 역시 썰렁했다.

그런데도 불구하고 〈환, 뮤지션 열린 음악회〉는 예정대로 강행되었다. 하모니카 연주와 국악 판소리, 퓨전 댄스 가요 장구, 오카리나 연주, 통기타 공연, 시 낭송과 음악, 색소폰 연주와 가요, 드럼 연주와 노래 등의 열연에 수변 무대는 물론 근처의 연못에서 쏟아지는 봄비를 즐기던 오리들까지 덩달아 음악이 주는 에너지를 흠뻑 맛볼 수 있었다. 이날 비를 흠뻑 맞으며 열연을 한 오욱환, 박태구, 최정규, 황혜경, 백송희, 김명신, 이영숙, 박권식, 허웅, 장윤진 님 등 예술인과 시 낭송인들의 수고가 유독 도드라졌다. 그러나 공연은 더욱 거세지는 빗발에 그만 마이크와 방송 기계 등이 에러를 연발하는 바람에 예정 시간보다 30분 일찍 마감할 수밖에 없었다. 방송기기 철수를 도운 뒤 뿌리공원을 나와 근처의 식당에서 저녁 식사를 했다. 술잔을 마주하며 오욱환 대표와 잠시 환담을 가졌다. "다른 곳이었다면 진작 철수하든가 다음으로 공연을 미루거나 했을 것인데 이렇게 폭우가 쏟아지는 데도 '환, 뮤지션'에서는 유독 공연을 강행하신 이유가 무엇인가요?" 흔쾌한 즉답이 돌아왔다. "공연은 관객과의 약속입니다. 그러므로 절대로 어겨선 안 됩니다. 술꾼들이 즐겨 하는 사자성어 농담에 우중필주(雨中必酒)라는 우스개가 있습니다. 그 말을 인용하자면 저희 음악 단체의 기본은 바로 '우중필연(雨中必演)'입니다. '어떤 일이 있어도 공연(公演) 약속은 반드시 지킨다!'는 의미를 담은 비유죠. 히트한 가요 중에 '비가 와도 좋아 눈이 와도 좋아 바람 불어도 좋아 좋아 좋아 당신이 좋아~'라는 유행가도 있지 않습니까? 저희 단체는 그 노래처럼 오로지 팬들을 만나는 게 좋아서 공연을 하는 겁니다. 앞으로도 저희 '환' 뮤지션을 찾아주시는 분들께는 원근불구(遠近不拘), 청탁불구(淸濁不拘), 주야불구(晝夜不拘)의 3불(不) 정신으로 더 가까이 찾아뵙고 더 멋진 공연을 그것도, 봉사 마인드로 보답할 것을 약속하겠습니다"를 강조했다.

순간, 관객과의 약속을 그야말로 '칼같이' 지키려는 의지의 오욱환 대표를 새삼 발견하면서 사우디아라비아의 속담이 오버랩되었다. "손님이 오지 않는 집에는 천사도 찾아오지 않는다." 음악으로 봉사를 하는 분을 많이 만나고 취재도 했다. 재활시설의 장애아동들, 폐쇄 정신

병동의 환자들, 요양병원의 치매 노인들, 다문화 교육시설의 다문화 여성들 등 사회 곳곳의 소외되기 쉬운 사람들과 음악으로 소통하고 하나 되는 모습은 가슴이 절로 뭉클해지는 감동을 선사한다. 일반적으로 우리 같은 베이비부머는 답답한 일이 생길 때면 습관적으로 술에 의존하게 된다. 아울러 신세를 한탄하는가 하면 심지어 세상이 자신을 몰라준다며 분개하기 일쑤다. 하지만 그렇다고 해서 달라지는 건 없다. 그러한 시간 대신 평소 기타라도 배워둔다면 훨씬(!) 건강하고 또한 건전한 생활을 영위할 수 있을 것이다. 어떤 음악인은 "음악은 우리를 회복시켜 주는 힘이 있다"고 강조한다. 음악은 알코올이 없이도 행복할 수 있기 때문이다. 예기(禮記)에서 이르길 '옥은 갈지 않으면 그릇이 될 수 없고 사람은 배우지 않으면 도를 알 수 없다'도 했다. 그래서 말인데 악기 역시 마찬가지란 생각이다. 프랑스에서는 중산층의 정의(定義)에 악기 하나를 다룰 수 있는 능력도 포함되어 있다고 한다. 악기를 다룬다는 것은 또 다른 삶의 윤활유임과 동시에 상실된 자아(自我)의 미로(迷路) 회복까지를 이뤄줄 수 있는 또 다른 미로(美路)가 아닐까 싶다. 고령화 사회를 넘어 초고령화 사회로 들어서고 있는 현실에서 더욱 관심 있게 바라봐야 할 부분은 그 노년층의 또 다른 행복 추구와 그 실천의 방식이라고 본다. 그 중심에 악기(연주)가 있다고 한다면 지나친 비약일까? 혜은이의 노래처럼 악기 연주법을 하나라도 배워두지 않으면, 그래서 더 세월이 흘러가면은 '그때서 뉘우칠 거야'라는 생각이다. 마음이 서글플 때나 초라해 보일 때에도 악기는 분명 위안을 주는 친구일 테니까.

음악은 일상의 먼지를 영혼으로부터 씻어낸다 — 레드 아워벡

나는 당신께 사랑을 원하지 않았어요
노래 _ 홍서범

떠나가네 사랑이 가네 떨리는 내 손을 말없이 바라본 당신 음 떠나가네 사랑이 가네 사랑의 아픔을 남기고 떠나간 당신 오 나는 당신께 사랑을 원하지 않았어요 단지 내 곁에 머물러 달라고 말했을 뿐인데 오 올 때 그냥 그렇게 오셨던 것처럼 갈 때도 그렇게 오 그렇게 가셔야 하나요.

1989년에 발표한 홍서범의 히트곡 〈나는 당신께 사랑을 원하지 않았어요〉이다. 영국의 소설가였던 조지 앨리엇은 "이별의 아픔 속에서만 사랑의 깊이를 알게 된다."고 했다. 그래서 하는 말인데 인생이란 따지고 보면 만남과 이별(離別)의 연속이다. 이는 세상을 살아가다 보면 다양한 사람들과 인연을 맺고 또 헤어지게 되는 것을 의미한다. 이별은 언제나 가슴 아픈 일이지만 인생의 일부로서 받아들이고 앞으로의 삶을 나아가는 데 집중해야 한다.

이를 위해서는 자신의 감정을 솔직하게 표현하고 상대방을 이해하려는 노력이 필요하다. 또한, 이별 후에는 슬픔이나 아픔을 극복하기 위한 시간이 필요하며, 새로운 시작을 하기 전에 충분한 휴식과 마음의 안정을 취하는 것이 좋다. 모든 이별이 아프지만 그 아픔 속에서도 우리는 성장하고 더 나은 내일을 만들어갈 수 있기 때문이다. 여하튼 그렇긴 하더라도 이별은 역시 슬프다. 통상 부모님께서는 자식들보다 먼저 세상을 등지신다. 가족 간에도 이별은 상존한다. 가족 구성원 중 일부가 각종의 원인으로 사망하거나 이민을 가는 등의 이유로 인해 헤어지게 될 수도 있다. 또한, 서로 다른 지역에서 생활하기 위해 다른 지역으로 이사를 가는 따위로 떨어져 지낼 필요성도 있을 것이다. 이러한 상황에서는 상실감이나 그리움과 같은 감정들이 발생할 수 있지만, 새로운 만남과 인연들에 대한 기대와 희망 역시 가질 수 있기는 하다.

따라서 결국에는 우리 모두가 언젠가 이별하게 되는 운명이라는 점을 인식하고, 현재 함께 있는 시간을 더욱 소중하게 여기며 사랑하는 마음으로 대해야 하는 게 상책이라고 본다. 홍서범은 〈나는 당신께 사랑을 원하지 않았어요〉 노래에서 사랑의 아픔을 남기고 떠나간 당신을 그리워한다. 그러나 떠나간 당신은 추측하건대 어찌나 야박한지 편지 한 통 남기지 않고 갔을 개연성이 농후하다. 세월이 바뀌어 편지를 쓰는 사람도 증발한 지 오래다. 그렇다면 문자라도 남기고 갈 일인데 그마저 생략하고 이별을 통보했다는 것은 여간 냉혹한 당신이 아니었음을 발견하게 된다.

2022년에 개봉한 영화 〈헤어질 결심〉은 사랑하면서 이별을 겪는 이야기가 아니라, 이별 후의 내용을 담고 있어 조금 더 색다른 관점으로 볼 수 있는 이별 공감 스토리의 영화다. 산 정상에서 추락한 한 남자의 변사 사건을 담당한 형사 해준(박해일)은 사망자의 아내 서래(탕웨이)와 마주하게 된다. "산에 가서 안 오면 걱정했어요, 마침내 죽을까 봐."

남편의 죽음 앞에서도 특별한 동요를 보이지 않는 서래를 경찰은 용의선상에 올린다. 해준은 사건 당일의 알리바이 탐문과 신문, 잠복수사를 통해 서래를 알아가면서 그녀에 대한 관심이 점점 커져가는 것을 느낀다. 한편, 좀처럼 속을 짐작하기 어려운 서래는 상대가 자신을 의심한다는 것을 알면서도 조금의 망설임도 없이 해준을 대한다. 영화와 가요는 예술 장르 중 하나로 각각 독립적인 특징을 가지고 있으며 서로 다른 목적과 역할을 수행한다. 영화는 주로 스토리나 이야기를 중심으로 촬영, 편집, 음악, 연기 등 다양한 요소들을 결합하여 제작되며 시각적인 표현과 함께 감정이나 감동을 전달하는데 중점을 둔다. 영화는 일반적으로 장편 길이의 작품으로 상영관에서 관객들에게 보여주며 대중 문화로서 많은 사람에게 인기를 끌고 있다. 반면에 가요는 노래라는 형식으로 작곡, 작사, 연주, 보컬 등의 요소들을 조합하여 만들어지며 청각적인 표현을 통해 감정이나 분위기를 전달한다. 대부분 짧은 길이의 곡으로 음반이나 음원으로 발매되어 대중음악으로서 많은 이들에게 사랑받고 있다. 또한 가수들은 무대 위에서 직접 공연을 하기도 한다. 요약하자면, 영화는 시각적인 측면을 강조하면서 긴 이야기를 전달하는 반면, 가요는 청각적인 측면을 중시하며 짧은 노래를 통해 감정을 표현한다는 차이가 있다. 두 장르는 서로 다른 매력을 가지고 있어서 우리 삶 속에서 매우 중요한 문화적 요소로 자리 잡고 있음은 물론이다. 나도 언젠가는 아내와 이별하는 날이 올 것이다. 그 이별의 토대는 물론 죽음이다. 바라건대 아내보다 내가 먼저 죽는 게 또 다른 소원이다.

소원은 삶의 소중한 보물이다 — 데일 카네기

Section 7

도전

유행가

노래 _ 송대관

유행가 노래 가사는 우리가 사는 세상 이야기 오늘 하루 힘들어도 내일이 있으니 행복하구나 유행가 유행가 신나는 노래 나도 한번 불러 본다 유행가 유행가 서글픈 노래 나도 한번 불러 본다 유행가 노래 가사는 사랑과 이별 눈물이구나 그 시절 그 노래 가슴에 와닿는 당신의 노래 유행가 유행가 신나는 노래 나도 한번 불러 본다 쿵쿵따리 쿵쿵따 유행가 노래 가사는 우리가 사는 세상 이야기 오늘 하루 힘들어도 내일이 있으니 행복하구나 쿵쿵따리 쿵쿵따 신나는 노래 우리 한번 불러보자 쿵쿵따리 쿵쿵따 서글픈 노래 가슴 치며 불러보자.

2003년에 선보인 송대관의 〈유행가〉다. 유행가(流行歌)는 특정한 시기에 대중의 인기를 얻어서 많은 사람이 듣고 부르는 노래를 말한다. 유행가의 이웃사촌에 유행어(流行語)가 있다.

비교적 짧은 시기에 걸쳐 여러 사람의 입에 오르내리는 단어나 구절. 신어의 일종으로 해학성, 풍자성을 띠며 신기한 느낌이나 경박한 느낌을 주기도 한다. 한국의 장정(壯丁)은 때가 되면 군에 입대한다. 나는 방위병으로 군복무를 마쳤다. 당시 나처럼 아침에 '출근'하고 저녁에 '퇴근'하는 방위병을 보고 혹자는 "똥 방위"라고 놀렸다. 당시 방위

(병)는 동사무소에 근무하는 경우가 많았는데 그래서 '동 방위'라고 부르기도 했다. 그런데 이를 비유하거나 풍자하고자 그리 불렀지 싶다. 그즈음 유행하던 우스갯말에 북한의 독재자 김일성이 남침을 못 하는 이유 중 하나로 우리의 자랑스런(?) 방위병이 우뚝하다. 당시 방위병은 점심에 먹을 도시락을 싸서 들고 다녔다. 그런데 방위병들의 도시락 속에서 나는 젓가락의 "달가닥달가닥"하는 소리가 폭탄인 줄 알고 김일성이 겁이 나서 감히 남침을 못 했다는 것이다. 개그도 이 정도면 정말 수준급이지 싶다.

최준영 법무법인 율촌 전문위원은 2024년 6월 3일 자 조선일보 '르포 대한민국' 칼럼을 통해 "현역 판정 85.5%로 늘었지만… '50만 강군 시대' 이제 원천 불가능"이라는 답답한 현실을 직설적으로 언급했다. 결론은 우리 사회의 저출생으로 인해 병력 자원이 급감하면서 심각한 문제가 속출하고 있다는 것이었다. 맞는 말이다 싶어 유심히 정독했다. 필자의 지적처럼 저출생의 영향이 가장 크게 미치는 곳은 바로 군대이다. 징집제를 채택하고 있는 우리나라의 상황에서 출생 감소는 병역 자원 감소로 직결되기 때문이다. 또한 2022년 러시아의 우크라이나 침공으로 국가 간 전면전 발생이 현실화되자 병력 확보는 세계적 화두가 되고 있는 게 현실이다. 이런 까닭에 대규모 전면전을 항상 염두에 두고 있어야 하는 우리 입장에서 스웨덴 등의 사례는 높은 선발 기준보다는 여성에 대한 징병의 근거로 받아들여지곤 한다는 것이다.

실제로 북유럽 국가들은 남녀 구분 없이 징집을 시행하며, 독일과 영국 모두 남녀 구분 없이 군사훈련을 받거나 지역사회에 기여하도록 하는 국방 의무를 부여하는 쪽으로 징병제 부활 논의가 이루어지고 있는 것이 사실이라고 한다. 앞으로 우리나라도 여성들까지 대상이 된다면 모조리 입대하는 날이 올지도 모를 일이라는 생각에 새삼 국가안보의 중요성을 되돌아보지 않을 수 없었다. 물론 현재도 한국의 여성들은 다양한 분야에서 군 복무를 수행하고 있으며, 군사 교육과 훈련을 받는 경우도 있다. 또한, 남녀 간의 평등한 병역 제도에 대한 논의와 연구가 진행되고 있어 앞으로 이 문제에 대해 더 많은 관심과 노력이 필요할 것이다.

하지만, 개인적인 견해로는 모든 사람들이 의무적으로 군대에 가야 하는 상황은 바람직하지 않으며, 국가 안보와 사회적 균형 등 여러 가지 요소들을 고려하여 적절한 대안을 모색해야 할 것이라고 생각한다. 지금도 이따금 아재개그로 웃기지도 않는 허풍을 치는 사람이 있다. 그중 압권(?)이 "난 월남 스키부대 출신이야."다. 이는 베트남 전쟁을 전후로 해 유명해진 허풍으로써 스키를 타며 도전과 작전을 수행하는 '스키부대'가 눈은커녕 연중 최저기온이 섭씨 5도를 웃도는 베트남에서 활동했다는 이야기다. 당연하지만 세상에 이런 게 있을 리가 없다. 하지만 군대를 모르는 여자는 정색하면서 정말 그런 줄 아는 경우도 있어 지금도 여전히 이걸 써먹는 소위 꼰대들이 적지 않다. 아무튼 송대관의 〈유행가〉 가사처럼 '오늘 하루 힘들어도 내일이 있으니 행복하구나'로 살려면 국방부터 튼튼하고 볼 일이다. 국방이 무너지면 이는 해당 국가뿐만 아니라 주변국에도 영향을 미칠 수 있으므로 매우 심각한 문제가 된다. 따라서 국가는 군사력 강화 및 외교 정책 수립 등 다양한 방법을 통해 국가 안보를 유지하고 보호해야 한다.

전쟁을 예방하는 가장 좋은 방법은 전쟁을 두려워하지 않는 것이다

— John F. 케네디

거꾸로 산을 거슬러 오르는 저 힘찬 연어들처럼

노래 _ 강산에

흐르는 강물을 거꾸로 거슬러 오르는 연어들의 도무지 알 수 없는 그들만의 신비한 이유처럼 그 언제서부터인가 걸어 걸어 걸어 오는 이 길 앞으로 얼마나 더 많이 가야만 하는지.

강산에가 1998년에 발매한 〈거꾸로 산을 거슬러 오르는 저 힘찬 연어들처럼〉이다. 명색이 작가이다 보니 신간 출간에 관심이 높다. 작가가 신간 출간에 관심을 두는 이유는 작가는 자신의 작품을 알리고 독자들로부터 인정받고 싶어 하기 때문이다. 출간되어 많이 팔리는 신간은 작가의 수입 증가에도 큰 영향을 미친다. 또한 신간 출간을 통해 작가는 기존 독자층뿐만 아니라 새로운 독자들을 만날 수 있으며, 이를 통해 인지도와 인기도를 높일 수 있다. 이러한 이유로 많은 작가들은 신간 출간에 대해 높은 관심을 가지고 있는 것이다. 이런 맥락에서 구독 중인 신문에 매주 발행되는 신간 안내를 유심히 살피는 것은 나의 오래된 좋은 습관이다. 이러한 맥락에서 지난 6월 초 〔돈 주면 아이 낳는다는 건 '착각'…〕 이라는 담당 기자의 신간('엄마 아닌 여자들' & '재생산 유토피아') 소개 글이 관심을 끌었다. - "지난해 연간 합계출산율 0.72명, 통계청이 전망한 올해 합계출산율 시나리오는 0.68명. 합계출산율은

여성 한 명이 평생 낳을 것으로 예상되는 자녀 수다. 대한민국은 해마다 합계출산율 최저치를 경신하고 있다. 경제협력개발기구(OECD) 회원국 38곳 중 합계출산율이 0명대인 국가는 한국이 유일하다. OECD 평균 합계출산율(1.58명 · 2021년 기준) 절반에도 못 미친다." -

이러한 내용은 뉴스로도 하도 많이 들어서 이젠 차라리 무덤덤할 지경까지 이르렀다. 아무튼 기자의 따끔한 '질책'이 계속 이어진다. -

"'엄마 아닌 여자들'의 저자는 "역사적으로 자녀를 갖지 않는 여성은 늘 존재해 왔다"고 말한다. 오늘날의 '저출생' 경향은 낯설고 새로운 현상이 아니라는 게 그의 주장. 과거를 거슬러 올라가며 다양한 이유를 제시한다. 경제적 안정은 '아이 낳을 결심'을 하는 데 중요한 요소다. 2008년 리먼 브러더스가 파산해 전 세계 경제가 침체에 빠졌을 때 미국의 밀레니얼 세대(1980~1996년 출생)는 대략 12~27세였다. 2020년 봄 코로나 팬데믹으로 미국이 대공황 이후 최악의 실업 사태를 맞이했을 때 이들은 약 24~39세였다. 불안정한 일자리에서 버티고 살아남는 게 먼저였다. (중략) 지난달 한국 정부는 '저출생대응기획부'를 신설하겠다고 밝혔다. 기존 위원회 체제(저출산고령사회위원회)로는 해결이 어렵다는 판단에서다. 한국은 수년간 저출생 대책에 수백조 원을 투입했지만, 출생률은 좀처럼 반등할 기미가 보이지 않는다. 이는 지금까지의 접근이 잘못됐다는 방증일 수 있다. 사람들이 아이를 갖지 않는 이유가 복합적인 만큼 보다 섬세하고 영리한 정책적 접근을 내놓아야 할 것이다. 여성들에게 '몸이 공공재냐'는 반발을 일으키는 백화점식 대책으로는 아무것도 해결되지 않는다." -

자연 다큐 프로그램에서 자주 만나는 연어(鰱魚)는 회귀성 어류다.

바다에서 살던 연어는 성장한 뒤 종족 보존을 위한 본능적인 시곗바늘의 명령에 따라 자신이 태어난 강으로 다시 돌아온다. 그런데 그 과정이 실로 눈물겨운 사투의 점철이다. 천신만고 끝에 강 상류까지 올라와 모랫바닥에 알을 낳은 연어는 그만 죽는다. 강산에의 이어지는 노래에서 비슷한 부분을 발견할 수 있다.

“여러 갈래 길 중 만약에 이 길이 내가 걸어가고 있는 막막한 어둠으로 별빛조차 없는 길일지라도 포기할 순 없는 거야 걸어 걸어 걸어가다 보면 뜨겁게 날 위해 부서진 햇살을 보겠지” 힘들다고 해서 연어가 ‘귀향’을 포기(抛棄)했다면 연어의 종족 보존은 애초 불가능했을 것이다. 기업에서도 직원이 아이를 낳으면 현금 지급 등의 가시적 지원을 하고 있다. 정부는 수년간 저출생 대책에 수백조 원을 투입했지만 반등하지 않는 우리 사회의 출생률 제고에 정말이지 명운을 걸고 덤벼들어야 한다. 인구 감소는 모든 부분에서 심각한 영향을 미친다. 가장 두려운 게 국방력 약화와 경제 침체이다. 급기야 2021년 기준 0~4세 인구가 북한보다 적어졌다고 한다. 우리나라가 165만 명, 북한은 170만 명이라니 정말 걱정이다. 달리 국가 비상사태가 아니다.

인생은 누구에게나 쉽지 않다. 하지만 그게 무슨 대수인가 — 마리 퀴리

킬리만자로의 표범

노래 _ 조용필

먹이를 찾아 산기슭을 어슬렁거리는 하이에나를 본 일이 있는가 짐승의 썩은 고기만을 찾아다니는 산기슭의 하이에나 나는 하이에나가 아니라 표범이고 싶다 산정 높이 올라가 굶어서 얼어 죽는 눈 덮인 킬리만자로의 그 표범이고 싶다 자고 나면 위대해지고 자고 나면 초라해지는 나는 지금 지구의 어두운 모퉁이에서 잠시 쉬고 있다 야망에 찬 도시의 그 불빛 어디에도 나는 없다 이 큰 도시의 복판에 이렇듯 철저히 혼자 버려진들 무슨 상관이랴 나보다 더 불행하게 살다 간 고흐란 사나이도 있었는데 바람처럼 왔다가 이슬처럼 갈 순 없잖아 내가 산 흔적일랑 남겨둬야지 한 줄기 연기처럼 가뭇없이 사라져도 빛나는 불꽃으로 타올라야지 묻지 마라 왜냐고 왜 그렇게 높은 곳까지 오르려 애쓰는지 묻지를 마라 고독한 남자의 불타는 영혼을 아는 이 없으면 또 어떠리.

1985년에 발표하여 빅 히트를 기록한 조용필의 〈킬리만자로의 표범〉이다. 하이에나는 정글의 청소부다. 비겁함의 상징으로도 곧잘 비유되는 하이에나는 일껏 잡아놓은 표범과 사자의 먹잇감까지 훔쳐 가는 얌체족이다. 반면 표범은 비록 굶어 죽을지언정 신사(紳士)의 품위를 잃지 않는 동물이다. 이런 까닭에 조용필의 '킬리만자로의 표범'은

그동안 노래방에 가서도 그야말로 '원 없이' 불러봤다. 물론 지금은 숨이 차서 아예 부르지도 못하지만.

어떤 사진 현상 공모전이 있었다. 지난 시절의 사진과 현재의 사진을 함께 응모하는 수순이었다. 그래서 사진첩을 찾았다. 집에는 일반 사진 외에도 아이들이 학교에 다닐 적에 받았던 각종의 상장 등도 정갈하게 보관 중이다. 그래서 그 자료들을 보면 지난 '역사'가 한눈에 들어온다. 서랍을 뒤지던 중 내가 당구를 치는 장면을 만났다. 1988년도에 찍은 걸로 봐서 얼추 40년이 다 된 사진이다. 하지만 그때나 지금 역시 나는 당구를 못 친다. 당시 어쩌다 당구를 친다손 쳐도 80점으로 시작했는데 소위 '삑사리(당구에서, 큐가 미끄러져 공을 헛치는 경우를 통속적으로 이르는 말)'라고 하는 큐 미스가 더 났다. 그래서 이기기보다는 지는 경우가 압도적으로 많았다. 대저 지는 건 의식적으로 기피하기 마련이다. 따라서 지금도 당구는 가까이하지 않는다. 하여간 그 사진을 찍었을 당시는 어떤 조그만 회사에서 영업사원으로 일할 때였다. 그즈음 아침부터 비가 내리면 영업사원 대부분은 회사 근처의 당구장으로 모였다. 그리곤 짜장면을 시켜 먹으면서까지 온종일 거기서 시간을 낭비했다. 처음엔 뭘 모르고 부화뇌동했는데 얼마 지나지 않아 곧 깨달았다. 그처럼 농땡이나 치는 직원들과 어울린다는 건 스스로 무덤을 파는 거라고. 이승만 전 대통령은 "뭉치면 살고 흩어지면 죽는다"고 했지만, 영업사원은 반대였다. 영업사원은 고객을 한 명이라도 더 만나야만 돈을 벌 수 있는 직업이(었)다.

아무튼 영업사원은 짐승의 썩은 고기만을 찾아다니는 산기슭의 '떼거리' 하이에나가 아니라 산정 높이 올라가 굶어서 얼어 죽는 눈 덮인 킬리만자로의 도전적 '외로운 표범'이 되어야만 했다. 그로부터 혼자서 철저하게 영업활동을 하였는데 덕분에 줄곧 높은 실적을 유지할 수 있었다. 그런데 당시 영업사원의 처우는 형편없었다. 기본급은커녕 오로지 자신이 판매한 상품의 일정 수당만이 수입 생성의 길이었다. 말로는 "영업만이 살길이다!"를 주창하면서도 정작 영업사원들이 먹고 살 만한 토양을 마련해주는 경영주(사장)는 없었다. 예컨대 우리 민족 최대의 명절인 추석이 도래해도 귀향 차비는커녕 싸구려 비누 세트나 달랑 하나 주는 게 고작이었다. 세월은 강물처럼 지나 영업사원을 그만 둔지도 꽤 되었다. 그럼에도 불구하고 '바람처럼 왔다가 이슬처럼 갈 순 없잖아'라는 사고방식, 적극적인 영업사원 적 마인드, 즉 세일즈맨십은 강고(強固)히 견지하고 있다. 세일즈맨십은 개인이나 집단이 상품이나 서비스를 구매하게 하거나 판매자가 상업적 의의가 있는 관념에 따라 행동하도록 설득할 수 있는 능력을 말한다. 세일즈맨십이 필요한 이유는 판매 증진, 고객 만족도 향상, 조직의 성과 향상 등이라는 좋은 결과를 가져올 수 있기 때문이다. 그 세일즈맨십의 견지와 남다른 오기, 그러니까 '바람처럼 왔다가 이슬처럼 갈 순 없잖아 내가 산 흔적일랑 남겨둬야지'의 연장선상에서 나는 비로소 책도 여러 권 낼 수 있었다. 한때 영업사원으로 전성기를 맞았던 적이 있었지만 그 또한 지나고 보니 일장춘몽이었다. 세월처럼 빠른 게 또 없다.

용기는 인생의 강점이다 — 헤르만 헤세

빈손
노래 _ 현진우

검은 머리 하늘 닿는 다 잘난 사람아 이 넓은 땅이 보이지 않더냐 검은 머리 땅을 닿는 다 못난 사람아 저 푸른 하늘 보이지 않더냐 있다고 잘났고 없다고 못 나도 돌아갈 땐 빈손인 것을 호탕하게 원 없이 웃다가 으랏차차 세월을 넘기며 구름처럼 흘러들 가게나.

2005년에 소개되면서 현진우를 스타로 만들어준 가요 〈빈손〉이다. 이 노래 가사의 압권은 '있다고 잘났고 없다고 못 나도 돌아갈 땐 빈손'이라는 것이다. 즉 살았을 때는 한 푼이라도 더 벌려고 눈에 불까지 켜면서 살았을지 몰라도 죽을 때는 모두 똑같이 무일푼이라는 것이다. 알렉산더는 마케도니아의 왕(B.C.356~B.C.323)으로써 그리스, 페르시아, 인도에 이르는 대제국을 건설하였다. 그야말로 '도전의 제왕'이었다.

또한 그 정복지에 다수의 도시를 건설하여 동서 교통, 경제 발전에 기여하였고, 그리스 문화와 오리엔트 문화를 융합한 헬레니즘 문화를 이룩하였다. 하지만 생로병사의 어두운 그늘은 누구도 피할 수 없는 법. 알렉산더 대왕의 병세가 날이 갈수록 심해지자 왕의 측근들은 깊은 시름에 빠졌다. 그의 병을 고치기 위해 유명한 명의들이 많이 왔다 갔지만 아무런 차도가 없었기 때문이었다. 아마도 당시엔 화타(華他 : 중국 한나라 말기의 의사로 편작과 더불어 명의를 상징하는 인물로 꼽힌다)와 같은 명의가 없었던가 보았다. 그런데 허둥대는 측근들과는 다르게 알렉산더 대왕은 오히려 침착했다. 그의 얼굴에는 병색이 짙었지만 타고난 강인한 정신력으로 조금씩 자신의 주변을 정리하면서 죽음을 준비하는 듯했다. 신하들이 자리에 누워 휴식을 취할 것을 권하면 그는 이렇게 대답했다.

"내 걱정은 하지 말게, 사람이란 죽으면 잠을 자게 되는 법, 그러니 살아서 눈 뜨고 있는 이 순간 어찌 잠잘 수 있겠는가? 얼마 남지 않은 귀중한 시간을 가장 충실하게 보내리라." 그러던 알렉산더 대왕도 병이 점점 더 깊어지자 자리에 앉아 있을 힘조차 없게 되었다. 측근들은 이미 병색이 심해 절망에 빠져있었으며 동시에 '그의 마지막 유언은 무엇일까?' 하고 궁금해했다. 하지만 사경을 헤매면서도 알렉산더 대왕은 좀처럼 유언을 하지 않았다. 그러던 어느 날 마침내 알렉산더 대왕은 모든 신하들이 모인 자리에서 힘겹게 입을 열어 간신히 말을 했다. "내가 죽거든 내 손을 관 밖으로 내놓아 남들이 볼 수 있도록 하시오." 걱정스럽게 그의 유언을 기다리던 신하들과 백성들은 어리둥절하며 놀랐다. 그러자 알렉산더 대왕은 조용히 말을 이었다. "천하를 차지한 나 알렉산더도 죽을 때는 빈손으로 떠난다는 것을 세상 사람들에게 보여주기 위함이오." 그제야 비로소 신하들도 고개를 끄덕거리며 대왕을 더욱 존경하였다고 한다.

이처럼 위대했던 알렉산더조차 공수래공수거(空手來空手去)의 이치와 원칙을 인지하였거늘 하물며 대부분의 장삼이사(張三李四, 장씨(張氏)의 셋째 아들과 이씨(李氏)의 넷째 아들이라는 뜻으로, 이름이나 신분이 특별하지 아니한 평범한 사람들을 이르는 말)들은 그마저 안중에 없이 마치 죽을 때도 재물을 저승으로 가져갈 요량인지 지금 이 시간에도 재물 축적에 혈안이 되고 있음을 자주 보게 된다. 사람은 죽으면 아무것도 아니다. 물론 이 같은 가치관도 종교에 따라 다르긴 하겠지만.

인생이 의미 있는 이유는 곧 멈추기 때문이다 — 프란츠 카프카

공부합시다

노래 _ 윤시내

랄랄라 랄라 랄랄라 랄라 랄랄라 랄라 랄랄라 랄랄라 랄라 랄랄라 랄라 랄랄라 랄라 랄랄라 턱 고이고 앉아(우우우우~) 무얼 생각하고 있니 빨간 옷에 청바지 입고 산에 갈 생각하니 눈 깜빡이고 앉아(우우우우~) 무얼 생각하고 있니 하얀 신발 챙모자 쓰고 바다 갈 생각하니 안 돼 안 돼 그러면 안 돼 안 돼 그러면 낼모레면 시험 기간이야 그러면 안 돼(안 돼~) 선생님의 화난 얼굴이 무섭지도 않니 네 눈 앞에 노트가 있잖니 열심히 공부하세.

1983년 가수 윤시내가 발표한 가요 〈공부합시다〉이다. 상식이지만 공부를 잘하면 먼저 부모님으로부터 칭찬이 소나기로 쏟아진다. 선생님도 좋아하시고 장차 본인의 앞날에도 서광이 비친다.

〈교감 빰 때리고 침 뱉은 초등생…교육감, 결국 학교 찾았다〉 - 2024년 6월 8일 자 한국경제에 실린 사회면 뉴스다. 내용은 다음과 같다. - "최근 전북 전주 한 초등학교에서 3학년 학생이 교감의 빰을 때리며 욕설한 일이 발생한 가운데, 서거석 전북특별자치도 교육감이 이 학교를 직접 찾아 교원들을 위로하고 재발 방지를 약속했다. 8일 전북교육

청에 따르면 서 교육감은 이날 초등학생이 교감을 폭행하는 등 교권 침해가 발생한 현장을 찾아 대책을 마련하겠다고 밝혔다. 이 초등학교에서는 지난 3일 오전, 3학년 A군이 무단 조퇴를 제지하는 교감에게 욕설을 내뱉고 폭행하는 일이 발생했다. 당시 상황이 담긴 영상에는 A군이 교감에게 "개XX야"라고 욕설하며 여러 차례 빰을 때리는 장면이 담겼다. 팔뚝을 물어뜯거나 침을 뱉고 가방을 휘두르기도 했다. A군은 끝내 학교를 무단으로 이탈했고, 뒤이어 A군 어머니가 학교로 찾아왔으나 사과는커녕 담임교사에게 항의한 것으로 전해졌다. 이 과정에서 A군의 어머니가 담임교사의 팔뚝을 때린 탓에 교사 측이 그를 경찰에 신고하기도 했다. 조사 결과, A군은 다른 학교에서 소란을 피우다 지난달 14일 해당 초등학교로 강제 전학해 온 것으로 전해졌다. 초등학교 입학 후 7차례나 학교를 옮겨 다녔다고 한다.

교육청은 결국 A군을 분리 조치했고, 추가 피해가 발생하지 않도록 전담 인력을 배치했다. 이날 학교를 찾은 서 교육감은 "피해 교원들이 더 이상 고통받지 않고, 학교가 정상적인 교육 활동이 이뤄질 수 있도록 가능한 범위의 모든 조치를 하겠다"며 "피해자 지원뿐만 아니라 위기 학생과 보호자에 대한 지원을 통해 모두가 조속히 회복할 수 있도록 최선을 다하겠다"고 했다." -

이 뉴스를 접하면서 "말세다!"라고 한 독자들이 적지 않았을 터. 말세(末世)는 정치와 도덕, 풍속 따위가 아주 쇠퇴하여 끝판이 다 된 세상을 의미한다. 세상에 겨우 초등학교 3학년생이 할아버지 격인 교감 선생님을 때렸다고? 이쯤 되면 정말 말세도 보통 말세가 아니다. 사람에게 없으면 안 되고 곤란한 것 중에 '싸가지'가 있다. 이는 '싹수'의 방언(강원, 전남)이자 사람에 대한 예의나 배려를 의미한다. 또는 그러한 예의나 배려가 없는 사람을 속되게 이르는 말이다. 또한 '싸가지'는 사물의 가치나 질 따위를 판단하는 슬기 또는 그런 능력과 함께 '예의 바르고 싹수가 있음'까지를 총칭한다. 따라서 싸가지가 없으면 장차 사회생활을 할 적에도 순항(順航)하기 힘들다.

의대 정원이 대폭 늘어나면서 전국의 학생들이 술렁이고 있다고 한다. '메디컬 고시'로 부를 정도의 의대 열풍이 퍼질 수 있다는 것이다. 그런데 의대에 도전하려면 공부를 잘해야 하는 건 기본이자 상식이다. 일반적으로 의과대학에서는 매우 어려운 과목들을 배우게 되며, 많은 양의 이론과 실습을 수행해야 하기 때문에 높은 성적과 좋은 학점이 요구된다. 또한 대학 입시 경쟁률이 높기 때문에 우수한 학생들과의 경쟁에서도 우위를 점해야 한다. 따라서 의대 진학을 목표로 한다면 최소한 고등학교 시절부터라도 열심히 공부하고 노력하는 것이 필수적이다. 아울러 의학 분야에서의 열정과 관심, 윤리의식과 책임감, 사회성과 인간관계 능력 등 다양한 역량도 함께 갖추어야 한다. 결론적으로 올바른 자녀 교육은 부모의 또 다른 의무다. 부모는 자녀가 건강하고 행복한 삶을 살 수 있도록 최선을 다해 교육해야 하며, 이를 위해서는 다음과 같은 사항들을 고려하고 중시해야 한다. 사랑과 존중, 책임감 부여, 독립심 강화, 독서 권장, 다양한 경험 제공, 자기 계발 지원, 규칙과 규제, 감사와 칭찬 그리고 원활한 대화와 소통이다. 이러한 모든 것은 공부를 잘하는 범주와 아울러 평소 부모의 자녀를 향한 밥상머리 교육에서 비롯된다. 재물이 아무리 많아도 자식 농사에 성공한 사람을 이길 수 없다는 건 국민적 상식이다. 싸가지 없는 자식을 기른 건 부모 책임이다. 싸가지 있는 자녀로 키우는 것도 부모의 능력이다. 성공한 자녀를 보려면 부모가 먼저 공부해야 한다. 내가 비록 물질적으로는 가난하되 주변으로부터 인정받고 있는 까닭은 자식 농사에 성공했기 때문이다. 자식은 부모의 그림자를 닮는다.

아이에게 물려줘야 할 것은 재물이 아니라 미덕과 선행이다. 이것은 곧 행복을 물려주는 것으로써 내 경험에서 나온 말이다 — 베토벤

문을 여시오
노래 _ 임창정

오늘도 자꾸 이렇게 하루하루가 흘러만 가는데 아직도 혼자 방에 앉아서 무슨 고민에 빠져 있나요 여보세요 문을 여시오 여보세요 문을 여시오 문을 여시오(여보세요) 오늘 하루를 그냥 보내는군(문을 여시오) 오늘 하루를 마냥 앉아 있나요(여보세요) 이 늦은 발걸음을 어서 떼세요(문을 여시오) 어둠이 꽉 닫힌 문을 여시오 아침이 밝았는데 태양이 떠오르는데 마음의 문을 닫고 밖으로 나오지 않고 왜 넌 왜 도대체 왜 오 왜 여보세요 문을 여시오 여보세요 문을 여시오 문을 여시오 어제도 똑같은 하루 시간은 점점 지나가는데 아무도 몰래 눈물 닦으며 아무 일 없는 듯 앉아 있나요 여보세요 문을 여시오 여보세요 문을 여시오 문을 여시오(여보세요) 오늘 하루를 그냥 보내는군.

임창정이 2013년에 내놓은 가요 〈문을 여시오〉다.

지인이 전화를 했다. "홍 작가님, 뭣 좀 문의하려고요." "네, 말씀하세요." "경비원으로 일하신 적 있으시죠?" "그렇습니다만…" "실은 제가 직장을 정년퇴직한 뒤 놀 수 있는 입장이 안 됩니다. 그래서 경비원으로라도 취업 좀 해 보려는데 조언 좀 얻으려고 전화 드렸습니다." 순간 나의 기억은 타임머신을 타고 몇 년 전, 그러니까 박봉의 경비원으로 일했을 적으로 이동했다. 다음은 그즈음의 일기(日記)다.

→ 어제 야근을 들어와 일하다가 오늘도 새벽 2시에 교대를 했다. 내가 교대해 주기만을 학수고대하던 동료는 "수고하셨습니다!"라는 나의 말이 떨어지기 무섭게 지하 1층의 경비실로 내려갔다. 그도 나처럼 늘 그렇게 부족하기 짝이 없는 잠을 자야 하는 때문이었다. 비록 쪽잠이나마 눈을 붙이지 않으면 살 수 없기에. 그렇게 내려간 동료는 오전 6시가 되어 다시 올라와서 지상 1층의 안내데스크를 지키는 나와 교대했다. 그 동료가 물었다. "오늘은 쉬시는 날인데, 날도 좋으니 산이라도 가시죠?" "팔자 좋은 소리 하시네요. 사는 게 힘들어서 오늘도 알바 나가야 합니다!" 이에 금세 그의 동조(同調)가 이어졌다. "하긴 저도 알바를 하지 않으면 이 박봉으론 도저히 살아 나갈 방도가 없습니다. 더군다나 저는 아이가 대학생인 까닭에…" 그에 비해 나는 두 아이가 대학을 마치고 직장까지 다니고 있다.

상대적으로 여유가 있는 편이긴 하지만 이는 고작 정서적 입장의 접근이고, 현실적 관점에서 보자면 여전히 험준한 '보릿고개'에 다름 아니다. 야근은 통상 전날 오후 5시까지 들어와서 이튿날 오전 7시에 퇴근한다. 따라서 14시간을 근무하는 셈이다. 야근 중에 가장 심각한 건 바로 잠을 제대로 잘 수 없다는 것이다. 누군가는 불면증으로 고생한다고 들었다. 불면증을 방치하다간 자칫 우울증의 위험까지를 초래한다고 한다. 그러나 나와 같은 경비원은 반대로 불면증(不眠症)이 고민이 아니라 구면증(求眠症), 그러니까 되레 잠을 열렬히 청해야만 되는 직업군에 속한다. 잠을 제대로 이루지 못하면 신체적 피로감은 물론이요 집중력 저하와 의욕 상실 등의 또 다른 부작용이 마치 퍼펙트스톰(Perfect Storm)처럼 쓰나미로 닥친다. 따라서 퇴근하는 즉시 눈부터 붙여야 한다. 경비원의 고충은 비단 이뿐만 아니다. 1년 단위의 계약직인 까닭에 고용불안의 먹구름은 늘 그렇게 밧줄처럼 전신을 친친 동여매고 있다. 하지만 정작 최대의 애로 사항은 뭐니 뭐니 해도 단연 박봉(薄俸)이란 사실이다. 최저생활비에도 못 미치는 그야말로 조족지혈(鳥足之血)인지라 매달 적자다. 더욱이 나처럼 외벌이 남편과 가장의 경우, 그 생활고는 이루 말할 나위조차 없다. 그 때문에 쉬는 날엔 알바와 투잡까지 병행하는 중이다. ←

당시에도 나는 알바와 투잡(two job, 경제적인 목적이나 자아실현을 위하여, 한 사람이 동시에 두 가지 일이나 직업에 종사하는 일. 또는 그런 일이나 직업) 개념으로 시민기자 활동에 주력했다. 그러한 도전정신 덕분에 어찌어찌 격랑의 빈곤 파고를 헤쳐올 수 있었다. 나는 지인에게 물었다. "경비원 일자리는 알아보셨나요?" "네, 하루 일하고 하루 쉬는 시스템이라네요." 나는 서둘러 만류했다. "그럼 하지 마세요! 골병드는 건 시간문제입니다." 그렇게 근무하다 보면 사람이 일을 하는 것보다 일에 사람이 끌려다니는 형국이 되기 때문이었다. 경험해 봐서 잘 아는데 사람이 일에 종속(從屬)되는 것은 정말 바람직하지 않다. 건강에도 좋지 않은 영향을 미칠 수 있으므로 주의해야 한다. 아무리 돈이 좋다지만 건강한 삶을 위해서는 일과 개인 생활 사이의 균형을 유지하는 것이 정말 중요하다. 아무튼 임창정의 조언(?)처럼 오늘 하루를 무의미하게 그냥 보내지 말고 발걸음을 어서 떼야 한다. 아침이 밝았고 태양까지 떠오른다면 응당 마음의 문까지 활짝 열고 저 넓은 사회로 힘껏 출격해야 한다. 그래야 돈도 붙는다.

돈에 대한 탐욕이 만악의 근원이라 한다. 돈의 결핍도 마찬가지다

— 사무엘 버틀러

서산 갯마을
노래 _ 조미미

굴을 따라 전복을 따라 서산 갯마을 처녀들 부푼 가슴 꿈도 많은데 요놈의 풍랑은 왜 이다지 사나운고 사공들의 눈물이 마를 날이 없구나 눈이 오나 비가 오나 서산 갯마을 쪼롬한 바닷바람 한도 많은데 요놈의 풍랑은 왜 이다지 사나운고 아낙네들 오지랖이 마를 날이 없구나.

1969년에 발표된 것으로 알려진 조미미의 〈서산 갯마을〉이다. 갯마을은 갯가(바닷물이 드나드는 곳의 물가)에 자리 잡고 있는 마을이라는 뜻이다. 서산(瑞山)은 지명에서 말하듯 복되고 길한 일이 일어날 조짐이 있는(상서로운) 지역으로 옛적부터 좋은 이름을 지녔다. 풍부한 해산물 외에도 농산물이 많이 나며 서산 마애삼존상, 개심사 그리고 '해미 읍성' 등 명승지도 많다. 〈서산 갯마을〉의 노래 가사에서 보듯 서해의 풍랑은 예부터 사나웠다. 그래서 사공들의 눈물이 마를 날이 없었을 것이다. 풍랑(風浪)은 파도(波濤)보다 격한 맹렬한 기세를 보인다. 그래서 사공(沙工:배를 부리는 일을 직업으로 하는 사람=어부)이 순풍만범(順風滿帆)으로 고기를 잡자면 보통의 강단(剛斷)으론 어림도 없다. 당연히 불굴의 의지와 강인한 도전으로 일관하여야만 항구로 귀선 때 풍어를 이룬 모습을 보일 수 있다. 그럴 때라야 비로소 그들의 딸로 추측되는 서산

갯마을 처녀들과 부인인 아낙네들의 표정에서 불안과 근심까지 일거에 씻어주곤 했을 것이리라. 서산은 지형상 충남의 북서부에 돌출한 태안반도에 속하므로, 일찍이 중국과의 연락이 잦아 중국 문화 수입에 있어서도 선진적인 역할을 하였다. 충남에서는 천안시, 아산시 다음으로 세 번째로 큰 도시를 자랑하며 각계각층의 걸출한 인물도 많이 배출했다.

지난 4월 대학원 동기들과 충남 서산시 해미면 남문2로 143 해미읍성을 찾았다. "바다가 아름답다"는 의미의 '해미(海美)'라는 지명은 조선시대부터 사용되었다고 한다. 1416년 태종이 서산 도비산에서 강무를 하다가 해미에서 하루를 머물면서 주변 지역을 둘러보게 됐다. 그리곤 당시 해안 지방에 출몰하는 왜구를 효과적으로 방어하기에 적당한 장소라고 판단하여 덕산에 있던 충청병영을 이설하기 위한 대상지로 정했다. 이어 1417년(태종 17년)부터 1421년(세종 3년)까지 축성을 완료하게 된다. 그 후 해미에 충청지역 육군의 최고 지휘 기관인 충청병영이 위치하며 병마절도사가 배치되어 육군을 총지휘하였다. 그러나 1651년 청주로 충청병영을 이전하며 충청 병마절도사의 병영성으로서의 역할이 끝나게 된다. 이후 충청도 5진영 중 하나인 호서좌영이 들어서게 되고 영장(營張)으로 무장을 파견해 호서이성의좌영장과 해미현감을 겸직하게 하면서 읍성(邑城)의 역할을 하게 되었다. 읍성은 평시에는 행정중심지가 되고 비상시에는 방어기지가 된다.

해미읍성에는 객사(客舍, 지방을 여행하는 관리나 사신의 숙소로 사용된 곳으로, 조례에 참석하지 못하는 지방 관리들은 왕을 상징하는 전패(殿牌)를 객사에 모시고 초하루와 보름에 왕궁을 향해 절을 올리는 망궐례(望闕禮)를 올렸다)와 내아(內

衙, 동헌 서쪽에 위치하고 있으며, 지방관과 그의 가족들이 거주하던 생활 처소)가 있다.

해미읍성은 우리나라 대표적인 읍성의 하나로서 가장 완전한 형태의 성곽을 자랑한다. 성 안쪽을 향해 4~5단 정도의 계단식 석축을 쌓고 그 위를 흙으로 덮어 경사지게 하여 성 내벽을 만들고 여기에 의지해서 다듬은 성돌로 수직되게 성 외벽을 쌓았다. 성 외벽의 성돌을 살펴보면 공주, 청주, 임천 등 각 고을 명이 새겨져 있는데 이것은 고을별로 일정 구간의 성벽을 나누어 쌓으면서 그 구간에 대한 책임을 지게 하여 부실 공사를 막는 공사 책임제의 증거로 보인다. 진남문(鎭南門)은 해미읍성의 남쪽으로 통하는 성의 정문으로, 옛 모습을 잘 간직하고 있다. 성 안쪽에서 보면 문루 아래를 가로지른 받침돌 중앙에 '황명홍치사년신해조(皇明弘治四年辛亥趙)' 라는 글자가 새겨져 있다.

황명홍치(皇明弘治)는 명나라 효종의 연호인 홍치를 의미하는데 1491년(성종 22년)에 진남문이 중수(重修)되었음을 추정할 수 있다. 옥사(獄舍) 역시 눈길을 끄는데 여기서 우리는 '죄짓지 말고 살자!' 는 당위성과 레토릭까지 간파할 수 있다. 그런데 해미읍성 내의 옥사에는 1790년부터 100여 년간 수많은 천주교 신자를 국사범으로 규정하여 이곳에서 투옥하였다고 전해진다. 지난 세월이긴 하되 조선시대에도 다양한 범죄가 발생하였으며, 이에 따라 범죄인들을 처벌하는 규정과 제도가 있었다. 조선시대의 법전인 〈경국대전〉에는 살인, 강간, 방화, 도둑질 등 다양한 범죄와 그에 따른 처벌 규정이 명시되어 있다. 또한, 조선시대에는 범죄인을 처벌하기 위해 포도청이라는 경찰기관이 운영되었으며, 사형 집행을 담당하는 의금부, 노비 문제를 다루는 장례원 등도 있었다.

죄(罪)는 양심이나 도리에 벗어난 행위를 뜻한다. 잘못이나 허물로 인하여 벌을 받을 만한 일도 포함된다. 종교적 측면에서는 하나님의 계명을 거역하고 그의 명령을 따르지 아니하는 인간의 행위까지 포괄한다. 누구나 그렇겠지만 나 또한 어려서부터 귀가 따갑도록 "아무리 어려워도 죄를 지어선 안 된다!"는 아버지와 주변 어르신들의 말씀을 들으며 성장했다. 맞다. 이는 우리가 세상을 살아가는 동안 어떤 상황에서도 지켜야 할 윤리적인 원칙이며, 특히 범죄와 관련된 문제에서는 더욱 강조되어야 하는 때문이다. 죄를 짓는 것은 다른 사람들에게 피해를 주는 행동이기 때문에, 그것이 발각되면 법적 책임을 지게 된다. 또한 이러한 행위로 인해 자신의 삶과 가족, 친구 등 주변 사람들에게도 큰 상처를 줄 수 있다. 따라서 우리는 항상 올바른 선택을 하고, 타인에게 해를 끼치지 않는 선에서 최선을 다해야 하는 것이다. 해미읍성에서 나는 새삼 인과응보(因果應報)라는 교훈을 배웠다. 착하게 살려면 평소 선행(善行)에 꾸준히 도전해야 가능하다. 봉사도 같은 영역이다.

어떤 사람은 3루에 태어났지만 자신이 3루타를 쳤다고 생각하면서 인생을 산다

— 배리 스윗처

요점만 간단히
노래 _ 배일호

간단히 말해줘요 요점만 간단히 말해요 공연히 말은 왜 빙빙 돌려 남의 가슴 태우나 지름길 버려두고 먼 길 도는 나그네처럼 당신의 사랑은 서론이 길어 기다리다 지쳐요 우물쭈물하지 말고 속 시원히 말해줘요 요점만 요점만 간단히 말해줘요 요점만 간단히 말해요.

1996년에 발표한 배일호의 히트곡 〈요점만 간단히〉다. 법제처에서 국민과 함께 좋은 법 만들기의 일환으로 '국민 아이디어 공모제'를 펼치고 있다. 2024년 4월 1일부터 6월 30일까지다. (법제처 공고 제2024-69호)를 보면 다음과 같은 안내문이 눈길을 잡는다. - "법제처에서는 국민의 일상생활에 불편함을 주거나 불합리한 규제의 혁신을 위해 개선이 필요한 법령 등을 발굴하고 이를 정비하기 위해 다음과 같이 '국민과 함께 좋은 법 만들기, 국민 아이디어 공모제'를 실시합니다. 관심 있는 국민 여러분의 많은 참여 부탁드립니다." - 여기에 나도 응모할 생각이다. 주제는 "왜 우리나라 국회의원만 별천지에서 사는가?", 그러니 '대한민국 국회의원의 특권을 줄여라!'이다.

다음은 내가 편집국장 자격으로 글을 쓰고 있는 N 뉴스통신에

2024년 2월 22일에 올린 글 〔〈주장〉 국회의원 186가지 특혜 반으로 줄여라!〕이다. - "오는 4월 총선을 앞두고 정치인들의 문자폭탄이 쇄도하고 있다. 나만 그런 건 아닐 것이다. 그렇다면 이번 총선에 출마하여 기어코 국회의원이 되려는 까닭은 무엇일까. 그건 바로 무려 186가지에 이르는 '특혜 폭탄' 때문이다. 국회의원 특권 특혜 폐지 운동을 하고 있는 보수 전향 재야 원로 장기표 씨가 현재 국회의원에게 주어지고 있는 특혜 숫자가 186가지라고 주장했다. 그중 몇 가지만 알아보자.

▶ 연봉 1억 5,700만 원(월 1,308만 원)
▶ 의정활동 지원비 연 1억 2,000만 원(개발, 발간, 홍보, 추진 등)
▶ 문자 발송비 연 700만 원
▶ 해외 시찰비 연 2,000만 원
▶ 차량 유류비 월 110만 원
▶ 야근 식대 월 780만 원
▶ 업무용 택시비 월 100만 원
▶ 명절 휴가비 연 820만 원(연봉에 포함)

이것만 봐도 정말이지 어마무시하다. 여기에 45평 사무실이 공짜로 주어지고 보좌진(보좌관, 비서관, 인턴, 운전사) 7명 월급 5억여 원이 국민 세금으로 제공된다. 이 모든 비용을 합하면 국회의원 연봉은 8억 원이 넘는다. 따라서 이를 요약하면 대한민국 국회의원은 대통령(월 1,377만 원)과 비슷한 월급을 받으면서도 자기 돈은 한 푼도 안 들이고 의정활동을 하게 돼 있다는 것이다. 세상에 이런 직업이 또 없다.

일하지 않아도, 구속돼도 세비를 받는다. 후원금은 연 1억 5.000만

원(선거 때는 3억 원)을 거둬 쓸 수 있다. 세금으로 월급 주는 보좌진은 9명이나 채용할 수 있다.

항공기 비즈니스석과 공항 귀빈실을 쓰고 KTX도 무료다. 출입국 절차 특혜를 받고 해외에선 공관장 영접과 식사 대접을 받는다. 비리 범죄를 저질러도 불체포 특권을 누리고 거짓말을 해도 면책 특권을 받는다. 그런데 그들에게 들어가는 비용이 다 우리 국민들 호주머니에서 나온 것이다. 그러므로 이번 총선에서만큼이라도 정말이지 옥석을 가려서 진정 지역민과 나라를 위해 일할 수 있는 일꾼을 뽑아야 한다.

아울러 국회의원의 현행 '월급'(그들은 '세비'라고 하는)을 최소한 절반으로 줄여야 한다. 그들이 지금 받고 있는 각종 수당을 없애거나 감액해도 전혀 문제가 없다는 게 국민적 중론이다. 오늘은 나흘간의 설날 연휴가 끝나는 날이다. 그러나 취업이 안 되어, 돈이 없어서 아예 귀향조차 못 한 젊은이와 실직자도 적지 않았을 것이다. 남들은 고향에 가서 가족을 만나고 떡국과 고기전으로 배를 채울 적에도 그들은 가파른 물가고가 무서워 편의점에서 도시락으로 배를 채웠다. 그들에게 있어 국회의원에게 지급되고 있는 명절 휴가비 연 820만 원은 정말이지 부아가 치솟는 더욱 반감의 임계점이 아닐 수 없다. 유권자로서 거듭 강조한다. 현행 국회의원의 186가지 특혜를 반으로 줄여라!" -

스웨덴은 모두가 알다시피 소문난 복지국가다. 의료비용이 상당히 싸고 노인이 되었을 때, 받을 수 있는 연금도 많다. 하지만, 이런 복지는 그냥 이루어지는 것이 아니다. 스웨덴 국민들의 상당한 양의 세금을 냄으로써 유지가 되는 것이다. 예를 들어 6,800만 원의 연봉인 근로자는 32%를 세금으로 내고 6,800만 원을 초과하는 근로자는 52%를 세금으로 냄으로써 복지 국가를 완성시키고 있는 것이다. 하지만,

대부분의 스웨덴 사람은 이렇게 하더라도 지금의 복지국가를 유지하고 싶어 한다고 알려져 있다. 이 제도가 삶을 살아가는 데 있어서 본인들을 안정적일 수 있게 해주기 때문이다. 그런데 세상에 공짜는 없는 법. 스웨덴에서는 총리에게만 보안상의 이유로 전용 관용차가 제공된다. 다른 공직자들은 관용차나 개인 운전기사가 없으며, 대중교통을 이용한다. 이러한 정책은 스웨덴의 청렴한 문화를 유지하는 데 큰 역할을 하고 있다. 참고로, 국제투명성기구가 발표한 2021년 부패인식지수 랭킹에서 스웨덴은 4위를 차지했으며, 대한민국은 32위였다. 4.10 총선 당시, 적지 않은 출마자들이 자신이 당선되면 국회의원 특혜를 줄이는 데 앞장서겠다고 공언했다. 그러나 그들은 지금 어딜 갔으며 어디에 숨어 있는가?

〈요점만 간단히〉 가요의 가사를 일부 차용하여 다시 한번 강조한다. 요점만 간단히 말하겠다. 이제라도 국회의원의 특권을 모조리 없애라. 한국 국회의원은 전 세계에서 가장 돈을 많이 받고 보좌관 수도 최상위다. 그렇다고 한국 국회의원이 일을 잘하거나 청렴한 것도 아니다. 결론적으로 한국의 국회의원은 스스로 개혁하지 못한다. 정권교체가 돼 봐야 그 나물에 그 밥이다. 그들은 변화를 원하지 않는다. 여전히 국민 위에서 군림하려고만 든다. 앞으로 국회의원을 뽑는 투표를 할 때 그들이 받는 임금도 국민 최저임금의 1.5~2배로 하향 조정하는 내용을 공약집에 반드시 넣는 등 법령을 정비하도록 의무화해야 한다. 한국 정치는 정권교체보다 정치 혁명이 우선이다. 북유럽은 국회의원의 보좌관이 1명이거나 아예 없다고 한다. 지하철이나 시내버스로 출근하는 대한민국 국회의원을 만드는 길, 그 또한 요점만 간단히 말하겠다. 국회의원들 스스로 현재의 특권을 모두 버리겠다는 법을 새로 만들라. 당당하게 살려면 자신부터 떳떳해야 한다. 22대 국회의원 치고 도전하지 않고 당선된 사람이 어디 있는가? 현재의 국회의원 특권을 모두 버리겠다는 것 또한 참신한 도전이 아니고 무엇이겠는가!

오늘 할 수 있는 일을 내일로 미루지 마라 — 벤자민 프랭클린

내 마음의 보석 상자
노래 _ 해바라기

> 난 알고 있는데 우리는 사랑하고 있다는 것을 우린 알고 있었지 서로를 가슴 깊이 사랑한다는 것을 햇빛에 타는 향기는 그리 오래가지 않기에 더 높게 빛나는 꿈을 사랑했었지 가고 싶어 갈 수 없고 보고 싶어 볼 수 없는 영혼 속에서 음 음 가고 싶어 갈 수 없고 보고 싶어 볼 수 없는 영원 속에서 음 음 우리의 사랑은 이렇게 아무도 모르고 있는 것 같아 잊어야만 하는 그 순간까지 널 사랑하고 싶어.

1989년에 발표한 해바라기의 〈내 마음의 보석 상자〉다. 보석(寶石)은 아주 단단하고 빛깔과 광택이 아름다우며 희귀한 광물을 뜻한다. 비금속 광물로 흔히 장신구로 쓰이며, 다이아몬드 · 옥수(玉髓) · 비취(翡翠) · 에메랄드 · 사파이어 · 루비 · 단백석 따위가 있다.

상자(箱子)는 물건을 넣어 두기 위하여 나무, 대나무, 두꺼운 종이 같은 것으로 만든 네모난 그릇이다. 따라서 비싼 보석을 담은 상자, 그것도 커다란 거라면 대단한 부자라는 등식이 성립된다. 언젠가 목공에 일가견이 있는 지인이 편백나무로 만든 상자를 선물했다. 편백나무는 항균 및 살균작용이 있어 집 먼지나 진드기가 서식할 수 없는 환경을 만들어준다고 한다. 편백나무에서 나오는 피톤치드는 스트레스를 해소하고 심신을 안정시키는 효과가 있으며 비염을 개선하는 효과도 있다고 했다.

당시 지인이 준 편백나무 상자는 그저 필기류나 꽂을 수 있는 조그만 크기였다. 하지만 은은하게 풍기는 향이 좋았다. 글도 더 잘 써지는 느낌이었다. 얼마 전 대전보훈요양원으로 취재를 하러 갔다. 각종 단체에서 나와 특별한 봉사를 하는 행사였다.

그 요양원의 외부 벽면에 "우리 요양원에 도움을 주시는 감사한 분들을 소개합니다!"라는 현수막이 크게 부착되어 관심을 모았다. 그 명단에서 당당히 '1위'에 오른 개인으로는 2천만 원 이상 기부자 중에 손석구 배우가 돋보였다. 팩트의 확인 차원에서 2023년 9월 26일 자 중도일보에 실린 관련 뉴스를 소개한다.

- "'범죄도시2' 손석구 배우, 대전보훈요양원에 2,000만 원 기탁 - 한국보훈복지의료공단 대전보훈요양원은 손석구 배우로부터 후원금 2,000만 원을 전달받았다고 26일 밝혔다. 손석구 배우는 대전보훈요양원과 인연이 있었던 것으로 전해진다. 손 배우는 "아낌없는 성원을 보내주시는 국민의 사랑에 보답하고자 추석 명절을 앞두고 국가유공자들을 모시는 기관인 대전보훈요양원에 기부를 결정했다"며 "향후에도 국가를 위해 헌신한 어르신들과 수고하는 소속 직원들을 위해 지속적인 후원을 하겠다"고 말했다. 관객 1,000만 명 이상을 동원한 배우인 손석구는 대전에서 유년 시절을 보내고 연예계에 데뷔해 '최고의 이혼', '60일, 지정생존자', '멜로가 체질' 등의 드라마를 통해 꾸준히 활동해 왔다. 특히 드라마 '나의 해방일지'로 스타덤에 올랐으며 영화 '범죄도시2', 드라마 'D.P' 등이 연이어 흥행하며 인기와 연기력을 입

증했다. (후략)" -

검색으로 '연예인 기부 순위'를 알아보면 그 규모에 깜짝 놀라게 된다. 따로 소개하진 않겠지만 지금 이 시간에도 기부에 남다른 선행을 보이는 연예인들은 정말 존경스럽다. 반면, 돈을 그렇게나 잘 번다면서도 유독 기부엔 인색한 연예인도 적지 않을 것이다. 제행무상(諸行無常)이란 우주의 모든 사물은 늘 돌고 변하여 한 모양으로 머물러 있지 아니함을 의미한다. 뭐든지 영원한 것은 없다는 뜻이다. 재물도 마찬가지다. 부자도 빈자 되고 빈자도 부자가 될 수 있다. 〈내 마음의 보석상자〉에서 말하는 것처럼 햇빛에 타는 향기는 그리 오래가지 않지만 기부로 인한 향기는 오래도록 남아서 수혜받은 사람들의 마음에 감사와 존경의 보름달로 휘영청 밝을 것이 틀림없다. 기부도 누구나 처음엔 도전이었다.

아무도 베푸는 것으로 가난해진 적이 없다 — 안네 프랑크

사람이 꽃보다 아름다워

노래 _ 안치환

강물 같은 노래를 품고 사는 사람은 알게 되지 음 알게 되지 내내 어두웠던 산들이 저녁이 되면 왜 강으로 스미어 꿈을 꾸다 밤이 깊을수록 말없이 서로를 쓰다듬으며 부둥켜안은 채 느긋하게 정들어 가는지를 음.

1998년에 발표한 안치환의 〈사람이 꽃보다 아름다워〉이다. 사람이 꽃보다 아름답다고? 맞다. 그럴 때가 있다. 어느 해 크리스마스이브였다. 이날은 특정 종교의 호불호를 불문하고 만인이 즐겁고 설레는 날이다. 하지만 언제부턴가 길거리와 상가(매장)에서마저 흥겨운 캐럴송이 사라졌다. 그 이유가 궁금했는데 작년 12월 SBS 뉴스에서 이러한 보도를 하여 궁금증이 풀렸다.

- "연말 길거리가 벌써 크리스마스 분위기로 가득하지만 캐럴 음악은 듣기 힘듭니다. 거리에서 캐럴 음악이 사라진 것은 저작권 문제 때문이라고 아는 사람들이 많지만 한국음악저작권협회는 다른 설명을 내놨습니다. 협회는 오늘(2023년 12월 12일) "저작권 문제로 인해 거리에서 캐럴 음악이 사라졌다고 오해하고 있는 시민들이 많다"며 "저작권이 아닌 소음 · 에너지 규제가 주요 이유"라고 설명했습니다. 현행

소음 · 진동관리법에 따르면 매장 외부에 설치한 스피커에서 발생하는 소음이 주간 65㏈, 야간 60㏈을 초과하면 200만 원 이하의 과태료가 부과됩니다. (중략) 또한 매장 내에서 노래를 틀고 문을 열어 길거리까지 들리게 하면 난방 효율 저하에 따른 에너지 규제로 단속 대상이 될 수 있다고 덧붙였습니다. 협회는 저작권 문제의 경우 대부분의 소형 매장에서는 걸림돌이 되지 않는다고 강조했습니다. (후략)" -

그즈음 크리스마스이브 때는 어떤 직장에서 일할 때였다. 그날도 야근하고자 집을 나섰다. 한층 추워진 날씨는 마음까지 움츠러들게 했다. 출근을 하니 14층 사무실 안에서 누수가 발생한다는 전임자의 업무 전달이 있었다. 2시간마다 올라가서 양동이에 담긴 오수(汚水)를 들어다가 화장실에 붓는 작업이 괜스러운 작업으로 대두되었다. 아울러 이는 '다른 집에선 오늘이 다른 날도 아니고 크리스마스이브라고 해서 외국처럼 칠면조 요리는 몰라도 최소한 치맥으로 가족 파티라도 할 터인데 나는 대체 이게 뭐야?'라는 짜증의 포로가 되는 동기까지를 부여했다. 그런 와중에도 시간은 저벅저벅 흘러 밤 열 시가 될 무렵이었다. 중앙의 회전문이 돌아가면서 낯선 젊은이들 여섯이 들어섰다. 한 번도 본 적이 없는 사람들이었기에 화장실을 이용하려나 보다 싶었다. 하지만 그게 아니었다. 그들은 크리스마스이브에 찾아온 여섯 명의 천사였다. "안녕하세요? 야근하시느라 힘드시죠?" "그렇긴 하지만 누구신지?" "저희는 요 앞의 ○○ 교회 청년부에서 나왔습니다. 크리스마스이브에도 불구하고 가족과 함께하지 못하고 힘든 야근을 하시는 분들을 찾아서 약소하나마 이렇듯 선물을 준비했습니다." 그러면서 선물을 하나 주는 게 아닌가! 떡과 음료, 손난로 두 개까지 들어있는 '세트'로 보아 가격 역시 만만치 않아 보였다. 마침, 출출하던 차인데 잘

됐다 싶으면서도 난생처음의 크리스마스이브 선물인지라 생색(生色)을 내고 싶은 맘이 똬리를 틀었다.

"실례지만 지금 제게 선물을 주신 분의 성함이 어찌 되시는지 한 분만이라도 알려 주시겠습니까? 실은 제가 모 언론사에 글을 쓰는 시민기자인데 이 고마움을 글로 남기려고 합니다." 그렇게 하여 알게 된 처자의 이름은 '김○○ 님'이라고 했다. 크리스마스이브에 야근을 들어오기 전에는 아들과 딸에게서도 안부를 묻는 문자가 왔었다. 감기가 독하니 조심하라는 고마운 관심의 내용이었다. 그러나 당시엔 야근이 주근보다 두 배는 많은 직업이이다 보니 감기는 늘 고드름처럼 달고 살았다. 어쨌든 '여섯 명의 천사'들이 주고 간 떡과 음료 등의 선물로 주린 배를 채우기 시작했다. 맛도 맛이려니와 그 빛나는 청춘들의 고운 심성들이 겹쳐서였을까… 크리스마스이브 '파티'에서 소외된 이들에 대한 농밀하고 묵직한 배려의 고움까지 덩달아 녹차처럼 은은하게 우러났다. 이는 아울러 〈초한지〉에 나오는 대장군 한신(韓信)의 일반천금(一飯千金) 고사까지를 떠올리게 하는 흐뭇함에 다름 아니었다. 일반천금은 '한 끼의 식사에 천금 같은 은혜가 있다'라는 의미의 고사성어다. 한신이 비렁뱅이 시절, 빨래하던 아주머니가 아사 직전에 놓인 그에게 밥을 준 적이 있었다. 이를 평생 잊지 못한 그는 후일 그 아주머니에게 천금으로 빚을 갚았다고 한다.

〈사람이 꽃보다 아름다워〉가 이어진다. "지독한 외로움에 쩔쩔매본 사람은 알게 되지 음 알게 되지 그 슬픔에 굴하지 않고 비켜서지 않으며 어느결에 반짝이는 꽃눈을 닫고 우렁우렁 잎들을 키우는 사랑이야말로 짙푸른 숲이 되고 산이 되어 메아리로 남는다는 것을" 꽃의 향기는 백 리를 가고(화향백리花香百里), 술의 향기는 천 리를 가지만(주향천리酒香千里) 사람의 향기는 만 리를 간다(인향만리人香萬里)라고 했던가. 크리스마스이브에 찾아왔던 그 고운 젊은이들이 새삼 감사함의 보름달로 두둥실 떠오른다. 나도 평소 주변에 많이 베풀고 봉사도 한다지만 그들 축에 들려면 아직도 멀었다는 생각이다. 더 도전해야 한다.

백일막허송청춘부재래(白日莫虛送青春不再來) 세월(歲月)을 헛되이 보내지 말라, 청춘(青春)은 다시 오지 않는다

Section 8

행복

나는 행복합니다 _ 윤항기

똑똑한 여자 _ 박진도

어부의 노래 _ 박양숙

담배 가게 아가씨 _ 송창식

고향의 강 _ 남상규

너 늙어봤냐 나는 젊어 봤단다 _ 서유석

인연 _ 이선희

쓰러집니다 _ 서주경

내 인생에 박수 _ 현 숙

나는 행복합니다
노래 _ 윤항기

나는 행복합니다 나는 행복합니다 나는 행복합니다 정말 정말 행복합니다 기다리던 오늘 그날이 왔어요 즐거운 날이에요 움츠렸던 어깨 답답한 가슴을 활짝 펴봐요 가벼운 옷차림에 다정한 벗들과 즐거운 마음으로 들과 산을 뛰며 노래를 불러요 우리 모두 다 함께 나는 행복합니다 나는 행복합니다나는 행복합니다 정말 정말 행복합니다.

1980년 가수 겸 목사인 윤항기가 만들고 부른 히트송으로 상당히 긍정적인 가사가 특징이다. 행복(幸福)은 '복된 좋은 운수'와 '생활에서 충분한 만족과 기쁨을 느끼어 흐뭇함, 또는 그러한 상태'를 의미한다. 누구나 행복을 추구하고 염원한다. 그러나 행복은 내 마음처럼 와주지 않는다. 그만큼 노력해야 한다는 함의를 담고 있다. 행복의 조건은 개인마다 다를 수 있지만, 일반적으로 다음과 같은 요소들이 행복에 영향을 미치는 것으로 알려져 있다.

1. 건강: 건강은 행복에 매우 중요한 요소 중 하나다. 건강한 몸과 마음은 일상생활에서 더 많은 즐거움을 느낄 수 있게 해주며, 스트레스와 불안감을 덜어준다.

2. 경제적 안정: 경제적으로 안정적인 상황은 행복에 큰 영향을 미친다. 충분한 돈과 자산을 가지고 있다면, 일상생활에서 필요한 것들을 충족시킬 수 있으며, 미래에 대한 걱정을 덜 수 있다.

3. 가족과 친구: 가족과 친구는 행복에 큰 영향을 미치는 요소 중 하나다. 가족과 친구들과 함께 시간을 보내며, 서로를 지지하고 격려하는 것은 행복감을 높여준다.

4. 취미와 여가 활동: 취미와 여가 활동은 행복에 큰 영향을 미친다. 자신이 좋아하는 취미를 즐기고, 여가 활동을 통해 스트레스를 해소하고, 새로운 경험을 쌓는 것은 행복감을 높여준다.

5. 자기 계발: 자기 계발은 행복에 큰 영향을 미친다. 자신의 능력을 향상시키고, 새로운 지식과 기술을 습득하는 것은 자신감을 높여주며, 삶의 만족도까지 높여준다.

6. 긍정적인 마인드: 긍정적인 마인드는 행복에 큰 영향을 미친다. 긍정적인 생각과 태도를 가지고, 자신의 삶을 긍정적으로 바라보는 것은 행복감을 높여준다.

7. 사회적 지지: 사회적 지지는 행복에 큰 영향을 미친다. 주변 사람들로부터 지지와 격려를 받는 것은 자신감을 높여주고, 스트레스를 덜어준다.

그런데 행복은 개인의 주관적인 경험이기 때문에, 위의 요소들이 모든 사람에게 동일한 영향을 미치는 것은 아니다. 하지만, 이러한 요소들을 고려하여 자신의 삶을 더욱 행복하게 만들어 나갈 수 있음은 물론이다. 지인 출판사 대표님의 휴대전화 컬러링(color ring, 음악이나 다양한 소리의 통화 연결음. 전화를 걸었을 때, 단조로운 기계음의 통화 연결 소리 대신에 가입자가 원하는 음악이나 다양한 소리로 바꿔 들려주는 통신부가 서비스)이 바로 이 '나는 행복합니다'였다. 지금은 바뀌었는데 그 까닭은 잘 모르겠다. 아무튼 행복하다면 좋은 것이다. 오늘도 꼭두새벽부터 일어나 올해 발간 예정인 신간(이 책)에 들어갈 가요를 엄선했다. 모든 일에는 기초가 전제돼야 한다. 오래전부터 가요에 관한 책을 내려고 칼을 파랗게 벼려왔다. 다행히 연전 가요와 연관되어 모 일간지에 연재한 글이 고스란히 살아 있었다. 이걸 추리고 고쳐서 멋진 책을 낼 작정으로 글을 다시 다듬었다. 지인의 휴대전화 컬러링이 '나는 행복합니다'였다면 지금 나의 휴대전화 컬러링은 문희옥의 히트곡 '평행선'이다. 작년 가을 첫 장편소설 『평행선』을 출간한 뒤 매달 사용료를 지불하는 조건으로 장착한 것이다. 전화가 연결되기 전 나에게 전화를 건 사람은 '아, 맞다!' 홍경석 작가의 신간이 바로 '평행선이랬지?'라는 느낌을 주고자 그리한 것이다. 사견이지만 행복은 주관적이다.

행복은 개인의 가치관, 경험, 성격, 환경 등에 따라 다르게 정의될 수 있으며, 사람마다 행복을 느끼는 상황이나 조건이 다를 수 있다. 어떤 사람은 돈이 많을 때 행복을 느낄 수 있지만, 어떤 사람은 가족과 함께 시간을 보낼 때 행복을 느낀다. 여기에 나는 매일 글을 쓰고, 여세를 몰아 책으로 발간하는 게 내 행복의 본령이다. 그 본령의 중심을 이루는 것은 물론 베스트셀러라는 회심의 과녁이다. 이는 어쩌면 '운수 좋은 날'과 궤를 같이한다는 모순을 내재하고 있기도 하다. '운수 좋은 날'은 현진건(玄鎭健)이 지은 단편소설이다. 1924년 6월 《개벽》 48호에 발표되었다. 한 인력거꾼에게 비 오는 날 불어닥친 행운이 결국 아내의 죽음이라는 불행으로 역전되고 만다는, 제목부터 반어적(反語的)인 소설이다. 운수(運數)는 사실 이미 정하여져 있어 인간의 힘으로는 어쩔 수 없는 천운(天運)과 기수(氣數)를 뜻한다. 그렇지만 노력 여하에 따라 얼마든지 바꿀 수 있다는 게 불변의 소신이다. 이런 긍정적 생각만으로도 '나는 행복합니다'에 속한다.

인생은 거울과 같으니, 비친 것을 밖에서 들여다보기보다 먼저 자신의 내면을 살펴야 한다 — 월리 페이머스 아모스

똑똑한 여자

노래 _ 박진도

당신은 똑똑한 여자 내 사랑 똑똑한 여자 이리 보고 저리 봐도 매력이 넘쳐흘러요 이 세상에 당신 만나 사랑을 알았고 행복의 꿈을 꾸며 살아가는 남자요 내 곁에 있어 줘서 고마워요 나 당신 바라보면 행복해요 업어주고 안아주고 당신은 똑똑한 여자.

2007년에 박진도가 발표하여 크게 히트시킨 가요 〈똑똑한 여자〉이다. '똑똑한 여자보다 매너 좋은 여자'라는 책이 있다. 이 책의 저자는 최근 여성의 사회적 진출이 늘어난 것은 사실이지만, 성공이라는 벽은 여전히 높다고 지적한다. 여성이 자기 분야에서 최고가 되기 위해서는 능력 이상의 '비즈니스 매너' 기술이 필요하다고 설명한다. 아울러 이에 경쟁력을 높여줄 수 있는 구체적인 방법 45가지를 제시한다. 똑똑한 것 하나만으로도 감지덕지(感之德之)이거늘 덤으로 매너까지 좋은 여자라고 한다면 이건 정말 금상첨화(錦上添花)가 아닐 수 없다. 특히 참한 규수를 찾고 있는 장래 시어머니의 입장에서 사리에 밝고 총명하다는 뜻을 지닌 '똑똑하다'에 더하여 매력(魅力)까지 넘친다는 처자(處子)라면 으뜸의 며느릿감이라 할 수 있다.

측천무후(則天武后)는 당 고종의 계후이자 무주 왕조의 유일한 황제로 중국 역사상 최초이자 유일한 여황제였다. 중국에서 나라를 주무른 여자를 찾아보면 의외로 많지만, 여성 본인이 스스로 황제로 즉위한 사람은 측천무후가 유일무이했다. 또한 여자가 황제로 즉위했는데도 노쇠할 때까지 아무도 들고일어나지 못했으며 여자 태상황제로서 천수를 다 누렸다는 점에서 측천무후의 능력을 짐작할 수 있다. 30살에 황후가 되어 80살에 죽을 때까지 무려 50여 년을 권력의 정상에 계속 있었던 것으로 짐작해 볼 때 그녀는 보통 똑똑한 여자가 아니었음을 발견하게 된다. 측천무후의 대척점에 프랑스 왕국의 왕비였던 마리 앙투아네트(Marie Antoinette)가 돋보인다. 프랑스 대혁명 당시 마리 앙투아네트가 했다는 발언 중 "빵이 없으면 케이크를 먹으면 되지"라는 말이 지금도 시대적 관통의 명언(?)으로 회자되고 있다.

그러나 정작 그녀는 그런 말을 한 적이 없다고 한다. 원래는 장 자크 루소의 '고백록'의 한 구절인데 마치 왕비가 한 것인 양 악의적으로 선전되었다는 것이다. 이 때문에 마리 앙투아네트는 굶주리는 민중의 아픔엔 눈곱만큼도 관심이 없는 비정하고 철없는 왕비가 되어 버렸다. 이런 걸 보면 역사는 승자의 의도적이며 왜곡된 기록이자 전리품이 아닐까 싶다. 어쨌든 측천무후나 마리 앙투아네트는 모두 '똑똑한 여자'의 반열에 들었던 여걸(女傑)이었다는 점은 분명하다. 아내와 같은 베개를 벤 지도 40년이 넘었다. 세월의 흐름에 마모되고 훼손된 까닭에 이리 보고 저리 봐도 과거처럼 매력이 철철 넘쳐흐르는 아내는 분명 아니다. 그렇지만 나는 아내를 만났기에 비로소 사랑을 알았고 또한 미래의 행복이라는 꿈을 꾸면서 살아올 수 있었기에 아내가 참 고맙다. 나에게 있어 아내는 여전히 업어주고 안아주고, 또한 변함없이 사랑하는 참 똑똑한 여자다.

나는 작년 11월부터 올해 6월까지 일자리를 잡을 수 없다가 7월이 되어서야 겨우 공공근로 근무를 하게 되었다. 그래서 경제난이 심각했지만 아내는 아이들에게 단 한 번도 어렵다는 얘기를 안 할 정도로 총명하기까지 한, 정말 슬기로운 나의 든든한 조강지처다.

사랑하는 것은 천국을 살짝 엿보는 것이다 — 카렌 선드

어부의 노래

노래 _ 박양숙

푸른 물결 춤추고 갈매기 떼 넘나들던 곳 내 고향 집 오막살이가 황혼빛에 물들어간다 어머님은 된장국 끓여 밥상 위에 올려놓고 고기 잡는 아버지를 밤새워 기다리신다 그리워라 그리워라 푸른 물결 춤추는 그곳 아저 멀리서 어머님이 나를 부른다.

1980년에 발표된 박양숙의 〈어부의 노래〉다. 아름다운 음색의 노래가 듣는 사람의 가슴을 파고든다. 힘들고 고된 노동으로 소문난 직업에 어부(漁夫)가 손꼽힌다. 어부는 주로 망망대해인 바다에서 물고기를 잡는데 시시때때로 바뀌는 자연환경 속에서 작업을 하므로 날씨나 계절 등에 따라 많은 영향을 받는다. 또한, 어부들은 새벽부터 밤까지 장시간 동안 힘든 노동을 해야 하며, 위험한 상황에도 노출될 수 있기 때문에 다른 직업군보다 월등한 체력과 인내심이 요구된다. 최근에는 자동화 장비와 스마트 시스템 등이 도입되면서 업무 환경이 개선되고 있다곤 하지만 어려운 작업 환경은 이전과 별반 차이가 없는 것으로 보인다. 작년에는 제주도와 여수에 가서 버스킹(busking) 공연을 가졌다.

내가 홍보이사 겸 감사로 참여하고 있는 비영리 문화 나눔 민간단체인 한국문화해외교류협회 회원들과 함께한 것이다. 덕분에 바다의 멋진 풍광과 함께 싱싱한 해산물까지 포식하는 호사까지 누릴 수 있었다. 특히 제주도에서는 말로만 듣던 산 오징어까지 먹을 수 있어서 정말 행복했다. 오징어는 연체동물로, 머리, 몸통, 다리로 구성되어 있다. 오징어 몸통은 유선형으로, 물속에서 빠르게 이동할 수 있도록 발달했다. 다리는 8개의 짧은 팔과 2개의 긴 촉수를 가지고 있으며 이 촉수는 먹이를 잡거나 적을 방어하는 데 사용된다. 오징어는 위험을 느끼면 먹물주머니에서 먹물을 내뿜는데 이 먹물은 포식자를 혼란시키고 도망칠 시간을 벌어준다. 눈은 매우 발달하여 어두운 환경에서도 뛰어난 시력을 가지고 있다고 한다. 낮에는 깊은 곳에 숨어있고 주로 밤에 활동하는데 어부들은 이를 간파하여 집어등(集魚燈)으로 오징어들을 유인한다. 오징어는 빛을 좋아하는 '양성 주광성'의 특징을 가지고 있어 빛을 보면 모여든다. 이는 자유 운동능력을 가진 생물이 빛에 반응하는 현상을 말한다. 빛으로 향하는 성질을 '양성(陽性) 주광성', 빛을 피하는 성질을 '음성(陰性) 주광성'이라고 한다. '양성 주광성'은 빛을 따라 움직이는 거의 모든 곤충들과 일부 어류가 갖고 있는 성질이며 흔히 나방, 모기가 대표적이다.

그 외에도 장수풍뎅이, 매미, 고등어 등 동물들이 갖고 있는 성질이다. 오징어 또한 불빛을 보고 몰려들기 때문에 오징어 채낚기 어선은 대낮같이 집어등을 켜서 밝은 불을 켠 상태로 조업한다. 밝은 불빛에 이끌린 오징어들이 배 주위로 몰려들면 오징어잡이 배에서는 수십 개의 낚시가 촘촘히 달린 형광 물질의 루어(lure, 인공으로 만든 가짜 미끼)를 물속으로 드리운다. 오징어는 집어등의 밝은 불빛에 반사되는 빛을 보고 루어를 먹이인 양 착각하여 오징어의 긴 발 두 개로 붙들게 되는 것인데 이것을 이용해 어선이 불을 환하게 켜놓고 오징어를 잡는 것이다. 주말이 되면 내가 사는 이곳 대전은 오징어 두부두루치기로 소문난 식당 앞에 줄을 서 있는 인파를 쉬이 볼 수 있다. 그만큼 오징어는 여전히 '국민 생선'임을 입증하고 있다. 〈어부의 노래〉에서는 고기를 잡으러 바다로 나간 아버지를 된장국 끓여 밥상 위에 올려놓고 기다리는 지고지순(至高至純)의 어머니를 칭찬하고 있다. 오늘도 그 아버지는 가족의 바람처럼 고기를 많이 잡으셨을까? 어머니는 또한 아버지를 과연 어떤 심정으로 기다리고 계신 걸까? 비록 부자는 아닐망정 부부간의 사랑과 믿음이 듬뿍 묻어나는 행복감이 밀물과 함께 맑은 해풍으로 다가옴을 느낄 수 있다. 들으면 들을수록 마음마저 울리는 명곡이다.

미인은 눈을 즐겁게 하고, 어진 아내는 마음을 즐겁게 한다 — 나폴레옹

담배 가게 아가씨

노래 _ 송창식

우리 동네 담배 가게에는 아가씨가 예쁘다네 짧은 머리 곱게 빗은 것이 정말로 예쁘다네 온 동네 청년들이 너도나도 기웃 기웃 기웃 그러나 그 아가씨는 새침데기 앞집의 꼴뚜기 녀석은 딱지를 맞았다네 만화가게 용팔이 녀석도 딱지를 맞았다네 그렇다면 동네에서 오직 하나 나만 남았는데 오 기대하시라 개봉 박두.

1986년에 발표한 가수 송창식이 부른 〈담배 가게 아가씨〉다. 우리나라에 담배가 들어온 시기와 경로에 대해서는 정확한 기록이 없다고 한다. 그러나 이런저런 기록과 문헌 등을 살펴보면 조선시대 광해군 때인 1608년~1618년쯤 일본에서 전래되었다는 이야기가 있다. 또한 담배가 처음 우리나라에 들어왔을 때는 남쪽 나라에서 왔다고 해서 '남령초' 혹은 '담바고', '연초' 라고 불리다가 시간이 흐른 뒤 담배로 불렸다는 설도 없지 않다. 아울러 지금과는 사뭇 다르게 옛날 사람들은 담배가 해롭지 않았다고 생각했다는 얘기도 전해진다. 심지어 담배를 의약품 대용쯤으로 여겼다는 이들도 있다고 하니 지금의 시각에서 보자면 그야말로 격세지감(隔世之感)을 느끼지 않을 수 없다.

얼마 전 처가에 가는데 다시금 담배 한 보루를 샀다. 장모님께선 여전히 애연가인 까닭이었다. 예전과 달라 담배 가격이 껑충 뛰었다. 따라서 가장 싼 담배라 해도 담배 열 갑이 든 한 보루는 자그마치 4만 원이나 된다. 그래서 돈이 없는 국민은 담배조차 사서 피울 수 없는 지경까지 몰렸다. 의지가 약한 까닭에 나 또한 여전히 담배를 태운다. 그러면서도 전방위적으로 '공격을 하고 있는' 금연 광고는 무시로 죄책감을 느끼게도 한다. '나도 담배를 끊어야 하는데!!' 아들과 딸은 집에 올 적에 이런저런 선물을 사 온다. 그러나 단 한 번도 제 아비인 내가 좋아하는 담배는 단 한 갑조차 사 오지 않는다. 이는 내 건강을 고려한 것이라곤 하되 솔직히 약간은 섭섭한 것도 사실이다. 가요 〈담배 가게 아가씨〉의 발표 시기는 1986년이니 어느덧 38년이나 되었다. 이 노래가 나올 때만 하더라도 지금처럼 흡연자를 마치 범죄자 취급하듯 하는 세태는 단연코 없었다. 오히려 시골 버스를 타면 버스 안에서 어르신께서 담배를 태우는 모습 또한 낯설지 않았음은 물론이다. 담배를 제목으로 한 가요는 이 밖에도 진송남의 '담배 연기'와 선우영의 '담배 연기 부르스', 임병수의 '담배 연기처럼' 등이 있다.

2013년 11월 21일 MBC 뉴스에서는 우리나라의 흡연 인구 비율이 23.2%로 OECD 국가 중 최고 수준인 것으로 나타났다고 보도했다. 경제협력개발기구, OECD가 2년마다 배포하는 보건의료 통계에 따르면 우리나라 흡연 인구 비율은 23.2%로 OECD 평균보다 높았다는 것이다. 지난 10여 년간 일본과 미국 등은 흡연율이 20% 이상 감소한 데 반해 우리나라 흡연율은 11% 줄어드는 데 그쳤다. 또한 한국인 남성의 흡연율은 41.6%로 OECD 국가 중 가장 높았고, 여성의 흡연율은 5.1%로 낮은 편이지만 지난 2001년 4.2%에 비해 1%가량 증가한 것으로 나타났다. OECD 국가 가운데 여성 흡연율이 상승한 나라는 우리나라와 체코 포르투갈 3개국뿐이다. 금연을 하면 건강에도 좋다는 것은 모두가 아는 상식이다. 그러나 매사는 역지사지의 관점에서 봐야 한다. 내가 금연자라고 해서 흡연자를 범죄시하고 더욱이 왕따시키는 것도 모자라 매도까지 하는 행위는 다분히 지독한 이기주의라고 보는 시각이다. 간혹 흡연자들끼리는 서로 "우리 같은 애연가는 애국자"라며 씁쓸한 농담을 주고받는 적이 있다.

이는 담배 한 갑 가격의 대부분을 세금이 차지하기 때문이다. 실제로 연초라고 불리는 일반 궐련 담배 한 갑 가격 4,500원 중 세금이 3,323원이다. 이 3,323원에는 담배소비세 말고도 지방교육세 · 국민건강증진부담금 · 개별소비세 · 폐기물 부담금 · 엽초경작지원사업출연금 등이 붙는다. 이렇게 걷힌 세금은 지방자치단체의 재정과 금연교육 등 국민 건강관리에 쓰인다. 담배에 붙는 세금 중 가장 큰 비중을 차지하는 것은 담배소비세다. 담배소비세는 무엇이고, 얼마나 걷히고 있는지 살펴본다. 1989년 지방세로 도입된 담배소비세는 지방재정 보완을 위해 세율을 조금씩 올렸다. 2015년에는 정부가 국민 건강을 위해 담배 소비를 줄여야 한다는 명분으로 담뱃세를 대폭 인상해, 담뱃값이 2,500원에서 4,500원으로 한순간에 2,000원이나 올랐다.

그렇다면 담배소비세는 연간 얼마나 걷히고 있을까. 통계에 따르면 우리나라 흡연자는 1,000만 명이 넘는다고 한다. 국민 5명 중 1명이 흡연자인 셈이다. 담배소비세 세수는 2011년 2조 7,850억 원에서 2021년 3조 5,579억 원으로 10년 사이 약 8,000억 원이나 증가했다.

2010년대 초반까지 2조원대 후반 규모였던 징수액은 2015년 담뱃값이 대폭 인상된 후부터 3조 원을 넘어선 것이다. 이처럼 엄청난 세금을 거둬들이면서도 여전히 흡연자를 마치 토끼몰이하듯 냉대하는 세태의 어떤 이중 잣대는 솔직히 어처구니마저 없다는 느낌이다. 금연하면 건강에도 좋다는 건 삼척동자도 다 아는 상식이다. 그렇지만 힘든 노동을 하다가 담배 한 대 태우는 시간이 유일한 휴식 시간이자 어쩌면 행복인 노동자들의 고충을 아는 사람은 과연 얼마나 될까? 담배를 꽤 사랑했다는 정조 대왕은 어린 시절부터 암살 위협과 아버지의 죽음 등 스트레스가 극심하여 일찍부터 담배를 입에 댔다고 알려져 있다. 담배를 백해무익(百害無益)하다곤 하지만 때론 정서안정 등의 긍정적 측면도 간과할 수 없는 게 사실이다. 어쨌거나 이제 우리 동네 담배 가게에도 담배를 파는 아가씨는 진즉 사라지고 없다. 짧은 머리 곱게 빗은 처자는커녕 꾸부렁 늙은이 둘이서 담배를 팔아 연명(延命)하는 허술한 구멍가게만 눈에 띈다. 담배 가격을 높게 더 올려야 한다는, 시류를 읽지 못하고 애연가의 마음은 손톱만치도 이해하려 하지 않는 소위 식자(識者)들이 얄밉다. 자신은 담배를 안 태운다는 이유만으로, 담배를 태우는 이들을 마치 미친개 패듯 하는 건 언필칭 배운 자들의 교만 아닌가? 진짜로 예쁜 처자가 모습을 드러내기에 온 동네 청년들의 설레는 로망이기도 했던 우리 동네의 담배 가게 아가씨는 과연 어디로 갔을까. 한마디 더. 흡연도 때론 인권(人權) 축에 드는 거 아닐까?

모든 인간은 존중 받을 권리가 있다 — 안네 프랭크

고향의 강
노래 _ 남상규

눈 감으면 떠오르는 고향의 강 지금도 흘러가는 가슴 속의 강 아 아 어느덧 세월의 강도 흘러 진달래꽃이 피는 봄날에 이 손을 잡던 그 사람 갈대가 흐느끼던 가을밤에 울리고 떠나가더니 눈 감으면 떠오르는 고향의 강.

히트곡 '추풍령'으로도 유명한 가수 남상규가 1970년에 발표한 〈고향의 강〉이다. 영규대사(靈圭大師)는 임진왜란 당시 의승병을 일으켜 조헌(趙憲)의 의병과 함께 청주전투와 금산 전투에 참전한 승장이다. 1592년 충청도에서 의승 800여 명을 모아 조헌의 700 의병과 함께 청주성에서 일본군을 물리쳤고 금산에서 전사했다. 영규대사가 참가한 이 전투들은 의승군의 충의와 기백을 널리 알리는 계기가 되었다. 영규대사는 충청남도 공주 출신으로 본관은 밀양(密陽)이며 속성은 박씨(朴氏)이다. 법호(法號)는 기허(騎虛), 법명(法名)은 영규(靈圭)이다. 영규는 계룡산 갑사(甲寺)에서 출가하였고, 청허 휴정(淸虛休靜, 1520~1604)의 법을 전해 받았다. 영규대사가 공주 청련암(靑蓮庵)에 있을 때인 1592년 4월 임진왜란이 일어났다. 그는 3일 동안 통곡한 뒤 충청도에서 800여 명의 의승군을 모았다. 당시 그는 "우리들이 떨쳐 일어남은 조정의 명령이 있어서가 아니다. 만일 죽음을 두려워하는 마음이

있는 자는 우리 군에 들어오지 말라"라고 했다고 한다.

영규대사가 이끄는 승군은 의병장 중봉(重峯) 조헌(趙憲, 1544~1592)을 따르는 700 의병 및 관군과 함께 청주성을 공격했다. 이 청주전투에 대해 당시 실록에서는 "충청감사 윤선각(尹先覺)이 청주로 진격하여 성을 포위하자 적군 600명이 나와서 포를 쏘아댔습니다. 공주에 있던 승려 영규가 승군 800명을 거느리고 함성을 지르며 성으로 돌입하자 아군이 승세를 타고 적의 수급 51과를 참획하였는데 남은 적은 밤을 틈타 도망쳤습니다"라고 기록하고 있다. 이는 8월 초 청주성을 수복할 때 영규가 이끈 의승군의 공적을 높이 평가한 것이다. 이어 조헌이 전라도로 향하는 고바야카와 다카카게(小早川隆景)의 군대를 공격하려 하자, 영규는 관군과의 연합 작전을 위해 공격 시기를 조금 늦추자고 하였다. 그러나 조헌이 자신의 생각을 바꾸지 않자 영규는 그를 혼자 죽게 할 수 없다고 하며 금산 전투에 참가하였다. 조헌의 의병과 영규의 의승군은 1592년 8월 18일 금산 전투에서 왜군과 싸우다 모두 전사했다. 선조는 청주성 전투의 승전 소식을 듣고, 영규에게 당상의 벼슬과 옷을 내렸다. 하지만 영규대사는 하사품이 도착하기도 전에 금산 전투에서 순국(殉國)하였다. 청주성 전투와 금산 전투에서 승장 영규대사의 활약은 의승군의 충정과 기백을 조야(朝野)에 널리 알리는 계기가 되었다.

이후 영규대사는 금산의 종용사(從容祠)에 제향(祭享)되었다. 훗날 그의 문도(門徒)인 대인(大仁) 등이 금산 남쪽 진락산(進樂山) 기슭에 영규의 영정을 봉안한 진영각(眞影閣)과 비를 세웠다. 또한 1738년 영규대사는 밀양 표충사에 청허 휴정, 사명 유정(四溟惟政, 1544~1610)과 함께 제향되었다. 얼마 전 충남 공주시 계룡면 유평양달길57-4(유평리323-1)에 위치한 임진왜란 당시 혁혁한 공헌을 세운 의병장 기허당 영규대사 순의실적비(義兵將騎虛堂靈圭大師殉義實跡碑)를 찾았다. 영규대사 영정각을 지나 영규대사 순의실적비에 올랐다. 하지만 평소 관리가 제대로 안 되었던지 아무튼 잡초만 무성하여 마음이 많이 불편했다. 이어 영규대사 묘를 참배했다. 그리곤 새삼 임진왜란 당시의 또 다른 영웅이었던 영규대사님을 흠모하면서 새삼 고인의 극락왕생을 발원했다. 기허당 영규대사 순의실적비 부근을 정비하고 제대로 관리까지 잘 한다면 전국적 명승지와 관광지로도 손색이 없을 듯 보였다. 저만치 계룡산 정상에서 시원한 바람이 불어오면서 "맞다"고 화답했다. 영규대사 순의실적비 앞에는 계룡저수지가 있다. 영규대사의 입장에서 보자면 행복한 고향의 강인 셈이다.

수구초심(首丘初心) 여우가 죽을 때에 머리를 자기가 살던 굴 쪽으로 둔다.는 뜻으로, 고향(故鄕)을 그리워하는 마음을 이르는 말

너 늙어봤냐 나는 젊어 봤단다
노래 _ 서유석

너 늙어봤냐 나는 젊어 봤단다 이제부터 이 순간부터 나는 새출발이다 삼십 년을 일하다가 직장에서 튕겨 나와 길거리로 내몰렸다 사람들은 나를 보고 백수라 부르지 월요일에 등산 가고 화요일에 기원 가고 수요일에 당구장에서 주말엔 결혼식장 밤에는 상가 집 너 늙어봤냐 나는 젊어 봤단다 이제부터 이 순간부터 나는 새출발이다 세상 나이 구십 살에 돋보기도 안 쓰고 보청기도 안 낀다 틀니도 하나 없이 생고기를 씹는다 누가 내게 지팡이를 손에 쥐게 해서 늙은이 노릇하게 했는가? 세상은 삼십 년간 나를 속였다 너 늙어봤냐 나는 젊어 봤단다 이제부터 이 순간부터 나는 새출발이다.

가수 서유석이 2015년에 발표한 〈너 늙어봤냐 나는 젊어 봤단다〉라는 가요이다.

"아무리 어두운 길이라도 나 이전에 누군가는 이 길을 지나갔을 것이고 아무리 가파른 길이라도 나 이전에 누군가는 이 길을 통과했을 것이다. 아무도 걸어가 본 적이 없는 그런 길은 없다. 나의 어두운 시기가 비슷한 여행을 하는 모든 사랑하는 사람들에게 도움을 줄 수 있기를." 이는 메기 베드로시안이라는 사람이 지은 시 〈그런 길은 없다〉

이다. "눈 덮인 들길을 걸어갈 때는 함부로 걷지 마라. 오늘 내가 남긴 발자취는 후세들에게 이정표가 될 것이니."라고 일갈(一喝)한 서산대사의 주장과 배치(背馳)되는 글이라 할 수 있다. 올해 내 생일을 맞은 날에는 아들과 딸네 식구들이 총출동했다. 평소 생일이라곤 해도 별로 감흥이 없는 터다. 아내와 불과 이틀 사이로 생일을 맞기 때문이다. 그래서 집에 오겠다는 아들과 딸을 만류했지만, 아이들은 그예 자가용과 열차로 집에 왔다. 점심은 집에서 아내가 정성껏 만든 나름 진수성찬으로, 저녁은 시내로 나가 해신탕을 먹었다. 그 사이 아들은 길 건너 성심당으로 달려가 케이크까지 사 왔다. 케이크 위의 양초에 불을 붙이자, 손주가 훅~ 불어서 불을 껐다. "할아버지 생신 축하드려요." "고마워! 우리 손자 손녀, 그리고 아들과 며느리, 딸이랑 사위도 건강하고 만사형통하는 한 해가 되길 빌게."

극구광음(隙駒光陰)이라는 사자성어가 예사롭지 않다. 이는 '내달리는 말을 문틈으로 보는 것과 같다'는 뜻으로 세월의 흐름이 썩 빠름을 의미한다. 내 생일날 나는 이 '팩트'를 새삼 느꼈다. 다른 사람은 몰라도 나만큼은 나이를 안 먹을 줄 알았다. 착각엔 커트라인이 없다더니 틀려도 한참을 틀렸다. 얼마 전 지인이 홀연히 세상을 떠났다. 토요일은 오늘은 지인 여식의 예식장에 가야 한다. 생로병사(生老病死)는 인간의 흐름이다. 또한 '장강(長江)의 뒷물이 앞 물을 밀어낸다'는 건 상식이다. 따라서 사람이 늙음을 탓한다는 건 진시황이 영생불사(永生不死)를 염원했던 것처럼 실로 어리석은 수작이다. 나도 늙었으니까 비로소 눈에 넣어도 아프지 않은 귀여운 손주를 볼 수 있었음이 이런 주장의 방증이다. 더 이상 늙었다고 자조(自嘲)하지 말자. 정서적으로 나는 아직도 새파란 청춘이니까. 그래서 한마디 더. "아무리 늙어가는 길이라도 나 이전에 누군가는 이 길을 먼저 지나갔을 것이다." 이 순간부터 나도 새출발이다. 행복은 스스로 가꾸는 것이다.

승리는 가장 끈기 있는 사람에게 돌아간다 — 나폴레옹 보나파르트

인연
노래 _ 이선희

약속해요 이 순간이 다 지나고 다시 보게 되는 그날 모든 걸 버리고 그대 곁에 서서 남은 길을 가리란 걸 인연이라고 하죠 거부할 수가 없죠 내 생애 이처럼 아름다운 날 또다시 올 수 있을까요 고달픈 삶의 길에 당신은 선물인 걸 이 사랑이 녹슬지 않도록 늘 닦아 비출게요 취한 듯 만남은 짧았지만 빗장 열어 자리했죠 맺지 못한데도 후회하진 않죠 영원한 건 없으니까 운명이라고 하죠 거부할 수가 없죠 내 생애 이처럼 아름다운 날 또다시 올 수 있을까요 하고픈 말 많지만 당신은 아실 테죠 먼 길 돌아 만나게 되는 날 다신 놓지 말아요 이 생애 못한 사랑 이 생애 못한 인연 먼 길 돌아 다시 만나는 날 나를 놓지 말아요.

2005년에 발표한 이선희의 〈인연〉이다. 인연(因緣)은 사람들 사이에 맺어지는 관계를 뜻한다. 언젠가 점심은 모 기관장님 덕분에 성찬(盛饌)으로 잘 먹었다. 그뿐만 아니라 의외의 보너스까지 받았다. 곧 선발되는 2기 기자들 교육을 나에게 일임하겠다는 약속이었다. 뜻밖의 제안에 깜짝 놀랐지만, 곧 평정심을 되찾았다. 나는 진작부터 강사로 뛸 준비까지 마쳤기 때문이다. 따라서 2기 기자 교육 때는 20년 시민기자의 관록과 글 잘 쓰는 노하우를 몽땅 전수해 줄 작정이다.

새삼 준비하는 자에겐 반드시 기회가 온다는 사실을 깨달았다. 그날 모 기관장님께서 제공한 푸짐한 점심은 평소 내가 누구보다 열정적으로 1기 시민기자 활동에 주력하였기 때문에 수확된 선과(善果)였다. 지금은 소멸되었지만 코로나19의 장기화는 우리 사회에 많은 부작용과 상처를 남겼다. 이는 나라고 해서 무풍지대가 아니었다. 우선 작년 가을에 실직하면서 졸지에 '삼식이'로 전락했다. 여기서 말하는 삼식이는 백수로서 집에 칩거하며 세 끼를 꼬박꼬박 찾아 먹는 사람을 말한다. 그래서 아내가 기침만 해도 덜컥 겁이 난다. 재취업을 오매불망 바라곤 있되 내 맘처럼 쉽게 되는 게 아니다. 상황이 이처럼 전도무망(前途無望)인 가운데서도 나름 할 일은 했다고 자부한다. 먼저 작년에는 두 권의 저서를 출간했다. 아울러 올해 이 책, 즉 '가요를 보면 인생을 안다'가 출간되면 도합 일곱 번째 저서를 낸 작가가 된다. 당연한 얘기겠지만 나는 저서를 출간할 때 반드시 순풍만범(順風滿帆)으로 베스트셀러가 되길 학수고대하고 있다. 그렇게 활발한 저술과는 별도로 '독서지도사'와 '스피치지도사', '학교안전지도사' 자격증까지 취득했다. 코로나 시대의 울적함을 떨쳐내고자 노력한 결과물이다. 따라서 이는 코로나가 오히려 행복의 전화위복(轉禍爲福)이 된 셈이다.

누구나 별명 하나는 있을 터. 이미 밝혔듯 '홍키호테'는 나의 별명이다. 미구엘 드 세르반테스가 쓴 작품 '돈키호테'에서 비롯됐다. 17세기경 스페인의 라만차 마을에 사는 한 신사가 한창 유행하던 기사 이야기를 너무 탐독한 나머지 정신 이상을 일으킨다. 그리곤 자기 스스로 '돈 키호테'라고 이름을 붙인다. 돈키호테는 환상과 현실이 뒤죽박죽되어 기상천외한 사건을 여러 가지로 불러일으킨다. 하지만 돈 키호테는 본디 성정이 착하고 의리에 강하다. 나는 이런 긍정적 부분을 벤

치마킹하여 첫 번째 저서로 '경비원 홍키호테'를 지난 2015년에 출간한 바 있다. 주변에서 우울하다는 사람을 쉬이 만나게 된다. 사람은 누구나 취미와 쾌락(快樂)이 있다. 이럴 때일수록 나름대로 쾌락의 무기를 지녀야 한다. 나의 쾌락 무기는 단연 글쓰기다. 나는 지금도 글을 쓰는 시간이 가장 행복하다. 글을 쓰자면 나도 모르게 성격까지 물오른 나무처럼 푸르고 부드러워짐을 동시에 느낀다. 아울러 도덕경 제76장에 나오는 글처럼 '강함과 부드러움의 차이'까지 발견할 수 있다. 도덕경 제76장에서 이르길 "사람이 살아 있을 때는 부드럽고 약하지만 죽으면 빳빳하게 굳는다. 풀과 나무도 살아 있으면 부드럽고 연하지만 죽으면 말라비틀어진다. 그러므로 굳고 딱딱한 것은 죽음의 속성이고, 부드럽고 약한 것은 삶의 속성이다. 따라서 사람이 교만해지면 멸망하고 나무가 강하면 꺾이고 만다"고 했다. 유연천리래상회(有緣千里來相會), 즉 인연이 있으면 천 리 멀리 떨어져 있어도 결국엔 서로 만나게 되는 법이다. 기자와 작가에 이어 강사와 시민 교수로도 명성을 크게 얻는, 부드러운 성품의 '홍키호테'가 가는 길에 장애물은 없다.

위대한 업적은 대개 커다란 위험을 감수한 결과이다 — 헤로도토스

쓰러집니다
노래 _ 서주경

쓰러집니다 쓰러집니다 쓰러집니다 올 때는 내게 예고 없이 다가왔다가 이제 와서 날 떠나요 말도 안 돼 핑계 어쩌면 잘 갖다 붙여 뻔뻔하게도.

이 노래는 2006년에 발표된 서주경의 히트곡 〈쓰러집니다〉이다. '기부의 거목'이 2024년 6월 12일 타계했다. 벤처 1세대로 기업가의 사회 환원을 확산한 정문술 전 KAIST 이사장이 주인공이다. 국내 최초로 미국 나스닥에 상장 기록을 세우며 국내 벤처 산업의 토대를 마련했으나, 자녀들에게는 아무런 유산을 남기지 않고 학교에 기부했다. "기술이 한국을 먹여 살리는 것"이라며 한국과학기술원(KAIST)에 기부한 것이 총 515억 원에 이른다고 한다. 이 뉴스를 보는 순간, 가수 서주경의 히트곡 〈쓰러집니다〉가 떠올랐다. 그야말로 쓰러질 정도의 신선한 충격을 받았기 때문이다.

정문술 전 KAIST 이사장이 정말 더욱 존경스러운 이유는, 그 많은 금액을 KAIST에 기부한 것도 놀랍지만 가족들이 모두 흔쾌히 기부에 동의했다는 사실 때문이었다. 또한 정 전 이사장은 자신이 세운 미래산업이 상승 가도를 달리던 2001년, "착한 기업을 만들어 달라"는 말을 남기고 회사 경영권을 직원에게 물려줬는데 이후 회사 경영에는 전혀 관여하지 않았다고 한다. 우리는 그동안 재산 문제로 가족과 형제간에도 다투는 것도 모자라 심지어는 마치 골육상잔(骨肉相殘, 가까운 혈족끼리 서로 해치고 죽임)의 피비린내 나는 싸움까지 많이 봐왔다. 그들은 대부분 재벌이거나 소위 떵떵거리는 갑부 집안이었다. 정 전 이사장은 '부자인 채로 죽는 것은 너무나 부끄러운 짓'이라고 했던 앤드루 카네기 등에 감명을 받아 지속적이고 생산력이 있는 기부를 하겠다는 소신을 펼쳤다고 전해진다. 그에게는 2남 3녀가 있지만 자녀 중 누구도 아버지가 창업한 미래산업과 관련을 맺지 않았고, 기부에도 모두 동의한 것으로도 유명하다고 해서 더욱 감동을 안겼다. 사람은 똑같다. 조상님으로부터 물려받은 전답 등의 재산도 그렇겠지만 더군다나 자수성가로 일군 것이라고 한다면 자기 자식들에게 물려주고 싶은 게 인지상정이다. 하지만 이런 부분에 있어서도 정문술 전 KAIST 이사장은 정말 진정한 존경의 거목이 아닐 수 없었다. 정문술 전 이사장의 부음을 접하면서 일제강점기에 활동했던 독립운동가 우당 이회영(李會榮) 선생이 떠올랐다.

그는 구국 활동을 위해 여섯 형제와 일가족 전체가 전 재산을 팔아 만주로 망명하여 항일 독립운동을 펼쳤으며 '서전서숙' '신민회' '헤이그 특사' '신흥무관학교' '고종의 국외 망명' '의열단' 등 국외 항일운동의 전반에 관여하였다. 헤이그 특사 실패 후 국외에 독립기지 마련을 위해 1910년 12월 여섯 형제와 가족, 노비 40여 명의 일가족 전체가 만주로 망명하였는데 이때 여섯 형제가 전 재산(약 600억 원으로 추산)을 팔아 독립운동에 필요한 자금으로 운용했다는 것은 지금도 세인들의 칭송 대상으로 회자되고 있다. 이런 걸 보면 베푸는 사람은 반드시 존경과 흠모의 대상으로 우뚝함을 새삼 발견하게 된다.

서주경의 노래가 이어진다. "지금 뭐 하자는 겁니까 쓰러집니다 쓰러집니다 그대 말을 듣고 있으면…" 지속적인 단속에도 불구하고 전세 사기와 보이스피싱까지 국민, 특히 서민과 사회적 취약 계층을 겨냥한 '악성 사기'가 여전히 기승을 부리고 있다. 서주경의 노래를 빌어 그들에게 일갈한다. "이 나쁜 자들아, 사람답게 살아라! 너희들 때문에 행복은커녕 가뜩이나 없어서 힘든 사람들 다 쓰러진다." 삼가 정문술 전 KAIST 이사장님의 명복을 빈다.

다른 사람을 존경하는 것은 자신을 키우는 길이다 — 로이 T. 베넷

내 인생에 박수
노래 _ 현숙

> 내 인생에 박수 내 인생에 박수 내 인생에 박수를 보낸다 인생 9단 세상살이 뭔 미련 있겠나 굽이굽이 내 인생에 박수를 보낸다 저 달이 노숙했던 지나온 세월 눈물 없이 말할 수 있나 인생 고개 시리도록 눈물이 핑 돌고 내 청춘은 꽃 피었다 지는 줄 몰랐다 달빛처럼 별빛처럼 잠시 머물다 가는 게 인생이더라 내 인생에 박수 내 인생에 박수 내 인생에 박수를 보낸다.

'효녀 가수' 현숙이 2011년에 발표한 히트곡 〈내 인생에 박수〉다. 그래서 나도 자화자찬(自畵自讚)이지만 내 인생에 박수를 보내고 싶다. 먼저, 비록 뒤늦은 학구열로 인해 직업과 급여가 연결되진 않았지만 어쨌든 대학원 '물'까지 맛봤다. 일곱 번째 단독 저서인 이 책과는 별도로 공저(共著) 포함 책과 정기 월간지 등까지 합치면 수십 권의 저자 반열에 속한다. 이런저런 표창장 등 수상 경력도 100여 차례에 이른다. 이만하면 나도 내 인생에 박수를 추가해도 결코 무리는 아닐 것이라고 믿는다. 이처럼 내가 박수받는 인생을 살아온 원인은 가슴이 뛰는 일을 해왔기 때문이다. 그건 바로 꾸준한 봉사와 아울러 치열한 집필이었다.

지하철을 자주 이용한다. 그 지하철에서 흔히 볼 수 있는 게 액자에 담겨져 있는 '사랑의 편지'다. 그걸 눈여겨보곤 하는데 역시나 글 하나하나가 힘이 될 때가 많아서 참 좋다. 어느 날인가도 새로이 바뀐 사랑의 편지글을 보았다. 그러자 아래에 "독자의 감동적인 글(사연)을 받는다"는 문구가 맘에 와 꽂혔다. 그래서 퇴근하자마자 즉시 써서 송고했다. 그 결과의 회신을 며칠 뒤 이메일로 받았다. 액자의 사이즈에 맞게 가감 첨삭을 했으니 수정할 부분이 있으면 다시 답신을 해달라고. 그렇게 정리된 글은 오는 7월이나 8월경 전국의 지하철에 걸릴 거라고 했다. 그러나 딱히 수정할 부분이 없었기에 re 기능을 사용하여 답신을 보냈다. "적극 동의합니다! 감사합니다" 이후 2017년 8월 18일자 〈따뜻한 비타민 음료〉라는 제목으로 전국의 지하철에 내 글이 게시되기 시작했다.

다음은 그 내용의 전문이다. - "50대 후반의 베이비부머 세대 경비원입니다. 하지만 단 한 번도 자존심 상하거나 부끄러워한 적은 없습니다. 남부럽지 않게 잘 자라준 두 아이 때문이기도 합니다. 이러함에 비록 물질적으론 힘들지만 마음만큼은 만석꾼 부럽지 않답니다. 다 아는 상식이듯 경비원은 곧장 박봉과 고됨이 어떤 등식처럼 떠오릅니다. 저 또한 마찬가지입니다. 사흘 연속 주근과 야근으로 일하는지라 힘든 건 사실입니다. 더욱이 밤을 꼬박 새운 뒤에 맞는 이튿날 새벽은 정말 힘들죠. 어느 날 새벽의 일입니다. 쓰나미처럼 쏟아지는 졸음에 굴복하여 잠시 눈을 붙였을 때였습니다. 새벽마다 직원 식당에 식자재를 가지고 오시는 분이 절 부르더군요. 순간 놀라서 벌떡 일어나 출입 열쇠를 드렸습니다. 그러나 그분이 주신 건 타박이 아니라 차가운 비타민 음료 한 병이었어요. "많이 힘드시죠? 이거 드시고 기운 내세요!"

고개를 꺾어 꾸벅 인사를 올리며 서둘러 출입 열쇠를 드렸습니다. 비타민 음료는 차가웠습니다. 하지만 저를 향한 배려가 함유되었기에 그 음료는 장작불 이상으로 따뜻하기 그지없었습니다. 세상이 갈수록 삭막하다고 합니다. 그렇지만 마음이 훈훈한 분들은 여전히 많습니다. '나도 누군가에게 따뜻한 사람일까?'라는 화두의 난로에 불을 지폈던 어느 날 새벽의 이야기였습니다. 홍경석 / 경비원, 작가 (사랑의 편지 독자)" -

7년 전 기억이지만 지금도 생생하다. 이미 밝혔듯 당시 나는 경비원이 직업이었다. 그런데 경비원은 박봉이었기에 별도의 알바를 하지 않으면 안 되었다. 그 알바는 여러 매체의 정부기관과 지자체, 언론 등지에 시민기자 등으로 취재를 하고 글을 올리는 것이었다. 병행하여 야근을 할 적에는 노트북으로 집필을 시작했다. 그 결과, 2015년에 첫 저서를 발간할 수 있었다. 경비원 생활을 그만둔 후에도 집필을 계속하여 작년까지 다수의 책을 낸 작가가 되었다. 책은 또 다른 명함이다. 명함은 자신의 이름, 연락처, 경력 등을 소개하는 작은 종이 카드다. 책은 작가나 저자가 자신의 생각이나 지식을 담은 글들을 모아놓은 출판물이다. 명함과 책은 개인 또는 단체의 정보를 담고 있다는 공통점이 있지만, 그 목적과 내용에는 차이가 있다. 명함은 주로 짧은 시간 내에 상대방에게 자신의 정보를 전달하기 위한 용도로 사용되며, 책은 오랜 기간 동안 독자들에게 다양한 정보와 지식을 제공하기 위한 용도로 사용된다.

또한, 명함은 일회성이 강하지만 책은 지속적으로 읽혀지며 가치를 유지할 수 있다. 따라서 명함과 책은 서로 다른 역할과 용도를 가지고 있으며, 각각의 특성에 따라 적절한 방법으로 사용되어야 한다. 어쨌든 책을 여섯 권이나 발간하게 되니 비로소 주변에서도 대접을 받는다는 느낌을 얻었다. 그런데 세상에 공짜는 없는 법. 책을 한 권 내려면 보통 어려운 게 아니다. 책을 한 권 출간하기 위해서는 많은 노력과 시간이 필요하다. 먼저, 주제 선정부터 시작해 목차 구성, 자료 수집 및 분석, 집필 작업, 편집 및 교정 작업 등 여러 단계를 거쳐야 하며 각 단계마다 많은 고민과 노력이 필요하다. 또한 출판사와의 계약, 마케팅 전략 수립 등도 고려해야 하기 때문에 매우 복잡한 과정이다. 따라서 작가들은 자신의 분야에 대한 지식과 열정, 꾸준한 노력과 인내심, 그리고 글쓰기 능력 등 다양한 역량을 갖추고 있어야 한다. 이러한 어려움에도 불구하고 좋은 작품을 만들어내는 것은 큰 보람과 성취감을 느끼게 해주며 독자들에게는 삶의 지혜와 영감을 줄 수 있다. 또한 작가는 자신의 창작물에 대해 책임감과 자부심을 가지고 최선을 다해 작업을 수행해야 된다. 작년 봄, 다섯 번째 저서를 출간하면서 난생처음 출판기념회를 가졌다.

사회자가 저자인 나를 소개하는 대목에서 그만 말문이 막히면서 눈물이 솟구쳤다. "홍경석 작가는 정말이지 산전수전을 다 겪은 이 시대의 진정한 승자입니다. 온갖 시련과 고난을 극복하고 오늘의 영광된 자리에 선 홍경석 작가의 성공한 인생에 여러분들의 박수가 필요합니다." 언젠가 김동인의 단편소설 「감자」를 한국 흑백영화로 봤다. 여기엔 주인공 복녀(윤정희)와 그녀의 20년 연상 남편(허장강)이 등장한다. 그러나 그 남편은 무위도식에 틈만 나면 잠이나 자는 실로 한심한 작자일 따름이다. 이에 그녀는 남편까지 벌어 먹이느라 심지어는 노류장화(路柳牆花) 노릇까지 불사한다. 그처럼 모진 고생을 하는 데도 결국엔 종말이 안 좋다. 중국인 왕 서방에 의해 그녀가 손에 쥐었던 낫으로 되레 죽임을 당하기 때문이다. 물론 소설이니까 그런 작위적 상황이 설정되었으리라. 이 영화를 보면서 '차라리 그 낫으로 무능한 남편을 죽일 것이지 애먼 중국인은 왜 죽였을까… 라는 생각이 들었다. 더불어 예나 지금이나 가난한 자는 세상살이가 참으로 힘들다는 걸 새삼 발견할 수 있었다.

여하튼 가슴이 뛰는 일을 하면 자신의 열정과 에너지를 쏟아부어 최선을 다할 수 있으며, 이에 따라 더욱 성장하고 발전할 수 있다. 또한, 삶의 만족도가 높아지고 행복감을 느낄 수 있다. 그러나 현실적으로는 많은 사람들이 가슴이 뛰는 일을 찾지 못하고 있거나, 찾았다 하더라도 이를 실행에 옮기기에는 여러 가지 제약사항이 있을 수 있다. 따라서, 가슴이 뛰는 일을 찾기 위해서는 자신의 관심사와 성향을 파악하고, 다양한 경험을 쌓으며, 지속적으로 도전하고 실패를 두려워하지 않는 자세가 필요하다. 아울러, 주변 사람들과의 소통과 협력을 통해 도움을 받고, 자신의 꿈을 이루기 위한 계획을 세우고 실천해 나가는 것이 중요하다. 가슴이 뛰는 일을 찾는 것은 쉽지 않은 일이지만 포기하지 않고 꾸준히 노력하면 반드시 찾을 수 있다는 믿음을 가지고 계속해서 도전해야 한다. 이러한 과정을 거쳐 찾은 가슴이 뛰는 일을 하면서 인생을 살아가면 보다 풍요롭고 가치 있는 삶을 살아갈 수 있을 것이다. 갈수록 살기가 퍽퍽한 세상이다. 물가는 천정부지로 뛰는데 수입은 이를 따라잡지 못한다. 남편 월급과 내 아이 성적은 그대로인데 물가는 고공행진이니 어찌 살맛이 나겠는가? 그렇지만 이럴 때일수록 더 이를 악물고 열심히 살아야 한다. 언젠가 모 신문에 '작가의 직업'이란 글이 실렸다. 여기서 필자는 "우리나라에서는 많은 작가들이 출판 편집자나 잡지 기자, 글쓰기 지도 강사, 대학 문예 창작 교수

직업을 갖고 작품 활동을 병행한다."고 밝혔다. 그럼 왜 이러한 현상이 발생한 것일까? 한 마디로 글만 써서는 온전히 밥을 먹을 수 없기 때문이다. "따라서 전업 작가라 하더라도 작가의 직업은 늘 둘 이상이다."라는 필자의 고찰에 고개를 주억거리지 않을 수 없었다. 어쨌거나 글을 쓸 수 있는 공간이 있다는 건 참으로 행복이다. 더욱이 전국의 그 엄청난 지하철 승객과 독자들까지 내 글과 만날 수 있었다는 건 작가로서 커다란 영광이 아닐 수 없었다. 앞으로도 나 또한 여전히 열심히 살고 있는 내 인생에 박수를 보내고자 한다. 박수받는 인생은 분명 행복이다.

지식에 투자하는 것은 항상 최고의 이자를 지불한다 — 벤저민 플랭클린

에필로그

이 책은 우리가 늘 즐겨 듣는 가요를 모티프로 했다. 가급적 내가 그동안 이 세상을 살아오면서 보고, 듣고, 느낀 감흥을 가감 없이 부연(敷演)하는 방식으로 꾸몄다. 그러다 보니 희로애락이 자연스레 연결되고 있다. 희로애락(喜怒哀樂)은 기쁨과 노여움, 슬픔과 즐거움을 함께 이르는 말로, 인간의 다양한 감정을 나타낸다. 기쁨(喜)은 인간이 느끼는 가장 기본적인 감정 중 하나로, 좋은 일이 생겼을 때 느끼는 마음이다. 노여움(怒)은 자신의 욕구가 충족되지 않거나, 부당한 일을 당했을 때 느끼는 감정으로, 분노와 비슷한 정서이다. 슬픔(哀)은 인간이 겪는 부정적인 감정 중 하나로, 사랑하는 사람이나 소중한 것을 잃었을 때, 혹은 자신이 처한 상황이 어려울 때 느끼는 감정을 뜻한다.

즐거움(樂)은 기쁨과 마찬가지로 인간이 느끼는 긍정적인 감정 중 하나로, 자신이 좋아하는 일을 하거나, 좋은 사람과 함께 있을 때 느끼는 표현이다. 그래서 희로애락(喜怒哀樂) 중 로(怒)와 애(哀)를 빼고 희(喜)와 락(樂)만 있는 삶이라고 한다면 이보다 좋은 인생은 없을 것이다. 이는 그야말로 '화양연화(花樣年華)'이기 때문이다. 하지만 세상살이는 그러한 바람처럼 만만하지 않다. 한 치 앞을 알 수 없는 게 인생이라는 말도 있듯 언제 어디서 부지불식간에 낭패와 불행이 바람처럼 찾아올지 모르기 때문이다.

그럼에도 불구하고 사람은 다들 각자의 위치에서 열심히 살아가고 있다. 고진감래(苦盡甘來)를 신앙처럼 믿기 때문이다. 가요를 싫어하는 사람은 없다. 가요(歌謠)는 널리 대중이 즐겨 부르는 노래 외에도 민요, 동요, 유행가 따위의 노래를 통틀어 이르는 말이다. 악가(樂歌)와 속요(俗謠)를 아울러 이르는 말이기도 하지만 이 책에서는 우리가 늘 접하는 대중가요를 중심으로 했다. 물론 십인십색(十人十色)인 사람답게 자신이 좋아하는 가요는 각자 다를 것이다. 이런 까닭에 "어! 내가 좋아하는 노래는 이 책에 안 나왔네?"라고 하는 독자도 계실 것이다. 독자와 작가의 이러한 어떤 엇박자는 당연하다. 변명이 아니라 독자가 만족하는 가요를 다 싣자면 이 책 한 권으로는 어림도 없다. 이런 주장은 모처럼 노래방에 갔는데 '뭘 부를까?' 하면서 한참이나 고민하는 현실과 동격이다.

어쨌든 대중가요가 우리의 정서에 와 닿는 까닭은 대중의 삶과 감정을 바탕으로 만들어진 노래이기 때문이다. 속칭 유행가는 대중의 삶과 경험을 바탕으로 만들어지기 때문에, 많은 사람들이 공감할 수 있는 내용을 담고 있다. 가요는 또한 그 시대의 사회적, 문화적, 경제적 상황을 반영하기도 한다. 이러한 이유로 대중가요는 우리의 정서에 큰 영향을 미치며, 많은 사람에게 사랑받고 있는 것이다.

'백 세 인생'이라고 하는 시대이다. 그러나 건강하지 못하여 병상에 누워있으면 아무리 천문학적인 재벌일지라도 씩씩하게 움직이는 병원 청소원이 더 부러운 법이다. 부족하긴 하되 만인에게 사랑받는 주옥같은 78곡의 우리 가요를 담은 이 책이 독자 여러분의 마음에 조금이나마 위안이 되고 삶에서도 건강과 희망의 디딤돌이 된다면 작가로서 더 이상 바랄 나위가 없겠다. 끝으로 이 책이 나오도록 애써주신 도서출판 개미 최대순 대표님과 김우영 교수님, 절친 정운엽 원장과 배두환 형, 김기남 아우와 성다다모 회원 여러분, 용오름 회원님들, 김승수 교수님과 정재환 부장님 외 한남대 545 동기모임 여러분 그리고 사랑하는 아내와 아들, 딸, 며느리와 사위에게 고마움을 전하며, 늘 보고 싶은 두 손주와 출간의 기쁨을 함께하고 싶다.

1쇄 발행일 | 2024년 9월 9일

지은이 | 홍경석
펴낸이 | 정화숙
출간기획 | 문학박사 김우영
펴낸곳 | 개미

출판등록 | 제313-2001-61호 1992. 2. 18
주소 | (04175) 서울시 마포구 마포대로 12, B-103호(마포동, 한신빌딩)
전화 | (02)704-2546
팩스 | (02)714-2365
E-mail | lily12140@hanmail.net

ISBN 979-11-90168-87-8 03810

값 20,000원

*이 책은 한국예술인복지재단의 일부 지원금으로 제작되었습니다.